吸金妙神醫 5

風文創 344

微漫 著

目錄

第一百一十四章　趾高氣揚

這次花宴，是因為安定侯府上的一盆瑤台玉鳳和胭脂點雪同時到了花期，都開出了令人心醉的花，這才請了相熟的女眷來賞花。

兩盆菊花開的都是雪色，顯然經過精心照料，一拿出來便吸引了滿場女眷的注意力，然而素年卻悲劇地發現，陸雪梅的眼光仍然在自己的身上！

看花呀，這花多好看吶！素年簡直無語。陸雪梅眼睛裡毫不掩飾的情緒，讓那些本被名貴菊花吸引了注意力的女眷們，又漸漸轉移了方向。

素年裝作沒看到，眼神盯在層層如雪的花瓣上，一動也不動。她來這裡是要瞧瞧病人的，怎麼人還沒有來呢？

「夫人，您這花兒養得可真好！」有人樂呵呵地湊到侯府夫人旁邊說笑，眼睛卻時不時地往沈素年和陸雪梅的身上掃。

陸雪梅可是從來不會輕易出現在這種花宴上，今兒會過來，誰都看得出她為的是誰。梅姑娘的傲氣可不是開玩笑的，身後又有太后娘娘，沒幾個人敢得罪她。沈娘子確實無辜，但，也只能生受著了。

果然，陸雪梅又再次走到了沈素年的身邊。

「光是賞花多沒勁兒呀，大家不如吟詩詠菊，也全了這份風雅，不知各位覺得如何？」

陸雪梅輕聲提議著。

素年目不斜視，既然是號召所有人一起的，她幹麼老盯著自己看呀？

「這個提議好！」

「最好呀，再有些彩頭，我可是知道這裡有個飽讀詩書的才女呢！」

不少女眷輕笑著附和，顯然她們口中的才女，指的是陸雪梅無疑。

素年就當聽不見，麻煩死了，安安靜靜地賞會兒花不是很好嗎？就喜歡搞這些有的沒的。她是不打算摻和的，否則一會兒若是蕭戈安排的人來了，她也就不好脫身了。

「沈娘子，妳說呢？」

沈素年不說話、不表態，陸雪梅便將她點出來，一下子，所有人的目光都聚集到了沈素年的身上。

「妳們玩就成，小女子對這些並不精通。」

素年十分坦誠地承認，她又不靠著吟詩作對活著，她拿手的是醫術，有沒有人想要比試一下？

「怎麼會呢？沈娘子莫不是看不上我們這些女眷？也是呢，沈娘子以後是要做蕭夫人的，如何會理睬我們這些人？」

這話說得就嚴重了，素年轉過頭看著陸雪梅，她這一句話，可是給自己樹立了不少敵人。誰看不上誰了？素年皺起了眉頭。本以為陸雪梅也是個可憐的，但這卻不是將別人也拖下水的理由，這種要死一起死的想法，素年並不能認同。

「陸姑娘，素年並非如同您所說的看不上大家，就只是不擅長而已，想必這些夫人們都是體貼的，能夠理解素年的舉動。」

「是嗎？誰說讓妳做出豔驚四座的詩句來了？不過一起玩鬧而已，就諸多藉口。吟詩作對乃是一般女子閨閣中都會跟著先生學習一些的，沈娘子這都不會？」

素年嘆了一口氣，她的忍耐力是有限的。一般女子都會？那些為了生計而拋頭露面的女子，如何有時間請得起先生？那些家中貧寒、甚至需要節衣縮食的人家，又如何能夠讓女兒學得了這些風雅？

陸雪梅不過是想讓自己親口承認這些——就算她要嫁給蕭戈了，她也不過只是醫娘出身，沒有體面的身世、沒有內涵，不會尋常閨秀們都會的一些技能。

素年的臉上揚起了動人的微笑。

小翠和刺萍見狀，默默往後退了一小步。現在連刺萍都知道了，小姐的笑容是有預兆的，這種笑法，那就是不樂意敷衍對方了。

「陸姑娘，吟詩作對不過風雅之事，以後卻未必會派得上用場，況且……這裡都是女子，說句實在的，今後我們的夫君，未必就喜歡這些風雅。據我所知，蕭大人似乎就十分不喜呢！」

沈素年的話一說完，陸雪梅的臉色立刻黑如鍋底，就連一旁作陪的女眷也都面露尷尬，沈素年這話太直白了，簡直就是將陸雪梅的面子給撕了下來啊！

素年卻仍舊笑吟吟的，完全無害的樣子。人敬我一尺，我敬人一丈，若是對方想要伸手打她的臉……素年可沒那個癖好任由人家動手！

「妳！」陸雪梅氣急，卻說不出話來，她沒想到沈素年竟然這麼不知羞恥、不知好歹！蕭大人他、他如何會看中這麼一個女子?!

侯府夫人此刻十分忙碌的樣子，拉著府裡的一名管事正在全神貫注地吩咐著什麼，似乎根本沒有注意到陸雪梅這裡的動靜，其餘的女眷也都默不作聲。

只有陸雪梅，冷傲的面色一點一點脹得通紅。

「妳別得意，以後，有妳哭的時候！」陸雪梅無法再在這裡待下去了，她只覺得全身的衣物都被人剝乾淨了一樣！驕傲如她，什麼時候被人當眾恥笑過？沈素年，她記住了！

陸雪梅的眼神陰了下來，恨恨地放出了狠話後轉身離去，侯府夫人這才反應過來，連聲問發生了什麼事，然後一路追出去將人送走。

素年神色自若地繼續賞花。真是沒有品味，這兩盆菊花可不是那麼容易培育出來的，難得開了這麼漂亮的花朵，卻無人欣賞，真是暴殄天物。

屋子裡一時間十分安靜，看素年這會兒端莊的模樣，壓根兒想不到她剛剛將梅姑娘給氣走了。也真是的，雖然梅姑娘的做法是可氣了一些，可那樣不留餘地地說話，梅姑娘勢必已經將沈娘子給恨上了。

「小姐……」小翠欲言又止，她暗地裡觀察了一下這些夫人、小姐們的神色，好像小姐剛剛闖了禍一樣，那個梅姑娘是不是她們不應該惹的人呢？

素年知道小翠要說什麼。「有什麼可擔心的？一般只會放狠話的，那都是繡花枕頭，不說別的，她就是現在站到我面前，那麼嬌滴滴的樣子，小姐我就是讓她一條胳膊，她也打不過我，妳信不信？」

小翠風中凌亂、全身顫抖著。小姐這說的都是些什麼啊？什麼打不打的？人家陸姑娘怎麼可能跟小姐打起來？

「而且啊，若是比後臺，咱也不怕呀！有蕭大人在，估計我們暫時也不會怎麼樣。」

「小姐，為什麼是暫時？」

素年笑而不語。為什麼是暫時？如果可以，她也不想加這個「暫時」，但這種事情，誰都沒法子預料的。

小翠默默地退到後面，她是沒辦法說什麼了，小姐愛怎麼樣就怎麼樣吧。

素年慢悠悠地在屋子裡繞著，這間屋子的擺設十分精巧，處處都是景致，多寶格上擱著的都是難得一見的奇珍異寶，素年一邊看，一邊感嘆，有錢就是好，這麼昂貴的物件就只拿來做擺設，真是……挺浪費的呀！

原本是雅致的賞花宴，可這會兒誰的心思都沒在那兩盆怒放的菊花上，都跟著素年的身影打轉呢！

不一會兒，從外面來了幾個小丫頭，給這裡的女眷們添茶加水，不料到素年這裡的時候，小丫頭手一歪，濺出了一些水漬落到了素年的衣裙上。

「奴婢該死、奴婢該死！」小丫頭立刻跪下來，連聲請罪。

素年看著裙子上的污跡。「不礙事的，妳起來吧。」

小丫頭戰戰兢兢地站起來。「沈娘子，您跟我去後面換洗一下吧，奴婢……奴婢……」

素年笑了笑，從善如流地跟著小丫頭往後面去了。安定侯府上使喚的下人，手腳可不會這麼笨拙，哪兒就能正好到自己這裡時歪了一下？這應該是安排好的吧？素年裝作不知道，跟著小丫頭七拐八繞地在侯府裡走了一會兒，來到了一個偏僻的小院子門口後，小丫頭低著頭退了出去，只留下素年和她的丫頭們。

推開院子的門，素年就瞧見了蕭戈，正站在院子中間，他旁邊坐著一個人，兩人正說著什麼，聽到響動，都不約而同地看過來。

「這是弟妹吧？唉呀，你這傢伙真是有福氣！」那人站了起來，用肩膀蹭了蹭蕭戈，臉上是促狹的笑容。

素年並沒有出現羞澀的表情，這讓那人挺驚訝的。「沈娘子，在下是蕭戈的好友，姓葉，葉少樺。」

「葉大人安好。」素年低身行禮，禮數周到。「聽蕭大人說，葉大人身子有些不適，小女子不才，想為大人診斷一下可好？」

「沈娘子可千萬別這麼說，都知道妳的醫術了得，這次在下也是厚著臉皮求著蕭戈才能請得到沈娘子，勞煩妳了。」

葉少樺十分惶恐，蕭戈對沈素年的情意，作為他的好友，自己還是有所瞭解的。若不是自己的身子真的每況愈下，已經到了無法忽視的地步，他也不願意去叨擾蕭戈還未成親的娘子。

素年淺淺地笑著，她知道能待在這裡的時間不多，在安定侯府上，能擠出一些時間讓她診脈已是不容易了，於是她也不耽擱，示意葉少樺將手腕伸出來。

從素年出現到現在，蕭戈發覺她一句話也沒跟自己說過，甚至都沒看他幾眼。怎麼回事？莫非他今日的穿著不入素年的眼？蕭戈低頭審視了一遍，還是挺瀟灑英氣的啊，怎麼了這是？

素年走上前，看著葉少樺撩起了袖子，眼睛盯在他的腕上。「今日在侯府，素年遇見了一名女子，名為陸雪梅，大家都稱她為梅姑娘。梅姑娘說了，作為蕭大人未來的妻子，光是會治病救人還不行，還必須要會吟詩作對。」素年停了一下，轉過頭看向蕭大人。「是這樣的嗎？」

蕭戈的表情愣了一下，緩緩地搖了搖頭。「並非如此。」

「那就好。」素年嘆了口氣。「我也是這麼想的，只是我說的……也許不是那麼委婉，讓梅姑娘有那麼一點傷心了。若是梅姑娘想要繼續跟我探討這個問題，蕭大人，您可一定要扛住啊……」素年說完又轉過臉去。

葉少樺的手已經握成了拳，臉扭到了一邊，能看到的半邊臉上，是憋到扭曲的臉皮，還在微微地顫動。

蕭戈靠在一旁的一棵木蘭花樹幹上抱著胳膊，看著素年給葉少樺切脈、看舌苔、詢問症狀。素年可能自己都不知道，她平日裡總給人一種略顯虛幻的印象，做事總透著隨興，那種隨興就好像所有事情都跟她沒有太大關係，她都不在乎。只有在她面對病人的時候，那層虛幻的表象才像被撕開來般，才讓人感覺到她是真真實實的。

所以蕭戈才會那麼喜歡在她瞧病時待在一旁看，他總是在想，什麼時候自己才能見到那個真正的沈素年出現在自己面前？

素年說的陸雪梅，蕭戈知道，他在跟皇上求旨迎娶素年的時候，就被皇上劈頭蓋臉地訓斥了一頓。當初蕭戈知道太后那裡早已給自己屬意了一個妻子時，他毫不在意，也未有反對，他原本覺得自己今後的妻子是誰都無所謂。蕭戈從沒在這種事情上費心，以後也不打算費心，所以正好，連娶妻都不用自己操心了，是誰都可以。

可蕭戈沒想到，他會再次遇見素年，這就是老人們常說的緣分啊！不惜緣會遭天打雷劈的，所以蕭戈頓時改了主意，既然他們有緣，他要是錯過了就是棒槌！

「那朕在太后那裡會被批成棒槌的！」皇上氣急敗壞。雖然早知道蕭戈必然會有此要求，但真到了這一天，皇上還是覺得相當頭疼。

陸雪梅冷傲的性子出奇地入了太后的眼，女子就當那樣，矜持高傲、進退有度、潔身自愛才是，所以太后對梅姑娘寵愛有加。可蕭戈跟自己的關係又十分親近，這真是給皇上出了個難題。

最終，皇上選擇成全蕭戈。棒槌就棒槌吧，再給陸雪梅指個好人家不就得了？皇上自我安慰著，硬著頭皮去太后那裡請罪。

但皇上不知道的是，陸雪梅曾經跟蕭戈有一面之緣，雖然並沒有說上話，但蕭戈渾身的氣度和大將之風，瞬間就擄獲了陸雪梅的心。

女人都相信感覺，也大都相信一見鍾情這種不可靠的說法，那會兒蕭戈正站在宮中一角，定神地看著什麼，察覺有道視線落在自己身上，才抬眼看到了陸雪梅。

蕭戈在對待不認識的人時跟素年有些相像，都是有禮有度，讓人挑不出錯誤，因此當下便輕輕點了點頭，這才轉身離去，不料卻從此讓他在陸雪梅的心中扎了根。

皇上企圖替陸雪梅另外賜婚的打算，遭到了陸雪梅的堅決反對，她跪在太后面前，以激烈的姿態求取一死，說是女兒家就要從一而終，雖然她跟蕭戈並沒有實質上的訂親，但她心裡也只能夠容得下一人，這是女子貞潔的表現。

這種表現，太后竟然十分感動，饒是皇上也只得對著蕭戈唏噓不已。這女人啊，他真真是搞不明白了。

「所以，太后原打算給你賜個平妻的，朕強烈反對了以後，改為抬成貴妾。」

現在事情還沒有定下來，因此蕭戈這會兒聽聞素年在安定侯府這裡見到了陸雪梅，心裡說不慌亂那是騙人的。

「葉大人，您的脈弦澀，苔白膩，舌黯，有少許瘀點，舌邊有齒痕，加之剛剛您說的，頸項痛如錐刺，痛勢纏綿不休，按之尤甚，痛有定處，夜間加重，伴上肢麻木、頭暈、欲嘔，小女子認為，這是項痹之症。」

素年的聲音軟軟的，聽在耳裡十分舒服。

「這種症狀施針效果最佳，再配以舒筋解痙的推拿，輔以內服外敷的藥物，則可緩解治癒。」素年說完，眼睛看向一旁的蕭戈。施針開方子她沒關係，但這推拿……那是要涉及頸肌、斜方肌、胸鎖乳突肌、肩背部……都是些她不大方便碰觸的地方。以前她不在乎，可現在都要做人家的妻子了，總不能還大大咧咧地伸手上啊！

「怎麼了嗎？」蕭戈走了過來。

「不知葉大人可成親了？」素年忽然轉頭問道。

葉少樺抓了抓頭。「剛成親沒多久。怎麼，這個跟我的病有關係嗎？」

素年認真地點點頭，既然成親了，那就好辦了。「是這樣的，小女子的那套舒筋解痙推拿的手法，可能要勞煩葉夫人了。」

蕭戈聽素年這麼說，心中了然，臉上不由得出現了一絲笑容。知道顧及自己的感受了，這是個好的開始。

素年先給葉少樺開了頸舒湯，粉葛、當歸、桂枝、黃芪、炒白朮、白芍、茯苓、狗脊、全蠍、炙甘草，又加了針對痰瘀阻絡的半夏、陳皮、紅花、丹參，讓他用水煎煮三次，將藥汁混合後，每日分三次服用，連用七日，然後停兩日再繼續。

剩下需要外敷的藥膏，素年還要花時間去做，待到施針的時候再一併帶上。

葉少樺說他新成親的妻子也參加了這次花宴，但是誰素年是對不上號的，他說之後會讓他的妻子給素年發帖子，邀請她來府上做客。

「如此，素年便恭候葉府的帖子了。」素年微笑著起身，她離開花宴的時間也夠久了，再不回去，那些女眷們會生疑的，雖然她覺得，就算現在回去也一樣……

「多謝沈娘子。」葉少樺對著素年深鞠一躬。

素年連忙避開回禮。

「對了，沈娘子，妳知道安定侯府有個姚姨娘嗎？」葉少樺忽然風馬牛不相及地提到了姚姨娘。

素年點了點頭。「略有耳聞。」

「這位姚姨娘原本是安定侯的心頭肉，卻不知為何觸怒了侯爺，落得如今被送到了莊子上的下場。沈娘子，在下聽說妳之前也來過侯府，不知對這事有什麼看法？」

「葉大人怎麼會想到問小女子這些？」素年很是疑惑。

「隨便問問，就隨便問問。」葉少樺笑了笑，表情確實挺不在意，彷彿真的是隨便想到，隨口問出的一樣。

素年也沒多想，淡淡地笑了笑。「小女子當初在侯府確實見過姚姨娘，那時，是為了侯府夫人的身子而來。記得侯府的韓公子曾經來向小女子詢問過侯夫人的病情，他問，他娘親的身子，是否是因為姚姨娘才不好的？」素年微微嘆了口氣。「應該算是吧，侯夫人堅強如斯，也不能忍受夫君的心被另一個人分走，若是夫人想不開，或許，就算是素年也無能為力。人們總說相思成疾，一旦這個疾病痊癒了，那也就說明，這個女子的心思，已經全然不在那個男子的身上了。」

素年給蕭戈和葉少樺行了禮後，帶著她的丫頭匆匆離開了院子，只留下蕭戈靜靜地站在那裡，看著她的背影消失。

「蕭兄，你這個娘子瞧著性子很剛烈呀！聽她剛剛的口氣，她是絕不會接受太后娘娘的好意的。」葉少樺有些擔憂，太后娘娘那裡，這已經是讓了步了，若是蕭戈繼續不識好歹，那麼……就算有皇上在，他也未必能夠全身而退。

蕭戈沒有說話，只是在想素年剛剛說的。願意為了別人而吃醋生氣，那是因為在乎，而素年……蕭戈笑著在心裡搖了搖頭，這丫頭可不是那麼好糊弄的，她不願意的事情，必然會堅決得不留任何後路。看來，他還是得再進宮一次啊！

第一百一十五章　太后指婚

素年這趟離開著實耽擱了不少時間，但侯府夫人沒有說什麼，其他人也不好詢問，見到素年再次出現，但衣裙上的污漬卻完全沒有任何處理時，也只能當作看不到，繼續將花宴進行下去。

離開侯府的時候，侯府夫人將素年親自送到門口，然後拉著她的手。「素年丫頭，還記得那個時候妳勸我，身子是自己的，除了自己沒人會心疼嗎？這男人納妾，是誰也無法改變的，更何況，也是身不由己，妳可千萬別往心裡去了。」

素年完全狀況外，下意識地點頭應承，等進了馬車，駛離了安定侯府，她才回過神。她好像還沒有出嫁呢，怎麼就扯到了納妾上面？

身不由己的納妾……素年沒法兒不往陸雪梅的身上想，再加上葉少樺最後莫名其妙問自己的問題，素年覺得，這並不難猜。

蕭戈和自己都還沒成親，就已經尋思著納妾了？身不由己的話……莫非是陸雪梅身後的太后作的決定？真夠可以的啊，做不了正妻就做妾，讓步也忒大了些，真是太不講究了。陸雪梅那麼高傲的樣子，瞧著也不像是會委屈自己做妾的，她就那麼喜歡蕭戈，非君不嫁了？

這句話，皇上這會兒也同樣地問著太后。「咱們麗朝多少文人豪傑，怎麼梅姑娘就非要蕭戈了？」

太后面露慈善的笑容。「這就是雪梅的堅持，是一個女子該有的性子。大家都知道她是要嫁給蕭戈的，這會兒又讓她嫁給別人，雪梅還活不活了？」

「可她不是還沒嫁嘛！母后，您再想想，好好的一個姑娘，別耽誤了人家。而且，這還沒嫁人就將自己當作蕭家的人……母后，您知道外面的人都是怎麼說的嗎？」皇上抖著臉，竭力做出一副心痛的表情。這個蕭戈，淨會給他出難題！納個妾怎麼了？哪個男人不納妾？怎麼到了蕭戈這裡就這麼麻煩呢？這個沈素年就這麼不能容人嗎？讓蕭戈納個妾會死啊?!

「嗯？外面的人怎麼說的？」太后的眉頭皺了起來。

「他們說是……恬不知恥。母后您是不知道，我們皇家，有多少雙眼睛在盯著看呢！梅姑娘這種舉動，往好了說是忠貞，往不好了說……讓人還以為她和蕭戈之間有點什麼呢！要知道，他們兩人男未婚、女未嫁，梅姑娘還一直養在您的跟前，這會兒竟然就非君不嫁了，大家心裡會怎麼想？」

太后不語，皺著眉頭在思索。

皇上狗腿地親手給太后遞過去一杯甜茶。「朕知道梅姑娘是個好的，這麼些年在您面前承歡膝下，就因如此，更不能委屈了人家。怎能做妾呢？這說出去，讓人家怎麼想我們、怎麼想您啊？前朝重臣遺孤，到頭來竟只落得一個妾室的地位，母后，這萬萬不妥呀……」皇上說得口乾舌燥，也端起一旁的茶盞猛喝了一口。蕭戈這小子，這次欠自己的可是欠大了！

「說得有理，可雪梅只認定了蕭戈……」

「那就更不行了！母后您想，他們二人素未謀面，為何梅姑娘如此堅持？就算是為了她說的那份忠貞不貳，可也不能拿太后的名聲來全了自己的貞節啊，那樣的話，您對她的教養之恩，她要置於何地？」這是一劑重藥。

太后之所以會由著雪梅，是因為雪梅表現出來的忠貞，讓太后覺得這孩子不錯，而且也確實想壓一壓蕭戈，憑什麼他說不要就不要？

但那也只是在太后並未覺得自己受到牽連的情況下，而現在，皇上說的不無道理，雪梅是前朝大臣遺孤，要是真讓她做了妾，她的名聲是有了，可防不住別人會如何想自己啊！好好的姑娘家給人做妾，這說出去，那才是丟了皇家的臉面。

太后點了點頭，直接讓人去將陸雪梅傳來。

皇上這個時候是應該離開的，但皇上覺得，他還是等事情確認了以後再走比較好，省得蕭戈到時候追著自己問結果。

皇上沒有離開，太后也沒有說什麼。

陸雪梅很快地前來了，一襲清雅的白衣，傲然若雪，她嫋嫋地跪拜下去。

看著養在自己跟前的陸雪梅，太后心裡透著滿意。「雪梅呀，前些日子跟妳說的事，妳還是忘了吧。哀家想過了，不能讓妳受這委屈，趕明兒讓皇帝給哀家列一份名單，哀家呀，要好好給妳挑一門好親事！」

陸雪梅猛地抬起頭，眼裡有沒能隱藏住的驚詫。「太后娘娘，雪梅說了，若是要嫁給別的男子，雪梅寧願一死。」

「雪梅呀，妳這是何苦？妳跟蕭戈之間的事並未說開，沒有多少人知曉，妳若堅持如此，反而會壞了自己的名聲。」

「雪梅不怕。儘管沒有太多人知道，可雪梅是個要臉面的，若是另作他嫁，太后娘娘，雪梅必然會被唾棄的。」

「誰敢唾棄妳？妳可是自小養在哀家身邊，斷斷不能為妾，便是平妻也不行，不然，還讓人以為哀家苛待了妳呢！」太后言語中帶著一些笑意。雪梅也是個通透的，她相信說得這麼直白了，她定能知曉。

可誰知，陸雪梅卻重重地將頭磕在地上。「還請太后成全，若是不能嫁給蕭大人，雪梅也只能帶著清白的身子死去，如此也算不辜負太后娘娘平日裡的教誨。」

「我就教誨妳死腦筋了？」太后的笑容保不住了，她沒想到都說到了這個地步，陸雪梅仍執迷不悟！她看了一眼皇上，心裡想著剛剛皇上所說的話。「雪梅呀，妳跟蕭大人……之前是不是見過？不然為何非他不嫁？」

陸雪梅眼中有光一閃而逝。「回太后的話，並未見過。只是正如雪梅所說，雪梅不願讓別人妄議，不想成為那等輕薄的女子。」

「那妳就願意哀家被想成是苛待了前朝臣子遺孤的人不成？」

太后嚴厲起來的聲音讓陸雪梅渾身一震，她心知不好，可為什麼？之前不是都好好的嗎？太后怎麼突然就改變了主意？

「母后別氣壞了身子，想來梅姑娘也只是一時想左了。母后一直待梅姑娘如同己出，她定然不會讓您失望的。您放心，朕今兒回去就將單子給您送來，保准您能挑出個滿意的！」

皇上急忙出聲，安撫了太后之後，眼神平靜地看向陸雪梅。這個女子太清楚太后的想法了，之前潛移默化地讓太后順著她的想法思考，這會兒太后想明白了，自然不會同意這種荒謬的提議。蕭戈也是個明白的，將問題分析清楚，還「順便」帶上了好大一包給慧嬪養身子的藥。那都是沈素年親手調製的，只是她不能經常進宮，便託了蕭戈送進來，這送藥的時機可真是剛剛好啊！

陸雪梅面若死灰，她明白再糾纏下去，只會讓太后更加不喜，她也並非真有勇氣去死，因此只能哀哀地伏在地上，心裡想著蕭戈的面容，謝太后隆恩。

葉家的帖子來得很快，正好素年的藥膏也已經完成，用防風、狗脊、土鱉蟲、紅花、澤蘭、木香和三棱製成活血、消炎止痛的藥膏。素年帶著藥膏和銀針來到了葉府。

名義上，素年是應葉夫人的邀約來葉府做客，所以等在內院垂花門的是年輕的葉夫人。對方似乎有些面熟，素年揚著笑容走過去，一副跟人家很熟絡的樣子。

「沈娘子，裡面請。」葉夫人態度也十分熱情，將素年引到一處院子。

「葉大人呢？他最近幾日身子的情況如何？」

葉夫人一面帶著素年往她的院子裡走，一面激動地感謝素年。「少樺之前夜裡經常會疼醒，吃了藥也不見好轉，沈娘子開的方子這幾日都按時吃了，症狀略有緩解，真是多謝沈娘子了！」

素年笑笑，也不多說什麼。哪兒就有那麼神奇了？之前的大夫肯定也不是糊弄人的，而且還是太醫呢，這裡面估計還有心理作用的成分在。

兩人走進了院子，院門立刻落了鎖。院子裡，素年一眼就看到了蕭戈的身影，他身上似乎發著光，讓人迅速就能夠注意到他，也難怪陸姑娘會對自己那麼有敵意。

可是，蕭戈出現在這裡是什麼意思？他是不放心自己，所以跟來看看的嗎？素年眼裡有些不解，並且，還有些淡淡的遺憾。

看到葉夫人和素年進來，葉少樺自然而然地迎了上來，跟妻子站在一塊兒。

蕭戈則來到素年的身邊，臉上卻奇怪地有一些侷促。

「不是要推拿嗎？妳是打算在妳丫鬟的身上比劃，然後讓葉夫人動手的對吧？」蕭戈不自然地摸了摸鼻子。「我尋思著，男人的身子跟女人的不一樣……穴位什麼的，不是要精準才會有效嗎？咳，我今日正好休沐，若是需要，我也是不介意的……」

噹！蕭戈的話音剛落，素年身後刺萍手裡的東西就落了地。

素年回頭看時，小翠正面不改色地從地上拾了起來。

見素年看過來了，小翠竟然還能擠出一個虛弱的笑容。「沒事，小姐，我們挺得住。」

素年滿臉無語地看著小翠和刺萍拾起了東西，站直了身子，然後眼觀鼻、鼻觀心地盯著自個兒的腳尖，渾身透出一股看破紅塵的感覺。她覺得小丫頭們挺不容易的，自己這個小姐就有些不可靠了，這會兒又多了一個，她完全能體會得到她們的心塞。

轉過臉，素年發覺蕭戈臉上的表情竟然比自己還要正經，她就震驚了，這人說那話不會不好意思嗎？說實話，蕭戈的這個想法素年很是支持，因為他說得沒錯，她本來確實打算拿小翠當模特兒，告訴葉夫人應該推拿什麼穴位、需要怎麼使勁兒，但女子的身體和男子的還是有很大的區別，為了保證能達到最好的效果，找一個男模特兒十分關鍵。

但這事，蕭戈不需要那麼積極好嗎？他腦子轉得可真夠快的呀！素年佩服不已。

先進了屋，素年讓葉少樺將外衣除去，只留中衣，然後讓他頸部前屈，向左右動，葉少樺臉上出現疼痛的表情，素年心下瞭然，葉少樺的頸椎小關節應該出現了退行性病變。

素年又讓他將頭偏向疼痛的一側，素年的左手掌放在葉少樺的頭頂部，右手握成拳輕叩左手背。「如何？手臂是否會疼痛或是麻木？」

葉少樺感受了一下後，輕輕地搖了搖頭。

素年的手放了下來，還算好，說明他的椎間孔還沒有出現根性損害。

剩下的檢查，由於動作偏大，只能拜託蕭戈來完成，素年退後了兩步，讓葉少樺低下頭，蕭戈的一手扶住他的頭頂部，另一手握住患肢腕部，作相反方向推拉。

「疼疼疼！」葉少樺立刻鬼叫起來。

素年神色一凝。「很疼嗎？什麼樣的？是不是有種放射性的疼痛？有沒有麻木感？」

葉少樺掙扎著從蕭戈手裡掙脫出來，一臉苦相地揉著胳膊。「我跟你有仇啊？你要下這麼重的手？這又不是在校練場上！我是病人好嗎？是病人！」

蕭戈面不改色，眼中反而還出現了些疑惑。「我下重手了嗎？要真下了，你的胳膊還能這麼好好的？」

葉少樺不說話了，可憐兮兮地轉向素年。「沈娘子，要不還是妳來吧？這人出手都沒數的，妳剛剛問的那些，我統統都沒有感覺到，太疼了，哪還分得清是什麼樣的疼痛？」

蕭戈往素年身前走了一步，擋住了葉少樺「求救」的眼神。「別啊，再讓我試一次，這次我一定讓你滿意！」

素年捂著半邊臉，她不想管了，他們自己玩好了。

「沈娘子……這……」葉夫人沒見過這種陣仗，有些無措地站在一旁。

素年走到她身邊安慰道：「夫人寬心，他們男人的交情都是這樣打出來的，沒事、沒事的。」

那邊葉少樺和蕭戈總算「協調」好了，牽拉手臂的同時迫使葉少樺的手臂作內旋動作，他會感覺到手臂出現了麻木。

接著，素年讓蕭戈一隻手按住葉少樺沒有出現疼痛麻木的一側肩部，起到固定的作用，然後另一隻手握住葉少樺的腕部，並使其逐漸向後、向外作出伸展狀。

「沈娘子，我葉某沒有哪兒得罪妳吧？上次、上次在校練場將蕭戈打倒那也是個意外，平日裡都是我倒下的，妳不能因為這個就故意替他報仇呀！啊啊啊啊！疼死了，你放手！」

葉少樺的話讓蕭戈「不小心」用力過度。

嚎叫得素年都不忍直視了。

葉夫人緊張地揪著素年的袖子。「這、這會不會出問題？我瞧著蕭大人挺使勁的……」

「放心，蕭戈有數的。」素年安慰著，卻也好笑蕭戈也會有被人打倒在地的時候？她本以為蕭戈百戰百勝呢！

這種伸展增加了對頸神經根的牽拉，葉少樺感到了手臂有明顯的放射狀疼痛，說明他的頸神經根或臂叢有受壓或是損傷。

總的檢查下來，葉少樺的頸椎問題素年已經心裡有數了，頸椎有退化性病變，再加上作為一個武將的慢性勞損，整天在校練場上摔打，超過頸部耐量的運動，加重了頸椎的負荷，要想調養回來，可得要花些時間。

「不用再檢查了嗎？我覺得他的另一隻胳膊似乎也有些問題呢！」蕭戈意猶未盡地問素年，明顯是覺得「幫得」不夠啊！

「你才有問題呢！沈娘子，蕭戈可也跟我一樣，保不齊他也有這方面的困擾，我覺得，很有必要趁著這個機會，也一併檢查一下他的身子！」

「……嗯，也可以。」蕭戈竟然沒有反駁。

素年一愣，腦子裡隨即莫名其妙地浮現出了蕭戈的想法——他若是也要治療頸椎，那是不是也得推拿？那必然是她來動手啊！素年忽然用小手搧了搧，這屋子裡可真悶吶……

大致瞭解了葉少樺的情況後，素年讓他趴在榻上。這年頭也不能做X光檢查，素年只能用手去按壓他的頸椎和脊椎部分，素年皺著眉頭，一節一節地摸下來，發現第七頸椎橫突有些過長，並有輕微的骨質增生。

「小翠，銀針。」

小翠立刻嫻熟地將素年的針灸包拿過去，在一旁的案几上鋪開來。

素年從裡面選出一根毫針，在葉少樺頸項部位按壓後出現疼痛點刺入，平補平瀉手法。隔著中衣進針，難度要稍微大一些，危險性也高，幸好素年所用的大都是銀針、金針。

素年找到夾脊穴，用銀針向脊椎方向成大約七十五度角刺入，進針到感受針尖有抵觸感之後退針五分，用提插結合小幅度撚轉，葉少樺之前的疼痛有些嚴重，素年便緊提慢插，同樣用平補平瀉手法。

大椎穴，快速進針，緩慢送針到一寸五分深，進針時針尖略朝上，得氣後針尖略朝下，然後以拇指食指挾住針柄快速小幅度撚轉。「有何感覺？」

葉少樺趴在那兒。「嗯……痠脹感一路往下……」

於是素年便改成自上而下有節奏地撚轉運針大約有半分鐘，將針退出至皮下，再將針尖指向葉少樺疼痛的方向，提插撚轉約一分鐘，等他的痠麻到達了肩臂，將針起出。

風池、天柱、曲池、合谷、後溪，素年每扎一針，葉夫人的心就猛跳一陣，她知道這種時候不能影響到素年，便咬著絲帕，強忍著不發出聲音，可是看著那一根根閃著寒光的銀針透過衣服扎到少樺的身體裡，葉夫人就忍不住顫抖。

一連下了數根銀針，素年這才停了手。這些針需要留針兩刻鐘，她正好將藥膏交給葉夫人，然後教她要怎麼用。

「沈娘子，妳叫我眉煙就好。」眉煙輕柔淡笑，有些不好意思地開口。

「如此眉煙便喚我素年吧。」素年也不推辭。她們二人年歲本就相近，眉煙又是素年挺喜歡相處的那種人，便從善如流地應了下來。「這些藥膏，在葉大人的頸項部、肩背部及手臂胳膊疼痛較甚的地方貼敷八到十二個時辰，隔日更換一次，但最好不要連續超過十次。」

眉煙皺著眉頭往心裡記，生怕漏聽了什麼。

素年還要教她一些簡單的頸部操，讓她沒事可以監督葉大人做一做。

「等會兒，我去拿筆和紙記下來！」眉煙立刻叫停，衝出了屋子去取東西。

小翠突然「哎呀」了一聲，拉著刺萍也往外走，邊走嘴裡邊嘀咕，似乎有什麼重要的事情她給忘了。是什麼呢？她們來好好地想一想。

門輕輕地關上，屋裡頓時只剩下趴著不能動彈的葉大人，和面面相覷的蕭戈、素年。

素年走到一旁坐下。

蕭戈也慢慢地踱了過去，雖然屋裡還有個礙眼的，但基本上可以忽略不計。

葉府的茶似乎另有一番風味，素年捧著茶盞，小口小口地抿著。半晌，素年將茶盞輕輕放下，轉過頭，十分莊重堅定地看著蕭戈。「蕭大人，素年有一事想問。」

「妳說。」

「蕭大人是否要納那位陸姑娘為妾？那日在安定侯府，素年見到了陸姑娘，從她的語氣和素年聽到的傳聞，似乎是如此。」

蕭戈緩緩地搖頭。「不是，我不會納她為妾。」

素年鬆了一口氣，她相信蕭戈不會騙她，這有什麼好騙的呢？可是鬆口氣之餘，素年心裡卻升騰起淡淡的惆悵。自己的這口氣，能鬆到什麼時候呢？蕭戈只是不納陸雪梅而已，但以後呢？陸雪蘭、陸雪竹之類的一定會出現，差別只在什麼時候出現罷了。

蕭戈一直盯著素年的臉看，她神情裡一絲一毫的變化都不錯過，於是也沒有漏看了她的惆悵。「我不能保證將來絕對不納妾，因為我現在的位置，也許並不能避免，但是，我絕不會主動往家裡添人，這個我可以保證。」蕭戈脫口而出，等說了以後才想起，屋子裡面還有別人在啊！

葉少樺將身子縮起來以減少自己的存在感，但從他小幅度顫動的身體看來，他這會兒心情十分不錯。能夠聽到蕭戈開口說這種話，奇跡啊！他要說出去，他一定要說出去！這麼有意思的事情，不能只有自己一個人享受到，太浪費了！

蕭戈這會兒顧不上葉少樺了，他盯著素年的表情。他是認真的，除了素年，他沒有遇過其他讓他心動的女子，哪怕就算是以後又出現了，他也不會做出對不起素年的事情，蕭戈就是這樣的人，他有強烈的責任心，他必然會對自己的作為負責任。

素年還是淡淡地笑著，她相信蕭戈是真心的，蕭戈這樣的人，只要他說出口，就一定會做到，只是，這裡是古代，有太多的身不由己，若是蕭戈以後真的被迫納妾，她會怎麼做？多半是及時抽身吧……素年不無遺憾地想著，她願意為了蕭戈留下來，願意在這片土地、這個時空裡活下去，但前提是——蕭戈還得是這個讓她心甘情願留下的蕭戈才行。

葉少樺的抖動讓蕭戈看不下去了，這人就不懂得低調一點嗎？

葉少樺咬著手背，身體抖得停不下來，忽然間，面前投下一片陰影，他慢慢抬起頭，看到蕭戈站在他面前，臉上驚悚地帶著一抹笑容！

第一百一十六章　小翠出嫁

「我沒聽到，我真的什麼都沒聽到！」葉少樺下意識地否認。

一旁的素年聞言都不禁搖頭，太假了。

「我真沒聽到，真的！」看到蕭戈不說話，葉少樺急了，也顧不得身上的銀針，就要掙扎。「就算聽到了，我也沒打算說出！」

素年無奈了，眼瞅著蕭戈的笑容有加深的跡象，她尋思著，是不是要出聲幫葉少樺一下？要是弄壞了銀針可就不好了。

正巧，眉煙取來了文房四寶進了屋，小翠和刺萍也跟在她的身後進了屋，蕭戈這才「深情」地看了葉少樺一眼，走了回去。

「素年，妳說吧，我都記下來就不會錯了！」眉煙鼻尖上有細細的汗水，卻是馬不停蹄地執筆，讓她繼續說。

頸部操，其實很簡單，一共只有四式，可在休息的時候做。讓人坐在椅子上，挺直腰背，兩眼平視，呼吸調勻，全身放鬆，然後慢慢地低下頭，盡量將下頷貼向胸部，保持片刻，接著恢復原位。這是第一式，低頭動作。

接著是第二式，抬頭。頭慢慢地向上仰望天空，保持片刻後復原。

第三式，頭慢慢地左偏，將左耳向左肩貼近，保持片刻後，換成右邊再做一次。

第四式，頭慢慢向左旋，盡量從左肩上方朝後看，保持片刻後恢復，同樣的動作換到右邊再做一次。

這一套四式完成一輪算一遍，休息一會兒再做第二遍，可以重複五到十遍。

眉煙振筆疾書，不僅記下來，還順便讓素年做了個示範，她也跟著學了學。

這會兒，葉少樺身上的銀針可以起出來了，素年上前收拾，然後又將眉煙叫過去。「我來教妳一些簡單的穴位，這裡是百會穴，」她指著葉少樺的頭頂。「用中指按這兒，由輕到重按揉三十次……拇指放在太陽穴這裡，其餘四指微分開……這樣，放在兩側頭部，然後同時用力，對了，也按揉三十次……」

素年一邊說著，一邊指導眉煙的動作。這些其實都是葉少樺自己可以做到的，但眉煙學得很認真，一邊學，一邊記，一邊問，讓素年覺得葉少樺可真是個好福氣的。

接下來，就到了蕭戈派上用場的時候了。素年才說他們可以嘗試推拿按摩的手法，蕭戈就十分配合地開始脫衣服了，素年看得眼睛都直了，忙連聲讓他穿上，沒瞧見眉煙已經躲到屏風後面去了嗎？

「可是，不是要示範推拿嗎？」蕭戈眼神正直地看著素年，他只是想要配合而已。

「真不用，穿著就行。」素年無奈地垂著頭，等他穿好了，才將眉煙又拉了出來。

眉煙已經不敢正視蕭戈了，眼睛只敢在葉少樺的身上打轉。

素年也不多說，讓眉煙看著就行，她先在蕭戈身上指出頸肌、斜方肌、胸鎖乳突肌，然後又告訴眉煙，葉少樺的疼痛點大概在哪幾個部位，這些地方需要雙手拿揉，要帶些力度，從上至下拿揉兩到三遍。

然後，素年用手背及小魚際部位，透過做腕關節內外旋動作，邊滾邊往前推，沿著頸項部、肩背部、疼痛一肢的後側、外側、內側，從上至下，再由下而上往返滾推三到五遍。

素年在蕭戈的身上示範著，操作時必須要有節奏感、滲透感，頻率不宜太快。「特別是葉大人覺得疼痛難忍的時候，這樣做能夠鬆弛這裡的肌肉，緩解疼痛。」

眉煙學得十分上心，沒掌握要點就一遍一遍地讓素年示範著，不僅在蕭戈身上示範，也在她的身上示範，切實地感受著。

然後是點按法，這個需要眉煙認清楚穴位，風池、膽經腧穴、風府、大椎、肩井、肩髃、缺盆、天宗、曲池、手三里、內關、中渚、合谷等，為了讓眉煙能夠記住這些穴位，素年甚至在紙上畫出一幅簡單的圖，將穴位大概的地方標注出來，然後一個一個在蕭戈身上指給眉煙看。

素年的指尖帶著淡淡的溫熱，穿透了衣物讓蕭戈感受到，蕭戈只覺得自己的注意力不斷地隨著素年的手指變換著方向，有些穴位她會點按給眉煙看，不輕不重的力度，每按一下，蕭戈的腦子裡都會微微震動。

等素年全部演示完，蕭戈悲劇地發現，他今兒來這裡，似乎不是個明智的選擇……

素年和眉煙都是弱女子，兩人停了手後，發現對方都是香汗淋漓的。推拿本就是件花力氣的事，蕭戈和葉少樺又都是武將，兩人身上的肌肉極為緊繃，就更加花力氣了。素年捏得手都瘦了，無力地甩了甩，示意本次推拿教學圓滿結束。

「真是勞煩妳了。」眉煙十分不好意思。素年是客人來著，卻讓她辛苦成這樣。「我備了一桌席面，還請妳別嫌棄。」

「這話怎麼說的？素年只是個普通的醫娘，談何嫌棄？這就生分了不是？」

兩人說說笑笑就走出去了，她們已經在這裡待了很久，這會兒得趕緊出去露個面呢！只留蕭戈和葉少樺兩個大老爺兒們在屋子裡面面相覷，尤其是葉少樺，還衣衫不整的……

「那麼，我們接著來談談剛剛你都聽到了些什麼……」蕭戈邊笑邊走向他。

在家待嫁的日子，素年反而最是清閒，只除了一點很頭疼，就是小翠。玄毅從北漠派來的花轎即將抵京了，派了快馬來素年這裡報信。

「也就是說，最多還有兩天，妳就要出嫁了……」素年不無感嘆地說。「我的日子也定了下來，這下妳可以放心地嫁了吧？」

小翠抿著嘴，她不想走，一點都不想！小姐成親這麼大的事，她如何能夠不陪在身邊？看著小翠冥頑不靈的樣子，素年也沒轍了。小翠這孩子是個死腦筋，但這下子要怎麼辦？難不成花轎來了她真的不上？這還得了！

素年可不管小翠願不願意，就張羅著給她請來了安定侯府的夫人，她是個全福人，素年說，就當是她要成親之前的練習了。

侯府夫人一開始心裡還有些嘀咕，不過是個丫頭出嫁，怎麼要這麼大的排場？後來聽說，小翠姑娘嫁的是清王，她當場就呆住了。

「素年丫頭，妳這丫鬟確實是要嫁到北漠的？」

「是的，夫人，是清王殿下。小翠嫁過去後，是貨真價實的王妃呢，比我還尊貴。」

侯府夫人的眼睛眨了半天，愣是回不了神，這沒法兒回啊！王妃？我的娘祖宗呀，一個丫頭竟然成為了王妃？這清王殿下究竟是怎麼想的？

清王的王妃，那請來安定侯夫人也不算埋汰她，侯府夫人心裡氣順了，樂滋滋地來到了沈府，見到小翠，那眼睛裡全是探究的神色。

可小翠的臉上，是一點喜悅的表情都沒有，侯府夫人心裡又犯起了嘀咕。這瞧著不像啊！一躍成為了清王王妃，小翠姑娘的臉色咋還淒慘慘的呢？

「她呀，是捨不得離開我。」素年笑著跟侯府夫人解釋，再說，這是事實呀！

刺萍手裡拿著素年給她置辦東西的錢時，臉上的表情驚呆了，這可不是筆小數目呀！

「小姐，那都要買些什麼？」刺萍不淡定了，小姐怎麼放心她拿著這麼多錢的？

「這裡有我先前列的一張單子，妳瞧著上面的決定。」素年遞過去一張紙，她已經盡力了，反正是照著蕭戈送來的嫁妝列的單子，具體買什麼樣式的，就讓刺萍決定吧。

刺萍手都在抖，這麼一筆大數目，小姐就放在自己的手上，還讓她自己決定買什麼！那她若是萌生點壞心，以次充好，然後報上帳，誰能夠知道？

可刺萍只是驚嘆了一下素年的大膽，便開始在外面一樣一樣地按照她羅列出來的清單採買了起來。

面對這麼多銀子，說不動心那是死人，但刺萍知道什麼該做什麼不該做。

在還沒來到素年身邊的那段日子裡，刺萍表面上還能維持得住鎮定，可她心裡其實慌亂極了。那一個個來挑人買丫頭的人家，第一個就將自己剔除了出去，只因為她長得漂亮，正經人家的夫人們，沒人願意將自己留在身邊。跟她一起等著被人買走的小姑娘裡，有人悄悄地告訴她，以後，等著她的只有兩條路——要嘛被人買去做妾，要嘛被人買去當作後宅裡爭鬥的工具。

刺萍哪條路都不願意！她以前也是官家小姐，家裡會遭此劫難就是因為她的父親寵妾滅妻，事事都順著那個狐媚的妾室，才讓好好的一個家支離破碎。

刺萍生平最恨的，就是那個魅惑了她父親、讓他們家破人亡的妾室。那個時候，刺萍甚至想過了，若是當真被買去做人家的妾室，她也許寧願保持著清白之身去黃泉找她的娘親。

可是，她竟然被買走了，不是做妾室，也不是做工具，而是堂堂正正地做人家的丫鬟！跟在素年身邊，她不曾被要求做過任何違背自己心意的事情，也不曾被踐踏地對待過。

素年跟她們同桌而食，跟她們有說有笑，出去逛街買東西時總記得她們的一份，有什麼好東西，也都會巴巴地拿來跟她們分享，刺萍都覺得，她哪是來做人家丫鬟的？日子竟比從前過得更加輕鬆、自在。

看著素年對待小翠的樣子，看著宮裡的慧嬪娘娘，刺萍很是慶幸。她能夠遇到素年是她的福氣，若是不惜福，是會遭到報應的。

這些日子，刺萍一趟一趟採買回來的東西就堆在院子裡，阿蓮細心地給它們繫上紅色絲線，並給布料、衣物薰上香，忙得不亦樂乎。

就是明天吧，小翠就要跟著迎娶的隊伍離開自己了。素年臉上是淺淺的笑容，她應該開心才是，這個跟著自己一路過來的小丫頭，終於苦盡甘來了。玄毅那孩子自己是知道的，既然求娶了小翠，勢必不會怠慢了她，她以後會快快樂樂地過日子了吧？真好……素年抬起袖子，在眼角掃了一下，真是太好了。

身後忽然有動靜，這個時候會出現在她身邊的，也沒有別人了。素年的身子沒有轉動，仍舊抬著頭，看著天上半彎的月亮。記得她才剛剛來到這世界的時候，在牛家村，看到的也是這個形狀的月亮呢。

「小姐，妳在看什麼呢？」小翠的聲音從素年身後傳來。

「看月亮呀！妳看，白白胖胖的一彎，多好看。」

「嗯，是呢！小姐還是那麼愛看月亮，還說上面有許多個坑，明明這麼亮，怎麼會有坑呢？」

「是呀，明明這麼亮，怎麼可能會有坑呢？」素年仰望著天空，皎潔的月亮倒映在她的雙眼中，璀璨生光。

一條薄薄的毯子從後面將素年的身子裹住，素年的手輕輕地摸上去，毯子的邊角已經有些起毛了，這是小翠親手做的，一邊唸叨著小姐不愛惜身子，更深露重的，一個破月亮有什麼好看的，一邊卻縫出了這條剛好能將她裹在椅子裡的毯子。

素年的心裡一下子漲得滿滿的，轉過頭正想說什麼，卻瞧見小翠的手裡捧著一只箱子，然後一件一件地往外拿出東西。

「小翠趁著這段時間，又做了好幾條，萬一這條壞了，還可以換掉，小翠怕是以後都沒法兒給妳做了。小姐千萬記得，別貪看了月亮，讓風吹著身子……」小翠吸了吸鼻子，用袖子用力擦了擦臉，接著往外拿。「這是給小姐做的衣服，因為趕時間，緊趕慢趕的，做得不大好，可小姐說小翠做的衣服穿著最舒服，雖然倉促了些……」

素年看到小翠的眼睛裡有水滴落了下來。

小翠趕忙將衣服拿開，生怕眼淚弄髒了衣服，接著又擦了擦眼睛。「這是給小少爺的，小翠知道，往後，沒有皇上的旨意，小翠怕是都無法回京，所以……所以提前做了，也不知道合不合身……還有這個，小翠把小姐愛吃的東西都寫了方子，一步步的，小姐若是想吃了，就使人照著上面的來做……小姐，妳餓了沒？小翠最後再給妳做一頓吃的……好不好？」沒聽見素年的回答，小翠也不在意，眼睛裡一邊有水滴往下落，一邊繼續絮絮叨叨地說著，時不時還擦一下眼淚，讓被淚水模糊的視線清晰一些。

院子裡寂靜無聲，只有小翠斷斷續續的聲音在響著。

素年的嘴用力地抿著，忍得眼淚一顆一顆往下掉。

那個小村落裡，自己睜開眼睛時，看到了才十二、三歲的小翠，穿著青色的粗布衣，一臉的稚氣，在自己身邊哭得一塌糊塗，只因為以為她死了。

小小的身子，又要撿柴，又要洗衣做飯，將所有能吃的都顫巍巍地捧到自己的面前，憨憨地衝著自己將臉笑成一團……

再也不會有了吧？將整顆心都掏給自己的小丫頭，自己再也不會遇見了吧？

素年壓抑不住的抽泣聲，讓小翠的聲音慢慢地停了下來，她咬著自己的嘴唇，抖著聲音，抬起頭問：「小姐，小翠能不能不嫁了？」

素年晃動著頭，眼淚隨著動作，將裹住她身子的毯子打濕。她不能這麼自私，那才是小翠的幸福，她必須親手送到小翠的手裡，哪怕再傷心、再難受，她都不會讓小翠為了自己，錯失了屬於她的幸福……

第二日，侯府夫人一早來為小翠開臉上頭，卻驚訝地看到了小翠腫如核桃的眼睛，正想問素年怎麼回事呢，轉頭又看到另一對核桃，當即無語凝噎。今天小翠要上花轎啊！這樣……這樣可如何是好？

刺萍和阿蓮已經端來了一個托盤，裡面放著包裹住冷茶葉的絲帕、煮熟並剝了殼的雞蛋，和包了碎冰的布。

「趕緊敷敷、趕緊敷敷！今天就要出嫁了，這像什麼樣子！」素年頂著比小翠更腫的眼睛訓斥她，拿起包了冷茶葉的絲帕，開始在小翠眼睛周圍敷著。茶葉裡所含的單寧酸是一種很好的收斂劑，可以有效地消腫，雞蛋和冰塊也能對這種情況起到作用。

侯府夫人無奈地站在一旁瞧著，這對主僕也真是夠了，小翠姑娘是要嫁過去做王妃的呀，象徵性地哭一哭也就算了，哪能將眼睛哭成桃子呢？又不是生離死別。

其實，離生離死別也差不了多少了。清王不能夠隨意進京，而蕭戈這樣敏感的身分，也不可能去北漠見清王，今日一別，什麼時候才可以再見？

五色棉紗線為小翠絞臉，素年看著侯府夫人給小翠開臉畫眉、塗脂抹粉。

「一梳梳到尾，二梳梳到白髮齊眉，三梳梳到兒孫滿地，四梳梳到四條銀筍盡標齊……」

小翠安靜地坐在那裡，小姐在她身後給她梳頭。這本是侯府夫人的事情，她是全福之人，而素年不是，素年甚至連一福都算不上，父母雙亡，還未成親，更別提子女了。但小翠執意要由素年執梳子，說：「小翠不管什麼全福不全福，小姐就是小翠的福氣。」

如此一來，侯府夫人也沒轍了，想怎麼樣就怎麼樣吧。

小翠這裡才剛剛收拾好，阿蓮就跑過來，說是迎親的隊伍快到了。

「快！紅蓋頭、紅蓋頭呢？」素年慌了，眼睛四處搜尋著。

「這個不急，妳快些去前面，小翠姑娘沒有高堂，會去給妳磕頭的。」侯府夫人急忙將素年推出去。

素年坐在正廳裡，沈府中沒什麼閒雜人等，一應事宜都是她們自己在操辦，所以她才可以以一個未嫁人的身分，坐在這裡等著小翠來磕頭。

這是小翠要求的，她不求多奢華，不求什麼禮數，她只希望，能在素年面前磕個頭再走。

這也是素年第一次經歷這種事，心裡不免有些忐忑。

小翠坐在床榻上，安定侯府夫人跟她說了一些需要注意的事項，可她哪兒還能聽得進去？出了沈府的門後，她就不再是小翠了，她將是清王的王妃，也許再也不能跟自己熟悉的這些人見面了……

侯府夫人正說著，忽然，門「吱呀」一聲又開了，素年的腦袋偷偷摸摸地探進來，看到侯府夫人時還一愣，似乎挺奇怪她怎麼會在這裡的。

「哎喲，我的小祖宗，妳怎麼又來了？迎親的隊伍都要上門了，妳不好好在正廳坐著，到這裡做什麼來了？」侯府夫人無奈了，走過去將門打開。

既然被發現了，素年乾脆大大方方地走進來。「我還有點事要跟小翠交代一下。」

侯府夫人也沒辦法，只能趕緊出去。「快些啊，沒時間了。」

素年猛點著頭，將門關好後，才賊笑著走到小翠旁邊坐下。

小翠的眼睛裡透著希冀，她不想跟小姐分開，小姐是不是有辦法了？

「這幾天太倉促了，最重要的東西忘了給妳，拿著，路上有空的時候多研究研究。」素年動作隱秘地塞給小翠一本小冊子。

小翠一愣，立刻就想翻開。

素年一把按住，神色嚴肅。「路上再看。記住，這個很重要的。」說完，又偷偷摸摸地摸了出去，將侯府夫人給喚進來。

吉時已到，外面喜慶的嗩吶聲吹響，鞭炮震耳欲聾。

小翠被領到素年面前，她看到小姐的手指緊緊地摳在椅子扶手上，指尖已經泛出白色，這是小姐在緊張的時候習慣性會做出的動作，可小姐的臉上卻依然扯出了笑容。是不想自己走得有遺憾，想要笑容滿面地將自己送出去吧？小翠雙膝跪地，嘴唇抖著，眼睛裡蓄著淚，重重地將身子彎下去。

咚！額頭碰在地面上，伴隨著小翠沙啞的聲音。「小翠感謝小姐的養育之恩。」

咚！又是一下。「小姐放心，小翠會好好的，不會讓妳擔心，所以小姐，妳別惦記小翠。」

咚！

小翠每磕一下，侯府夫人的心都會跳一下。我的姑奶奶，妳的妝容啊！磕頭也用不著這麼實誠的吧？

「小姐，小翠這一去，也許以後都見不到了，小姐千萬保重身子，只要小姐好好的，小翠就一定會好好的。小姐，如果下輩子妳再見到我，還會一眼將小翠認出來，還會再將小翠買下來嗎？」小翠抬起頭，額頭上的妝容果然花掉了，她瞪大了眼睛，想要看清楚素年的樣子。

素年笑著點頭，十分肯定地點頭，晃落一顆顆眼淚，可就算流淚，她也依然是笑著的。

小翠的臉上也綻開了笑容，隨後，眼前只剩下一片紅色。

蓋上了紅蓋頭的小翠，被人牽著往外走，明明什麼都看不到了，她還頻頻回過頭。

素年的嘴唇被她緊緊咬住，嘴邊牽起的角度執拗地不肯落下來，她要笑著看小翠出門，笑著祝福她。

「蕭府添妝送到！」

門外忽然熱鬧了起來。小翠的出閣並不是大張旗鼓的，所以許多人只是圍觀，卻沒想到，蕭府竟然送來了添妝。

「劉府添妝送到！」

「慧嬪娘娘添妝送到！」

「聖旨到！」

……這都什麼事啊？素年擦乾淨眼淚，立刻走了出去。聖旨？為啥會有聖旨？

穿著正式的公公手持黃色聖旨。

素年走到小翠身邊，扶著她慢慢跪下來。

公公立刻宣讀了聖旨。

這下子，大家都知道了，沈府今日出嫁的丫頭，竟然是要嫁到北漠做王妃的！

皇上給小翠賜了個良人的身分，還七七八八地賜了不少東西。

小翠謝恩接旨，起身後，刺萍十分周到地塞了個大紅包到公公的手裡，說是沾沾喜氣。

沈家的喜事，一下子傳遍了京城。之前花轎暢通無阻地進來，誰都沒想到竟然是清王的迎親隊伍。

素年人都已經出來了，便也顧不得其他，親手扶著小翠上了花轎。簾子落下來的那一刻，她只覺得心裡一空。

隨後，花轎被抬起，小翠的嫁妝陸陸續續地被抬了出去，有玄毅之前抬來的，有素年之後給她置辦的，還有那些添妝和賞賜。

只看到不斷地有東西被抬出去，圍觀的人眼中滿是驚嘆。

而素年則站在院子門口，定定地看著那頂花轎越來越遠、越來越遠……

第一百一十七章 洞房花燭

「小姐，該起身了。」刺萍柔聲喚著素年。小翠姊姊嫁出去以後，小姐就整天萎靡不振的，尤其是這早上，平日裡都是小翠姊姊雷厲風行地將小姐拽起來，但，小翠姊姊能那麼做，她不能。

素年抱著被子在床上來回滾動，愣是裝作聽不見，然後迷迷糊糊地說要吃小翠做的早點。

「行，我這就給妳去做，小翠姊姊留了方子呢！」刺萍輕手輕腳地又出去，轉身就去了廚房，將小翠姊姊留下來的方子拿出來仔細地看。

「刺萍姊姊，小姐可從來沒有這樣過……」

阿蓮有些擔心地跟過來，刺萍笑了笑，視線沒有從紙上挪開。「小姐會這麼不捨，說明她是個長情的人，我們更應該慶幸才是。好了，沒事的，做事去吧。」

屋裡，素年抱著被子不鬆手，眼睛卻清明地盯著床幔。都萎靡這麼些日子了，也該振作了吧？要是小翠在這裡，鐵定會說她的。不過說到小翠，也不知道她到哪裡了？給她的「秘笈」她看了沒有？那可是自己精心整理出來的……

其實素年精心整理出來的東西，這會兒正讓小翠塞在坐墊的下面，塞下去還不過癮，又往裡面填了些東西，一點都看不出來了才罷手。

小翠的臉紅得都能滴血了，她本以為小姐會給她什麼好東西，交過來的時候明明一本正經的，可沒想到，那都是些什麼圖啊啊啊啊！

一想到小姐都看過了這些圖，小翠就覺得呼吸不上來，恨不得衝回去怒說兩句才能舒緩一下。小姐可也是個未嫁的閨閣之女，這些……這些……她都不愛說了！

可素年還覺得自己做得十分妥貼，玄毅這些年來身邊除了她們，一個女人都沒出現過，要是小翠再不知道些，那怎麼辦？總得有一個會的吧？她雖然請了侯府夫人，但這種事，侯府夫人也是只能說個大概的。素年從床上爬起來，絲毫不覺得自己看了有什麼不妥，前世那種資源多得是，誰還沒見過豬走路啊？

刺萍做好了早飯，進來時發現素年已經起身了，忙過來服侍她梳洗。

素年看到桌上熟悉的飯菜時，竟然有一種小翠仍然在廚房裡的感覺，似乎只要她叫一聲，小翠就能答應著走出來。搖了搖頭，素年坐下來，舀了一口粥送進嘴裡。

一旁的刺萍有些緊張地候著，生怕素年覺得不滿意。

味道還是差點啊……畢竟，不是小翠做出來的。素年笑了笑，道：「都坐下來吃呀，刺萍的手藝真不錯呢！」

刺萍和阿蓮放了心，小姐似乎已經恢復了。小翠姊姊不在了，還有她們，她們一定不會辜負小翠姊姊的期待！

送走小翠後，素年只剩下一心一意地待嫁了，該做的事也差不多做完了，素年便開始無所事事起來，練習完了扎針，又將繡活兒給拾了起來。

刺萍和阿蓮很少看到素年動針線，很是感興趣，尤其見到素年描的花樣，都是新奇沒有見過的，便一起圍著看。

日子一時間閒散又恬淡，卻迅速到了素年要出嫁的日子了。

有了小翠之前的經驗，素年一點都不顯得慌亂，她覺得，左右不過走個流程，而且像她這樣孤零零、沒有父母兄妹的，更是簡單地挪個窩的事情。

可是沒想到，這一天讓素年差點活活給累死！

先是在她出嫁前三天，宮裡來人了，兩個教養嬤嬤，說是皇上憐惜明素郡主父母早逝，怕她身邊沒個人，特意派下來幫她操持事務的。

素年就謝恩了，然後好生招待了兩位嬤嬤，兩位嬤嬤也十分客氣，態度恭敬謙和，直到知曉素年啥都沒準備之後，倏地換了一副表情，活脫脫的兩張晚娘臉。

「郡主，如何能這樣敷衍？您可是明素郡主，是要嫁入蕭府的呀！」兩位嬤嬤臉上如同雷劈的表情讓素年明白了，這兩位，怕是皇上特意派來整她的……

於是，素年從那一天開始，便陷入了持續不斷的焦躁之中。

兩位嬤嬤先是張羅著將素年的嫁妝搬出來，放在廳堂展示，這叫做「看嫁資」。器物上披紅掛彩，然後讓蕭府來人抬嫁妝，熱熱鬧鬧地抬走了，雖然引起了轟動，可素年這裡卻累了個半死。

隨後到了成親當日，安定侯夫人來給素年開面，當初看小翠絞去面上汗毛的時候素年還不覺得，等輪到她自己，那是一路慘叫到結束，然後整張臉都疼得麻木了，這個疼得她呀，眼淚汪汪的。

隨後花轎上門，因為素年沒有兄弟，也就將大門虛掩，放炮迎轎，嬤嬤又讓刺萍燃著紅燭，持著鏡子去朝著轎內照一下，說這是叫「搜轎」。

素年蓋著紅蓋頭，一早上起來就沒消停過，肚子裡也沒什麼東西，蕭戈那邊催了，素年就想著趕緊走了啊，別誤了吉時，去早點還能吃點東西呢！可嬤嬤愣是不讓走！

「郡主呀，這催妝要催三次呢！」

素年當時就怒了，催三次？還讓不讓人成親了？但嬤嬤只是耐著性子跟她解釋，說來說去，素年覺得越說越餓，乾脆就閉嘴了。

好不容易，三次催妝結束，嬤嬤和刺萍、阿蓮扶著素年出了門，嬤嬤一再囑咐，進了轎子之後，臀部千萬不可移動，寓平安穩當之意。她們不說還好，越說，素年就越覺得坐不住！

一方紅蓋頭完完全全遮住了她的視線，素年在轎子中那個難受啊，肚子裡咕咕地叫，好在，很快地，從花轎的小窗裡塞進了一個小包，素年低著頭拆開，裡面是她愛吃的太白樓裡的梨汁梅花糕，切成一小個一小個的菱形，方便她入口。還是刺萍想得周到！素年趕忙放了一個進嘴裡，甜甜的味道頓時緩解了心中的焦慮。忍一忍吧，左右不過一天，只要今日平平安安地過去了，也就沒什麼了，素年在心裡安慰自己。

花轎落地後，素年被人牽著一路去拜堂，她耳邊都是亂糟糟的聲音，有蓋頭蒙著她也看不見，反正嬤嬤會在她旁邊提醒她，讓她做什麼就做什麼，三跪九叩之後，素年暈乎乎地又被人牽著走了。

走在自己面前的，應該是蕭戈了吧？素年下意識地鬆了口氣，等進了洞房，在床邊坐下後，素年覺得她的腰真的好疼啊……

屋子裡似乎有不少人，素年什麼都看不到，忽然，她的眼前一亮，蒙在她頭上的蓋頭被挑開，順著秤桿往上看，素年看到蕭戈，身材高大的他站在她面前，遮住了大半的光線。

旁邊忽然鬧開了——

「哎喲，小娘子這麼俊俏，蕭大人好福氣呀！」

屋中除了蕭戈外都是女眷，素年只得「害羞」地低著頭，裝出小媳婦的樣子。

蕭戈看著她，微微笑了笑，這個女子是他的妻子了，會一直一直陪在自己身邊了，這種感覺，實在是太好了。想著外面還有他的弟兄們在等著灌他酒，蕭戈覺得這還沒有喝呢，自己卻已經有要醉的預兆了。蕭戈很快地退了出去，外面還有不少客人需要他去招呼。

屋子裡的女眷看他走了，呼啦啦都圍了上來，從素年的肌膚稱讚到眉眼，從身段稱讚到氣度，反正什麼話好聽就說什麼。

素年自然也不會當真，她都化成這樣了，還能有什麼美貌氣度可言？

鬧了一陣，素年始終是害羞的姿態，眾人也就散了，將屋子留給了新娘子。

刺萍和阿蓮這才進來將門給關上。

「哎呀，我要死了……」素年一看沒人，原形畢露，繃直的身子一下子鬆懈了下來，整個人就想往床上倒。

「我的小姐啊！」刺萍眼疾手快地將素年的身子拉住。「這上面撒了棗子、花生什麼的，妳這一躺可怎麼得了？」

素年不情不願地被拉起來，就看到阿蓮在一旁「呸呸呸」。

「小姐，今天妳大喜，可不能說這種不吉利的話！」

「可是我好累啊……」素年坐到一邊，指揮著刺萍給她換妝。「頭上這個好重啊，拆了拆了！阿蓮，打盆水來。」

將頭上的鳳冠拆下來後，素年頓時覺得脖子能伸直了，鬆快了不少。用玳瑁的夾子將頭髮抿住，阿蓮服侍素年淨面，直到換了兩盆水，素年才滿意。

「小姐，這兒有些點心，妳先墊墊肚子，早上起來就沒吃什麼，一定餓壞了吧？」刺萍給素年斟了茶水，端著點心碟子來到素年的面前。

素年一愣。「妳不是送了梨汁梅花糕嗎？我都吃了呢！」

「梅花糕？什麼梅花糕？」刺萍反而疑惑了。這兩天太忙了，被那兩個嬤嬤支使得團團轉，也沒有經驗，所以這會兒還很內疚自己思慮不周全呢！

不是刺萍？那是誰？那兩個嬤嬤是不可能的，阿蓮嘛……她也沒這麼機靈。素年不說話了，端起刺萍遞過來的茶抿了一口，嘴角卻有笑容殘留。

沒想到蕭戈還挺細心的，這些他都想到了？

外面賓客盈門，素年這裡卻暫時安靜了下來。她這就算嫁人了啊，從此多了一個跟她親密的人，這種感覺，素年覺得很奇妙。她前世自然是沒有結婚的，兩輩子加一塊兒這也是頭一次，所以既覺得新奇，又有些惶恐。一會兒蕭戈招呼完外面就要進來了吧？洞房……素年只知道理論上的意思，可實際上，她也沒有任何經驗。給小翠的那本冊子莫名地在她腦中出現，若是將上面的人腦補成自己和蕭戈……

「小姐！小姐妳怎麼了？是不是悶得慌？臉怎麼紅得這麼厲害？」阿蓮看到素年瞬間脹紅的臉，驚呼了起來。

素年摸了摸臉上的熱度，真是瘋了，她居然有些害怕了，怎麼辦？

房門從外面被敲響，阿蓮去將門打開。

一個身穿玫紅色束腰長裙的婢女走了進來。「見過少奶奶，婢子名叫蓮香，是少爺院裡的一等丫頭，少奶奶有什麼需要婢子做的，儘管吩咐。」

阿蓮吸了一口氣，蹬蹬蹬地跑回刺萍身邊。這個蓮香，長得好漂亮啊……

素年笑了笑。「有勞蓮香姑娘了，若是有需要，我會叫妳的，這會兒我的兩個丫頭都在，沒得還要勞煩妳。」

「少奶奶這麼說折煞奴婢了，那麼，奴婢就在外面守著，少奶奶隨時可以差遣婢子。」

蓮香說完，恭敬地退了出去。

不愧是蕭家的一等丫頭，看著就很不一樣，素年身邊的丫頭們可沒這麼分過，畢竟最多的時候也就三個，但各個都是一等的。

刺萍的臉色從這個蓮香出現開始就有些不大好，她略帶擔憂地看向素年，這個蓮香長得確實十分漂亮，又是蕭大人院裡得用的，莫非……

「怎麼著？她難道比我還漂亮不成？」素年挑了挑眉，她對自己的外貌還是有那麼一些自信的。

前院的熱鬧漸漸地消停了，一陣嘈雜聲往新房而來，刺萍和阿蓮趕緊站起。「是蕭大人回來了。」

門很快被推開，蕭戈被兩個人架住送了進來，看他步履不穩，身上噴灑著酒氣，喝醉了？

扶著蕭戈的二人嘻嘻哈哈地將他擱下。「嫂子，對不住了啊，蕭大哥他今日太高興了，一沒留神就多喝了些，我們先出去了，恭喜恭喜！」

門又被關上，素年看著蕭戈四仰八叉地躺在床上，忽然想起刺萍說的，床上還撒著不少果子呢！趕忙過去往上摸，果然摸著不少。

蕭戈這麼一壓，棗子、桂圓什麼的有些都扁掉了，關鍵是，他不覺得硌得難受嗎？還是真醉到沒有知覺了？素年在旁邊看著蕭戈緊閉著眼睛仰面躺著的臉，平日裡嚴肅的面容鬆緩了許多。睫毛可真長啊……她再次感嘆，果然是要生個女兒遺傳一下，不然真是太浪費了……正想著，素年覺得腰上一緊，隨即整個人貼了上去，她和蕭戈的臉近到鼻尖幾乎碰上，然後，素年就看到剛剛還醉得不省人事的蕭戈，慢慢睜開了眼睛。

蕭戈的眼神十分幽深，幽深到素年都有些慌亂，彷彿心神都會被吸進去似的，說好的醉酒呢？這雙眼睛哪一點像是喝醉了的樣子？

「呵呵呵，你沒喝醉？」素年想起身拉開一些距離，這種姿勢沒法兒好好說話，可蕭戈的手箍得死死的，她嘗試了半天，愣是一點效果都沒有。

「沒醉，只是潑了些酒在身上。那幫兔崽子今兒個算準了我心情好，恨不得往死裡灌，不尋個機會裝醉脫身，說不定真給他們灌傻了。」

蕭戈說話的時候，氣息噴在素年的臉上，她還從未跟男子這麼接近過，臉立刻又紅了起來，扭動著身子掙扎。「你先、你先讓我起來。」

蕭戈聽了二話不說，大手一撈，將素年抱在懷裡坐起來。

素年傻了，這姿勢……還不如剛剛那樣呢……

「妳不問問我今日為什麼這麼高興？」蕭戈擁著素年，香香軟軟的一團，此刻就在自己的懷裡。怎麼會有這麼可愛嬌弱的人？彷彿能將他的胸口填塞得滿滿的。

素年覺得，蕭戈有可能真醉了，不然他那麼精明的人，問不出這麼腦殘的問題。為什麼高興？因為你今天成親啊大哥！這要是還不高興，你準備什麼時候高興？

素年拒絕回答這麼白癡的問題，靠在蕭戈的胸口發呆，身後暖洋洋的，蕭戈的下巴輕輕地擱在自己頭上，左右是他收攏著的結實手臂，素年奇異地覺得十分有安全感。

兩人默默無言地相擁坐了一會兒，蕭戈才小心地將素年放到一邊，直接掀開床上罩著的墊子，將那些花生、蓮子之類的收拾掉。

「我來吧，你去洗洗。」素年的小手接過蕭戈手裡的東西。

蕭戈一愣，「嗯」了一聲後，轉頭收拾自己去了。

素年發誓，她剛剛在蕭戈的臉上發現了一絲詭異的笑容！她風中凌亂地自我檢討著，似乎……她也沒說什麼有暗示意義的話語呀！不就讓他去洗洗嗎？那渾身的酒氣，他聞著不難受啊？要胡思亂想那麼多！恨恨地將床鋪好，素年率先爬了進去，然後靠在床頭，默默地給自己做心理建設。說不害怕那是騙人的，素年只是心性稍微堅強一些，可對於未知的事情，害怕是給予尊重啊……再說了，她又不是沒見過，那個……似乎非常的疼！

這是素年害怕的根本，她怕疼，十分地怕！平日裡只要稍微疼一下她都能哼哼唧唧半天，跟小翠她們撒嬌，而這種疼她完全想像不出來，也沒法兒類比，所以她極度恐慌。那些小說上寫的疼一下，然後就會好了的這種鬼話，素年一個字都不相信，還能再扯淡一點嗎？

素年這裡還沒有做好心理準備呢，蕭戈已經只著中衣、濕漉漉地出來了。蕭戈的頭髮偏硬，平日裡看習慣了，這會兒瞧見沒擦乾的頭髮披在肩上，素年一時間真有些看呆了。

自己果然是個顏控……素年在心底唾棄自己，眼睛卻一眨也不眨地盯著猛看。

蕭戈本想當作沒看到的，但素年邊看邊吞口水是什麼意思？隨手將手巾扔到椅背上，蕭戈走到床邊。

光線一下子被他的身體擋住，素年這才回過神，茫然地抬起頭。又是這雙眼睛，幽深不見底的樣子，讓素年情不自禁地顫抖。「你……要不再擦擦？頭髮還是濕的呢。」

蕭戈嘴角勾起笑容，直接坐了下來。「妳在害怕？」

素年的頭點得好似小雞啄食一樣，特別的誠懇老實。「我怕。」

「沒什麼好怕的。」蕭戈翻身上床，長手一撈，又將素年撈在懷裡。

素年整個身子都在抖，他當然沒什麼好怕的，又不是他疼！

感覺到懷裡的身子繃得緊緊的，蕭戈伸出手，一下一下地在她背上拍撫著，希望能夠緩解她的恐懼。還有一整個晚上呢，他不著急。

背上溫暖的感覺讓素年的神經慢慢放鬆下來，她的頭靠在蕭戈胸口，耳朵貼在上面，聽著蕭戈穩健沈著的心跳聲，一下，又一下。

素年給蕭戈診過脈，她記得蕭戈心跳的頻率，跟她現在聽到的十分不一樣，蕭戈也在緊張！這個發現讓素年一下子舒服了不少，這個看上去沒什麼事能夠影響他的男子，就是緊張起來，也是面不改色的，感覺……有些可愛呢！

這麼想著，素年忽然笑了笑，頭在蕭戈的胸口蹭了蹭，然後就聽到他的心臟一陣猛跳，等素年反應過來時，她已經被放倒在床上，蕭戈的身子伏在她上面。

素年睜大著眼睛，似乎還沒有從剛剛的情緒中緩過來，有些茫然的樣子讓蕭戈的喉頭一動。見多了素年慧黠靈動的樣子，這種呆呆的茫然讓他更加忍受不了，一俯身，蕭戈啣住了素年微微張開的嘴唇。

細膩嫩滑、凝脂一般的肌膚，在蕭戈粗糙寬大的手裡一寸寸被點燃，素年察覺到異樣便到處扭，企圖掙脫開來，但她的力量在蕭戈眼裡那都不能稱作是掙扎。

「等、等一下！」素年細細的聲音忽然驚呼出來。

蕭戈的動作一愣，抬起頭。

他幽深如潭的雙眸裡，有著讓素年覺得害怕的狂熱情緒，可他還是停下來了。素年看到蕭戈脖子上忍得爆出的青筋，心裡一下子柔軟了下來。不用怕，不要怕，這是蕭戈。

蕭戈撐在素年的上方，寬厚的肩膀將她完完全全籠罩其中，素年忽然有種感覺——從今往後，蕭戈都會這樣，將她完完全全地護住。這是她嫁的男人，是她沈素年以後的夫君，她完全不需要害怕。

素年慢慢地伸出細細的胳膊，一下子摟住蕭戈的脖子，主動湊上去親了一下蕭戈的額頭……

「……」素年累得動不了，只能用控訴的眼神瞪著蕭戈，看著他滿臉的饜足和隱隱的遺憾，素年就恨不得剛剛一口能將他的肉咬下來一塊！

「很疼嗎？別動，我聽說泡泡熱水能稍微好一些。」蕭戈看到素年泫然欲泣的表情，立刻穿了衣服走出去，一會兒才回來，將素年輕輕地抱起，走到盥洗間裡，那裡的木桶中已經放了熱水。小心翼翼地將素年放進去後，蕭戈就蹲在木桶旁，正準備幫她洗的樣子。

素年的臉脹得通紅，連聲將他攆出去。「讓刺萍和阿蓮來就行了！」

「這個不行，洞房花燭夜，怎麼能讓其他人打擾呢？」蕭戈有些嚴肅地說。

素年咬牙切齒地將身子轉過去背對著他，身體裡一陣陣抽痛讓她臉都一顫一顫的。

蕭戈瞧見了，心生憐意，一股腦兒地往水裡加了不少花瓣、藥草。

素年見狀，臉抽得更嚴重了。「你別亂加！出去出去，我一會兒好了會叫你的！」

素年的語氣跟之前同蕭戈說話的語氣完全不一樣了，從前無論說什麼，裡面總帶著一絲疏遠，而現在則是毫不客氣，卻讓蕭戈十分受用，順著她的話真的走了出去。

將身子舒展開來，素年在心裡不斷地抱怨，果然那些小說都是騙人的，誰說只疼一下的？那種將肉撕開的疼痛他媽的妳們一下子就不疼了？

溫熱的水包裹著素年的身子，將她身體裡的疼痛慢慢帶走，累了一天，剛剛又經歷了那麼重的「體力勞動」，素年靠在浴桶邊緣，眼皮漸漸地沈重了下來……

蕭戈進來的時候，就看到素年睡得香甜，水已經不熱了，他動作輕柔地伸手將素年撈出來，裹著毯子收攏在懷裡，然後抱到床上。

將素年放平後，小丫頭碰到了被子就一把抱住，臉在上面蹭了蹭，又繼續沈沈地睡去。

而蕭戈，就在一旁看著，看著從來沒見過的素年嬌憨的睡姿，看著她一點都沒有防備的姿態。渾圓的小香肩露在被子外面，蕭戈俯下身，在上面輕輕吻了一下……

第一百一十八章　拜見長輩

第二日一早，刺萍就硬著頭皮在門外叫素年起床。今兒是小姐嫁入蕭家的第一天，得早起去給蕭老夫人請安才行。

叫了兩聲後，刺萍有些頹然，在家的時候叫素年起床就是件棘手的事，這雖然嫁到蕭家了八成也一樣，且昨兒個小姐定然……累壞了，可要是錯過了時間怎麼辦？

想到這裡，刺萍又鼓足了勇氣打算拍門，手還沒拍上去呢，房門忽然就開了，蕭大人衣著整齊地從裡面走了出來。刺萍心裡一喜，小姐還是很可靠的，這已經起身了？

「再讓她睡會兒吧，也不急在這一刻。」蕭戈說完，先慢慢地走了出去。

刺萍那個心喲，揪得都要掉出來了！合著小姐還沒醒呢？不是她伺候蕭大人起身的呀？

刺萍走進屋，將門又掩上，大步來到床前，素年還裹著被子睡得正香呢！

「小姐，時候不早了，可以起來了。」刺萍皺著眉頭，伸手就去掀素年的被子，才掀開一點點縫，刺萍便滿臉通紅地又給蓋上了。

蕭大人也真是的，小姐的身子特別容易碰出痕跡，平日裡只要輕輕磕一下都能青紫一塊，讓人看著觸目驚心，這下好了，這……要不……就讓小姐再睡會兒吧……

從屋裡出來，刺萍滿心不樂意。蕭大人下手怎麼也沒個輕重，進門第一天，至於這麼狠嗎？

最後，素年還是讓刺萍喊醒的，刺萍也沒法子，要真由著素年昏睡，她能睡一整個早上！

素年昏昏沈沈地睜開眼睛，身子只要一動就全身痠疼，她抱著被子，看著站在床前的刺萍，委屈得不行。「再睡一小會兒吧……」

刺萍堅決地搖了搖頭。「小姐，若是平日也就算了，但今日要給老夫人請安，不能遲的。」

素年自然也知道，只是習慣性地賴個床而已。她鼓著臉，動作遲緩地從被子裡鑽出來。那一身的青紫讓刺萍倒抽了一口冷氣，抖著手服侍素年穿衣洗漱。

今日來伺候小姐的幸好是自己！刺萍心想，要是換做阿蓮，那丫頭能生生昏過去。

收拾妥當之後，素年便走出來。

蕭戈在書房等著，見她出來了，便跟她一塊兒往蕭老夫人的樂壽堂走去。

樂壽堂外，蕭戈忽然伸手拉住素年。「一會兒進去之後，不管她們說什麼，妳都不用在意。」

素年用手揉了揉臉頰，她們？不是就蕭老夫人一個人嗎？而且，據說蕭家的其餘旁支都不在京城，怎麼會突然冒出個「她們」？跟在蕭戈身後，素年有些不解地走了進去，耳朵裡卻已經聽見了數道聲音。

樂壽堂裡，蕭老夫人端坐在椅子上，她前面的地上已經擺好了蒲團，看樣子是早已等著素年來請安的。

素年也不含糊，進了屋二話不說，直接在蒲團上跪下，甜甜地叫了一聲，然後端起一旁準備好的茶盞遞上去。

蕭老夫人的面色明顯一僵，愣了一下才將茶盞接過來，喝了一口就放在一邊，然後拿過一只匣子遞到素年的手裡。「從今往後，妳就是我們蕭家的人了，還望你們小倆口恩恩愛愛，為蕭家開枝散葉。」

素年的臉一黑，開枝散葉……她昨兒個就疼成了那種樣子，等到生娃的時候，還不死去活來？

素年這會兒的表情其實很不合時宜，正說著祝福的話呢，她怎麼能露出那麼悲慘的表情？可神奇的是，蕭老夫人的眼睛卻是一亮！看素年這麼不情不願的尷尬神情，莫非她和蕭戈之間的關係並不融洽？就是說嘛，蕭戈這種從來不拿女人當一回事的人，怎麼可能對一個醫娘上心？雖然長得是不錯，但自己之前放在他院子裡的蓮香也不差啊，可蕭戈愣是正眼都沒看過幾次。這種猜想十分合蕭老夫人的心意，當即笑容也軟和了許多。

「來，我給妳介紹一下這裡的長輩。」

認識人從來都是素年的弱項，她端著笑臉一路看過去，蕭老夫人讓她喊什麼她就喊什麼，喊到最後，誰也沒能記住。不過，素年對這裡的人也已經有了個大概的瞭解。蕭家在京城確實沒有旁支，但蕭老夫人的娘家卻是在的，這些都是蕭老夫人娘家的親戚，什麼大舅母、二舅母的，還有蕭老夫人的姊姊，素年要喊大姨母、二姨母……素年面上嬌憨地笑著，心裡卻十分奇怪，看來，蕭老夫人在京城裡也有不少助力啊，可她怎麼還是被蕭戈壓著呢？

蕭戈跟她同時進來，可到現在為止，沒有人跟他說過一句話，蕭戈也不在意，只隨意地站在那兒，看著素年如同小兔子一般闖入一群白家人裡。

蕭老夫人姓白，這些白家的女眷們見到素年之後，都會給她一些見面禮，有手鐲、釵環、髮簪，素年雖然對這些不感興趣，但好壞還是能分得清的，白家人給的東西似乎……成色都不怎麼樣。當然，素年也不會腦抽地嫌棄，而是羞澀地道謝，一如既往地奉上笑容。

「來，素年丫頭，見見妳的幾個妹妹。」蕭老夫人的心情似乎很好，她很滿意素年的態度，瞧著有些憨厚，一看就是很容易被人主導的模樣。

這幾個妹妹對素年的態度可就沒那麼友好了，特別是其中一個，眼神壓根兒就不在素年的身上，而是時不時去看站在門口的蕭戈。

素年懂，蕭戈那樣的，就是站著不動都能吸引住少女的心，可看這位妹妹的髮式，還是未出閣的姑娘，這麼赤裸裸地盯著已經成親的男子看，不會不合禮數嗎？

「采露！」蕭老夫人微微皺了皺眉。「沒聽見素年丫頭在跟妳說話嗎？」

這名叫采露的妹妹這才回過神看向素年，當然，神色也不會多熱情就是了。

素年全然不在意，樂呵呵地將早就準備好的禮物送過去，也是鐲子。她今日其實本不知道要見這麼多人的，所以準備得不多，幸好需要送禮物的「妹妹」也不多。

采露見到素年遞過來的鐲子，原本想擺高姿態不接，可仔細看了之後，手卻不由自主地將鐲子拿過來了。

素年雖然準備得少，卻都是些好東西，赤金的鐲子雕著繁複的紋路，上面鑲數顆明晃晃的紅寶石和綠松石，搭配得十分好看，這樣的首飾就是戴出去參加宴會，也是極能拿得出手的。

沒想到素年一出手就不凡，那些白家女眷眼中又升騰出莫名的光彩。

終於，有人注意到了蕭戈。「蕭家小子，不是大姨母說你，這麼好的媳婦，你可不要委屈著人家……」

蕭戈抬起眼，看了一眼出聲的女子。

只一眼，那人後面還想說的話就都憋在了嘴裡，無法再出聲。

這樣的蕭戈，素年也不常見到，渾身圍繞著冷冽的氣息，似乎能將身邊的人都凍住一樣。

他掃視了一下這群白家的人，眼神冰冷到極點，剛剛熱絡的氣氛一下子無影無蹤。

還是蕭老夫人的免疫力稍稍強一些。「你媳婦剛過門，擺這樣的姿態給誰看？我看素年丫頭就是個好的，若是你敢欺負她，我定然饒不了你！」

素年心裡驚嘆，蕭老夫人以前對她可不是這樣的啊，那都是無比嫌棄的，這會兒怎麼轉了性了？接著又聽到蕭老夫人說——

「月娘年歲也大了，總不能還一直操心你的事情，你那些事務，還是交給你媳婦來打理吧！」

蕭戈看著蕭老夫人，什麼話也沒說，轉身就走。

素年一個人愁眉苦臉地在屋裡待著，這人也太不仗義了吧？怎麼就走了呢？

剛這麼想著，就看到蕭戈又折了回來，靜靜地看著素年。

「走吧，我帶妳去見月姨。」

月娘是誰素年不知道，她只知道，白家的女眷聽見蕭戈說這句話以後，氣息齊齊地不穩了起來。

「是呢，素年丫頭快去吧！」蕭老夫人的語氣中有難以察覺的急切，忙朝著她揮了揮手，感覺像是要將她攆出去一般。

素年只好行禮，跟著蕭戈離開了樂壽堂。

在素年的身後，白家女眷圍在一塊兒竊竊私語。「這下蕭家小子再沒有藉口讓那麼個人管著帳目了！」

「誰說不是呢？這大權一旦落入了那個沈素年的手裡，語蓉，那還不都是妳說了算？」

蕭老夫人，也就是白語蓉，安靜地坐在那裡，臉上露出了淡淡的微笑。

她努力了那麼久，蕭戈那裡的東西她卻一個子兒都摸不到，這下好了，有了沈素年作為自己的助力，日後，她要笑著看蕭戈哭出來！

蕭戈在離開樂壽堂以後，似乎又恢復了原先的樣子，他刻意放慢了步子等素年的小短腿追上，然後才慢慢地跟她並肩在小徑上走著。

「妳不問問月姨是誰？」這路都走了一半了，蕭戈都沒等到素年問他，他倒是忍不住開口了。

「嗯？喔，月姨是誰？」素年順口就問了出來。

素年其實覺得問不問都無所謂，從前她的心願是簡簡單單地在這世界過完一生，這種深宅大院是她避之唯恐不及的，可沒想到，最終，她還是嫁到了這樣的家裡。

那些白家人對蕭戈的態度她看得到，其中必然有一些緣由，但總歸是脫不開利益的，無利不起早，這種道理素年還是明白的。不管白家人圖什麼，素年覺得，她們應該暫時都沒有任何收穫，不然也不會一個個虎視眈眈的樣子，想必這個月姨，應該是個十分能幹的女子，她將蕭戈的身家保住了，沒讓白家人沾到一絲一毫，光這一點，素年就挺佩服的。

「月姨曾經是我娘的丫頭，我娘死了以後，是她一直照顧著我。月姨為了我終身未嫁，我將所有的事務都交給她管理。」蕭戈三言兩語交代了一下，然後等著素年的反應。

跟在素年身後的刺萍有些遺憾，蕭大人還是沒有摸清小姐的脾性啊！這種事情，小姐根本是不會有反應的。

果然，蕭戈等了半天也不見素年有任何動靜，他不禁停下來，看著同樣停下來、眼中有些疑惑的素年。「妳就沒什麼想問的嗎？」

「比如呢？」

「比如，月姨這人可不可靠？比如，為什麼我跟白家那麼水火不容？」

素年嘆了口氣，繼續慢悠悠地往前走。「你會那麼信任月姨，那她必然是可靠的。至於白家……你想說嗎？」

「如果妳想知道的話，我不介意——」

「我介意。」素年直接打斷蕭戈的話。「這對你明顯不是愉快的回憶，所以我介意的。」素年語氣十分淡，腳步並未停下來。「若是有一天，這些對你來說不再是難以啟齒的痛苦，我會很樂意聽你慢慢地說。」

蕭戈落在了後面，他看著素年的背影，無論何時，素年的腰都是挺得直直的，身上充滿了堅定，看著她，蕭戈覺得自己什麼樣的困難都能克服，只要她在身邊支撐著自己。明明才成親一天，他卻像是跟素年已經親密無間了一樣。

月娘的院子在蕭府一個偏僻的角落，離樂壽堂尤其遠，周圍也沒什麼景致，十分素淨。不過，月娘的院子可不寧靜，不少管事嬤嬤在院子裡出入，忙忙碌碌、來去匆匆。

蕭戈帶著素年直接走進去，來到正屋門口，只聽到裡面有個沈著的女聲正有條不紊地在吩咐著事情。

門口站著個小丫頭，見到蕭戈趕忙轉身進去，很快地，裡面的聲音停下來了，管事嬤嬤們都井然有序地走出來。

蕭戈不需要人通傳，徑直往裡面走。

素年小碎步地跟在他後面，見到了蕭戈口中的月姨。

素年本以為月娘應該是個看上去就很精明能幹的女子，畢竟要將偌大的蕭家維持住，又要從白家的手裡保住蕭戈的東西，蕭老夫人肯定沒少找她麻煩，若是沒有點手段，如何能支撐下來？可沒想到，月娘竟然人如其名，長得柔婉溫順，一點強硬的氣場都沒有。

月娘大概近四十的光景，雖然能看得出原先的容色定然不差，可臉上操勞的痕跡還是十分明顯。素年能理解，操持著一整個家，又得面對來自蕭老夫人和白家的壓力，她定然勞心勞力。

「這就是你媳婦吧？真好，要是小姐見到了，不知有多高興呢！」月娘看著素年，眼裡都是笑容。

一個人眼睛裡面包含的情緒，很能反映出他的心性，就比如眼前這位月娘，看著素年的眼睛裡充滿了笑意，那是從心底升騰出來的喜悅，可素年卻能感覺到，她的喜悅並不是衝著自己。也許是欣慰蕭戈成家了，無論對方是誰也好，估計月娘都會這麼笑的。

素年明白的，她跟月娘這才是第一次見面，對她沒什麼感情也很正常。素年淡定地給月娘行禮，不卑不亢，不因為她表現出來的歡喜而忘乎所以，行為十分得當。

月娘愣了一下，才趕忙將素年拉起來。「少奶奶這是折煞奴婢了，月娘當不得的。」

「月姨。」素年笑咪咪地跟著蕭戈的稱呼叫，聲音甜美。

月娘有些無措，轉頭看了看蕭戈，又轉回來看著仍舊一臉笑容的素年。「少奶奶，月娘這就將事務和鑰匙交接給您，只是要盤點個兩日……」

「不急不急。」素年一笑，伸手拉住月娘的手。「月姨，素年剛嫁入蕭家，什麼都不懂，從前也沒個人教我這些，您就是交給我處理了，我也不一定能做得好。不如這樣，月姨您若是不嫌棄素年愚鈍，素年就先跟在您身邊學學可好？」

「這……這不合規矩，奴婢如何能……」

「月姨。」蕭戈終於開口了。「我都說了，您不是奴婢。這些年若不是您護著，蕭府也剩不下什麼了。素年說得沒錯，就讓她先跟著您學學吧。」

「嗯嗯！」素年忙不迭地跟著點頭。蕭戈太體貼了！他怎麼知道她是嫌麻煩，能拖就拖的？真不錯！

既然蕭戈都這樣說了，月娘也就不再推辭。

今日時辰已經不早了，素年乾脆賣個萌，主動將學習的日子往後生生推了三日。月娘也沒有異議，才嫁進來的新娘子，有許多事情要忙，也不急在一時。

從月娘那裡出來後，素年才覺得肚子開始咕咕叫了，這才記起這一早上她竟然什麼都沒有吃，這是多麼恐怖的一件事情！素年滿臉的不可思議，平日裡她都是先吃了早飯再做其他事情的，莫非以後都要餓著肚子去請了安才能吃早飯？

「怎麼了？」蕭戈察覺到素年的情緒，奇怪地問道。

素年搖了搖頭。「趕緊回去吧，餓了……」

第一百一十九章 低調為人

素年的院子裡，已經擺好了早餐，阿蓮和那個叫做蓮香的早早便等著他們回來。看到兩人出現在院子門口，蓮香立刻迎了上去。「少爺、少奶奶，早膳已經擺好了。」

素年眼睛一亮，動作迅速地趕緊坐了過去。

蓮香眼裡出現一絲驚詫，這個少奶奶好沒規矩！蕭大人還沒有坐下呢，她倒是先坐了。

蕭戈毫不在意地也坐了過去，蓮香快手快腳地給蕭戈盛了一碗燕窩粥放在他面前。「少爺，這粥是奴婢一早現熬的，香糯著！」說完，蓮香很守規矩地往後退了退，站好。

素年環顧了一下，桌上倒是有她習慣吃的肉糜粥，只是分量有些少了，她一個人吃是夠的，但刺萍和阿蓮呢？「怎麼沒多做一些？」素年有些納悶。

阿蓮抿了抿嘴，抬頭看了蓮香一眼。「小姐，蓮香姊姊說，蕭大人不喜歡喝這種粥，所以……」

是這樣啊，怪不得桌上大半都不是她平日裡愛吃的。素年也沒說什麼，接過刺萍盛好的粥，一小口、一小口地吃了起來。吃了小半碗，胃裡終於暖洋洋的了，她這才將小勺放下。

「怎麼就吃這麼點？」蕭戈看到素年碗裡還剩下的粥，皺起了眉頭，這樣身子怎麼能養得好？瞧著她就瘦瘦的，還是要胖一些才好啊！

素年擦了擦嘴。「一會兒再吃。對了，不知夫君可有什麼不愛吃的東西？」

素年這聲「夫君」叫得十分自然順暢，一點阻礙都沒有，蕭戈的手卻一頓，正要送進嘴裡的鮮蝦雞蛋卷突兀地停在了半空中。「……沒有，我什麼都吃。妳再叫一遍？」

素年無語了，這人怎麼這麼幼稚啊？不過丫頭們都在看呢，因此素年的眼睛眯了起來，臉上的笑容十分甜膩。「夫君～～」見蕭戈似乎顫抖了一下，素年抿著嘴，得意的神情溢於言表。「既然夫君沒什麼不愛吃的，那正好，我的嘴可能被小翠養刁了，這個廚房我可就讓我的丫頭管了啊！」

「嗯，妳看著辦吧。」蕭戈三兩口地將面前的食物一掃而空，他成親有三日的空閒時間，倒是想整天跟素年膩在一塊兒，奈何手裡還有些事得辦。

「刺萍，以後每日吃什麼，就由妳們看著辦，左右蕭大人不挑食，可知道了？」

刺萍往前走了一步。「刺萍知道了。」然後又給素年挾了一個雞蛋卷放在她的碟子裡。

「小姐，妳再多吃點。」

蓮香的臉已經黑了，蕭大人從不費心在內宅事務上，自然不曾注意到素年這是在讓自己以後別沒事找事地獻殷勤！她才嫁過來，怎麼著？是打算給自己一個下馬威呢？

蓮香的表情素年權當沒瞧見，蕭戈離開了以後，她就招呼刺萍和阿蓮坐下來吃東西，她還順口招呼了蓮香，可人家不愛搭理她，心早隨著蕭戈飄遠了，連連「惶恐」著說不敢，不敢就算了。

刺萍和阿蓮可是敢得很，她們在家的時候就是這樣，素年說沒人陪著吃東西她沒胃口。

蓮香看得瞠目結舌，這是哪家的規矩？哪有奴婢和小姐同桌而食的？果然是低賤的醫娘，一點禮數都沒有！

嫁進來的這三天，或許是自己最後能清閒的三天了，一想到三天後就要學著管家、學著主持一大家子的事務，素年頗有些暑假快要完結的感慨，便想著能怎麼懶散就怎麼懶散吧！

誰知才睡了個安穩的午覺，素年正坐在廊下指揮著刺萍和阿蓮核對箱籠，將她帶來的嫁妝登記入庫的時候，老夫人那裡又派人來請她了。

這是怎麼說的？不是上午才見過嗎？可是都來人請了，素年自然也無法推託，便起身換了衣服，帶著阿蓮去了樂壽堂。

蕭老夫人又換了一套衣服，仍舊坐在那裡，看到素年以後，臉部有些僵硬，但還是笑了起來。「來啦？坐吧。」

素年溫婉地在一旁坐下，臉上是淡淡的笑容，等著蕭老夫人跟她說話。

「素年丫頭啊，是這麼回事，妳才嫁進來，有許多事情不知道。咱們蕭家人手並不寬裕，有的差事上都沒個人，緊巴巴的，正好呢，我娘家那裡要裁減掉一批人，我就想著，都是親近也用順手了的，何不將他們都請到家中來使喚呢？」

素年睜著「純潔」的眼睛。「娘，這種事情，素年也作不得主呀！不如娘去跟月姨說說看？」

蕭老夫人的眉頭皺起了。「怎麼？她不是已經將事務交接給妳了嗎？」

「並沒有，娘。我才嫁入蕭家，眼前還是一抹黑，所以夫君就說，要不還讓月姨先管著，等過些日子再交給我。」

「這個混帳東西！」蕭老夫人用力地頓了頓手裡枴杖，臉上氣忿難平。「來人，給我去把那個不孝子叫來！家中中饋不交給自己的媳婦，卻讓一個低賤的奴婢來管著，他想怎麼樣！」

素年趕緊起身，一個眼神就讓阿蓮去將人攔住。「娘，您別這樣，夫君他似乎很看重月姨，若是……夫君還當作是素年來跟娘您抱怨了呢！」

蕭老夫人一想也是，她還需要素年在蕭戈那裡能說得上話才行，只得暫時壓住心中怒火，擺了擺手。「不關妳的事。月姨？呸，不過一個奴婢而已，竟然這麼抬舉她！」

「娘，這月姨是什麼人啊？夫君他……都不願意跟素年說。」素年神情有些委屈，低下頭看著自己的腳尖。她在蕭戈那裡不問，是因為相信蕭戈看人的眼光，但她在這裡卻要問，因為她得讓蕭老夫人知道，她目前還是白紙一張，還是可以拉攏的對象。

這個問題，讓蕭老夫人的氣息愈加不穩，不過知道了蕭戈也不願意跟素年說這些，倒是心下安慰了不少。

「這個月娘啊……」蕭老夫人開始給素年灌輸她希望素年知道的真相。

月娘是蕭戈生母跟前的丫鬟，一直跟著她嫁入蕭家，蕭戈的生母在生了蕭戈之後沒過幾年就去世了，現在的蕭老夫人白語蓉是後來蕭老爺又續的弦。這蕭老爺也跟蕭戈一個性子，不愛管後宅的事，再加上他對蕭戈的生母也是一往情深，所以雖然又娶了白語蓉，後宅的中饋事項卻依舊按照蕭戈生母的遺願，讓月娘代為掌管。

「那個時候我就知道，這個月娘不是個好的！一個奴婢，就算是她小姐的遺願，她有什麼資格在我們蕭家作威作福？」

蕭老夫人十分氣憤，看著又有些頭疼的跡象，素年心想這下不好，她的針灸包可還在自己的院子裡呢！

「更可氣的是，當初那眉若南說的，只是讓月娘在成親之前代為掌管，結果這個下賤的奴婢竟然為了將大權掌握在手裡，一直都不嫁人！」蕭老夫人想到這裡，手扶著頸後，一副要暈倒的樣子。

素年站起來，從容地走到老夫人身邊，她現在的醫聖身分可是沒人敢質疑的，那些丫頭、婆子只敢遠遠地看著，看著素年的指頭掐住了蕭老夫人的人中處，硬生生地掐出一道深深的印記。

緩過來的老夫人居然還能接得上話。

「現在妳知道，月娘這個低賤的奴婢有多麼可惡了吧？素年丫頭啊，妳要趕緊將大權拿在手裡，若是有不會的，妳可以來問我呀，我這個婆婆定然會幫襯妳的！」蕭老夫人總結道，還沒說過癮呢，門口就有小丫頭急匆匆地跑了進來。

「蕭大人來了！」

小丫頭的話音剛落，蕭戈已沈著臉，大步地走了進來。他的視線在屋裡繞了一圈，看到了素年後眼睛才不到處亂轉了，但依舊冷著。見到蕭老夫人，他沒法兒有其他的表情。

素年立刻小媳婦一樣地走到蕭戈身邊，小白兔般膽怯的樣子，讓一直乖乖站在門口的阿蓮嘆為觀止。小姐真是……太厲害了！瞬間就在其他人眼裡成功塑造出一個畏懼蕭戈的形象，天知道蕭大人有多麼慣著她，小姐提出的意見，她就沒見過蕭大人反對的！

蕭老夫人見到素年的樣子，對蕭戈愈加不滿。這個媳婦她很滿意啊，雖然並不像之前自己想強行嫁給蕭戈的那些，但懦弱卻是蕭老夫人喜聞樂見的。

「你這是幹麼？我的院子一聲不吭地就闖進來，看看你媳婦嚇的！」蕭老夫人又是一頓枴杖，聲音十分正義。

蕭戈嘴角有些僵硬，動了幾動才忍住，蕭老夫人鼻子下面有一道深深的紅痕，看著十分可怖，別看她現在的模樣，也是十分注重儀表的，動不動就讓丫頭、婆子去問月娘要錢打首飾，這道紅痕是……？

「咳，那是我的不是了。只是我臨時找素年有些事，一時見不到，有些著急。」蕭戈難得地開口解釋，然後皺著眉轉身瞪了素年一眼。「不是讓妳沒事待在院子裡嗎？」

「是我叫素年丫頭來的！怎麼著，素年丫頭才嫁給你，你就要這麼管著？」

「娘，夫君他、他是為了我好！」素年急匆匆地解釋，然後轉向蕭戈。「素年下次不會了……」說完，素年還有技巧地看了蕭老夫人一眼，眼裡的祈求不言而喻，意思是——如果以後沒啥事就別找她來了，蕭戈那裡不好對付！

蕭戈的不好對付蕭老夫人當然是領教過的，於是也能體會素年的感受，便揮揮手讓他們出去了。

離開了樂壽堂後，蕭戈並沒有立刻追問素年來這裡幹麼、那個老妖婆有沒有為難她，但素年心裡是明白的，蕭戈若是不擔心自己，他不會這麼急色匆匆地追過來。

「那個是妳掐的？」蕭戈沈默半晌後，開口問的竟然是這個。

素年點點頭。「我已經使了很大的勁兒了，今日可能不顯，估計明日……可能要腫起來了吧？」她抬頭望天。她也是好心不是？萬一蕭老夫人要是真厥過去，那可就不好了。她那個年紀，又有中風的後遺症，也不知道能不能撐得住。

「嗯……掐得……很好看。」蕭戈也不知道要說什麼，嘴角的笑容終於洩漏了出來，一想到等那個女人照到鏡子以後的表情，蕭戈就覺得愉快無比。

「她都跟妳說了什麼？我似乎聽到了月姨的名字。」

素年將蕭老夫人跟她說的總結了一下後，用比較委婉的語氣複述了一遍。

蕭戈冷哼一聲。「若沒有月姨，蕭府怎麼可能還是現在的模樣？」

蕭戈的母親眉若南臨終前確實託付了月娘照顧蕭戈，因為那時眉若南就知道，這個白語蓉將來一定會嫁到蕭家來，若她沒個防範，蕭戈就會跟她一樣，被這個白語蓉拆吃入腹。

所以，眉若南拚盡自己最後的力氣，拚著她在蕭老爺心中的分量，硬是讓他答應了讓月娘掌權的要求。她知道，自己的要求一點都不合理，可蕭老爺真就答應了，還一直維持著，直到蕭戈長大，能夠自己鎮得住白語蓉為止。

蕭老爺在北漠去世之後，白語蓉以為自己在蕭家終於可以翻身了，可是，那時蕭戈已經夠大了，也繼承了蕭老爺雷厲風行的狠厲作風，因此他仍舊讓月娘掌管著蕭家。

白語蓉這麼些年來在蕭家也不是白混的，已籠絡了不少人，齊齊地排擠月娘，逼著她交出鑰匙和對牌。蕭戈知道之後也不多說，直接將這些人統統撤掉，一點情面都不留，全部打發了出去。他說，在他們蕭家，若是不遵從蕭家的規矩，一律不留。

這樣的清理讓白語蓉寸步難行。月娘隨後補充了一批人進來，個個都是服服貼貼，再不敢兩面三刀地攪和這渾水了。

蕭戈跟素年說的，那都是蕭老夫人不會說的，素年將兩個版本拼拼湊湊，倒是瞭解得更加透澈了。興許，蕭戈母親的死，跟蕭老夫人也脫不了干係。

回到院子裡，素年見小丫頭們都在忙，便賊眉鼠眼地湊到蕭戈身邊，拽了拽他的袖子。

「你剛剛是特意來找我的？知道我被老夫人叫去，心裡著急了？」

蕭戈腳步一僵，扭過頭看向素年，看著她賊兮兮的小表情，眉眼都帶著笑，嘴邊的小梨渦如同釀了蜜一般，讓蕭戈怎麼也看不夠。

素年自從嫁過來以後，蕭戈便發覺了不少他從前都不知道的地方，每項發現都讓他無比驚喜。他本以為素年已經足夠讓自己歡喜的了，卻沒想到仍舊不夠。不過，蕭戈可沒有正面回答她，而是抿著嘴，大手蓋在她笑咪咪的臉上，轉身走到一旁。

素年從蕭戈扭過去的脖子上看到了一層淡淡的粉暈，她自己倒是震住了，她就想調戲一下的，沒想到……竟然調戲成功了?!這真是……太有意思了！素年準備再接再厲時，阿蓮卻從後面扯了扯她的袖子。

「小姐，蕭大人會不好意思的……」

阿蓮的聲音並不大，但蕭戈可是練過的，耳朵靈得很，自然沒有錯過，於是，素年看到蕭戈的脖子更紅了……

「深藏不露啊！」素年衝著阿蓮比了個大拇指，這記神補刀，太有她的風範了！

嫁入蕭家的第一日，就在這種靜謐祥和的氛圍中度過了。總的來說，除了蕭老夫人急吼吼地想透過自己拿回掌家大權，和小丫頭的露骨心思有些讓素年好笑以外，還是讓素年挺滿意的。原來嫁了人也不是那麼可怕嘛！也許，主要因為嫁的是蕭戈？

素年眯著眼睛笑了笑，卻不想身子一輕，已經被蕭戈撈在懷中帶到了床上！素年僵硬了，素年顫抖了。不對不對，嫁了人以後還是很不好的，晚上還多了一件體力活啊！

每日給蕭老夫人請安，已經成了素年的必修課，其實也沒什麼，就是餓一會兒肚子，跟蕭老夫人說一會兒話，不管她再怎麼慫恿自己跟月娘把持家的大權要過來，素年都一律裝可憐、裝無辜。因為素年知道，蕭老夫人沒有膽子親自去跟蕭戈求證。

到了第三日，按道理說素年是要回門的，但素年的父母早已不在身邊，她京城院子裡的東西也大都搬到了蕭家，並沒有可以回門的地方。

可是一早，蕭戈便等著素年起身，等她請安回來之後用了早餐，然後帶著她出門了。

「去哪兒呀？」一路上素年都在問這句話。「難道是要去葉府？這麼些日子了，也不知道葉大人的情況怎麼樣了？」

素年各種猜測，可蕭戈就是不告訴她，讓她的心裡癢癢的。

馬車一路來到了城外，素年透過窗戶看到人煙越來越稀少，這到底是要去哪兒呀？

等馬車停了，蕭戈將她抱下，素年才看到在她的眼前，是師父柳老的墳墓。師父死後，她很少過來祭拜，因為她不敢。她看著已經從柳老的死去中振奮起來了，其實，她只是不去想而已。柳老是為了保護自己而死的，那樣一個醫學淵博的老大夫就這麼沒了，素年覺得這都是自己的錯。

所以素年想著，有朝一日，她若是能夠將柳氏醫術發揚光大了，她才敢到柳老的面前，可是現在，素年看著柳老的墳頭，眼中頓時湧出後悔的眼淚。她為什麼沒有早點來？師父那麼保護著自己，她卻一直都沒來看看他，自己是個多狠心的人吶！

蕭戈看著素年哭著在柳老的墳前跪下，聲音破碎淒厲。

「師父，對不起……不孝徒兒來看您了……」

素年狠哭了一陣，然後開始整理師父的墳頭。其實蕭戈有讓人定時來打理，因此素年只將幾棵野草拔除，然後接過蕭戈準備好的祭品，一個一個地擺好。

「師父，素年成親了，之前您一直希望素年能夠成親，現在終於滿意了吧？是蕭戈，您一直覺得不大適合我的人，但素年總算是嫁了。」素年絮絮叨叨地跟柳老說著話。

蕭戈在一旁，起先聽著很唏噓，到後面眉頭就皺起來了。什麼叫不大適合？他覺得，除了自己就沒有人比他更適合素年了！蕭戈蹲下，在一旁幫著給柳老燒紙錢，一邊燒，一邊不滿地反駁。「柳老對我有些偏見，怎麼他會覺得我不適合呢？」

素年偏過頭。「師父說，我的性子閒散安逸，就適合那種小門小戶，整天沒什麼閒事，也沒有太多的麻煩，每天最困擾的就是吃什麼，這才適合我。」

「這個我也能給妳！」蕭戈想都不想就直接應承，看到素年疑惑的眼睛才又補充道：「……可能暫時會麻煩一些，可等這些都過去了，妳想要的那種生活，我一定會給妳的！」

說完蕭戈還微微點了點頭，像是要素年相信他的誠懇一樣。

素年低下頭，抿著嘴笑了，她當然是相信的。

師父，您曾經說過，素年不想嫁人，不過是不敢相信人，不敢相信有人能夠無條件地包容自己，能夠比愛他更加愛自己，所以才會直接就將成親否決掉。可現在，素年想試著相信看看，相信蕭戈，相信他不會讓自己後悔。在蕭戈一心一意對自己的同時，素年也會同等地回報。只是，有一天，如果蕭戈將這份一心一意收了起來，也許素年就不會再讓自己嘗試了吧……

第一百二十章　有所顧慮

在柳老的墳前待了好些時候，素年才紅腫著眼睛，依依不捨地離開。

刺萍並不知道柳老的事情，想要安慰素年卻無從開口，糾結的表情讓素年心裡好生感嘆，自己的命還是不錯的，選的幾個丫頭心都挺實誠啊！

既然出來了，蕭戈就打算順道去葉府一趟，正好素年的銀針也帶著了，不知道葉少樺的身子是否有起色。

葉夫人眉煙聽到蕭戈攜素年登門的消息，簡直驚詫萬分。蕭戈成親時那份熱鬧可是全京城都知道的，今天是回門的日子她也算得出來，為什麼他們會挑這個時候上門啊？

「因為順路嘛……」素年挽著眉煙的手臂，理由十分樸實。蕭戈說了，左右今兒一天都沒什麼事情，一會兒從葉府出去再順路帶她去天香閣吃東西，那裡的座位都必須要提前預定才行，菜色自然不差，素年神往已久，只可惜她懶，所以一直沒有機會嚐到。

「少樺的身子多虧了妳的法子，近來夜裡也不會被疼醒了，說是爽利了許多。只是他仍舊時常去校場，也不肯好好地休養。」一說到這個，眉煙就愁眉苦臉的。葉少樺的臂膀肩肘處一直都很疼，素年給她的藥膏也都貼了，可他那麼不愛惜自己，眉煙也沒有辦法。

今日葉少樺正巧在家，見到蕭戈忙朝他招了招手。「你什麼鼻子？知道我搞到了一罈竹葉青，特意來蹭的吧？」

蕭戈瞥了他一眼後，忽然轉頭問素年。「我記得他的病是不能喝酒的吧？」

素年十分自然地點頭，就看到蕭戈很嚴肅地又將頭轉過去。

「聽到了吧？我媳婦是醫聖，她的話必然是對的。唉，誰讓我們是兄弟呢，你那罈竹葉青，我就勉為其難地帶回去吧，省得你瞧著心裡癢癢。」

葉少樺目瞪口呆，這夫妻倆也夠了吧？才見面就直接坑了自己一罈好酒？他怎麼不記得素年之前說過不能飲酒的？

「我也是剛剛想起來的。」素年的表情特別正直。

葉少樺啞口無言，張了張嘴，半天沒能說出話來，隨即扭頭就走。惹不起，他還躲不起嗎？

當然，也不能讓他真的走掉，因此眉煙趕緊將人攔住，然後抱歉地看著素年。「又要麻煩妳了。」

素年微微笑著，滿臉的不懷好意。「不麻煩，樂意之至。」

「沈娘子，我有一些不外傳的秘聞，妳想不想知道？都是很……私密的，保准妳感興趣，如何？」葉少樺轉了話題，打算以蕭戈的秘密來換取素年的親近。

素年剛想點頭，就見蕭戈面無表情地走過來，一把撈住葉少樺的頸子。

「我想起來有點重要的事情急著要跟你談談！」他對著素年說：「妳先準備準備，我們談完了就來。」

「……蕭大人和少樺的感情可真好呢！」眉煙看著蕭戈和葉少樺走到一邊的身影，淡淡地笑了。眉煙是典型的後宅女子，她見到的葉少樺只是在後宅裡的樣子，而他在外面、在他朋友面前是什麼樣的，眉煙也是最近才見到的，都是託了素年的福氣呢！

眉煙十分羨慕素年，蕭戈願意帶著她見自己的朋友同僚，願意將自己任何一面都毫無保留地展現在她面前，這大概是全天下女子都會羨慕的吧？

「是挺好的。」素年笑著附和，然後進屋將銀針擺好。

不知道那些所謂的秘聞是什麼？她倒是無比好奇。不過就算她好奇也沒法子——葉少樺跟蕭戈「談」完了之後，就變得相當沈默了……

「葉大人，您剛剛說的……」素年才起了個頭，葉少樺的頭就搖得好似博浪鼓般。「剛剛？我剛剛什麼也沒說呀！妳一定是聽錯了！」

這裡誰耳朵是聾的啊?!素年都無語了，看了一眼同樣無語的眉煙，也不多說，從針灸包裡直接取出一根極長的毫針。

那針的長度讓眉煙搖搖欲墜，看向素年的眼神裡都帶著祈求了。

「這個是必要的，其實也不十分疼。」素年跟眉煙稍微解釋了一下，她可不是故意的。

葉少樺也微微顫抖了一下，在素年之前，他並沒有接受過針灸治療，更何況是這種看著就觸目驚心的長針了，要解釋也應該跟他解釋啊，這針畢竟是要朝自己身上扎的呀！

素年循經取穴，再次將葉少樺扎成了一隻刺蝟，而這次留針完畢將針都起出來之後，她還讓葉少樺將上衣掀起，露出了背部。

眉煙用手捂住嘴，第一時間卻是看向蕭戈。一個剛出閣的女子，在自己的新婚丈夫面前瞧陌生男子的背……眉煙心裡是十分惶恐的，她生怕蕭戈會暴怒起來斥責素年，若是那樣，自己是拚死也要為素年說話的，畢竟她是為了治療自己夫君的病。眉煙緊握的雙手裡攥滿了汗，心跳陡然加速，只等著蕭戈一有舉動就跪下去求情。可是她神情緊繃著等了很久，蕭戈卻只是在一旁看著，並沒有任何舉動，就是臉上的表情也沒有發怒的預兆。

這是為什麼？眉煙不明白，在她看來，素年的舉動已經超乎常理，普通人家就算以此將女子休掉也不是不可能的，更別說蕭大人這種既有大作為又性子驕傲的人了，他怎麼能一言不發地看著素年而沒有任何指責？莫非，蕭大人是想在葉家給素年留點面子，等回家以後再跟素年算帳？這怎麼可以！回到了蕭家，若是蕭大人對素年發脾氣，那可是連個為她求情的人都沒有啊！蕭戈的無動於衷，並沒有化解眉煙的擔心，反而越來越強烈，她越想越害怕，素年被蕭戈指責痛罵得體無完膚的悲慘模樣已經在她的腦子裡浮現了，白皙的額頭上生生地冒出一層冷汗。

「蕭大人！」

眉煙毫無預兆地跪了下去，聲音裡的淒厲讓素年剛準備下的針劇烈顫抖，針尖還是戳到了葉少樺的背，他「嗷」地一聲叫起來，身子不停地扭動，好似一隻胖泥鰍。

「怎麼了這是？」素年才不管葉少樺的哀嚎，轉頭看到眉煙跪著，立刻將手裡的針擱下，快步將她扶起。「怎麼了，眉煙？」

眉煙眉毛緊鎖，拉著素年，身子有些顫抖。素年發現她的手心裡都是汗，還以為她有哪兒不舒服，趕緊將她扶到一旁的椅子上坐下，伸手就準備去把脈。

「我沒事。」眉煙急忙說道：「素年……蕭大人，素年是為了少樺才這麼做的，您……您可千萬別生氣！」說著，眉煙又想往地上跪，卻被素年緊緊拉住。

素年一頭霧水，她做了什麼了？為什麼蕭戈會生氣？

蕭戈也是滿臉困惑，卻很快明白了過來。看著仍舊一臉不解的素年，蕭戈輕輕咳了一聲。「葉夫人放心，蕭某不是那等不明事理的人。」

這跟明不明事理，其實並沒有太大的關係，眉煙努力想從蕭戈的臉上看出他是否是真心這麼說的，她覺得，普天下的男子能有這份胸襟的，那是鳳毛麟角，蕭大人如此驕傲的男子，真的能夠忍受嗎？

素年聽了半天才聽出個所以然，原來是這麼回事啊！她扭頭看了一眼仍舊光著背趴在榻上，如同任人宰割的死魚一般的葉少樺，安慰地拍了拍眉煙的手背。

「妳放心，我選的夫君，必然是全天下最好的，不至於因為這點小事就想不開，別擔心了啊！」素年說完，讓眉煙繼續坐在椅子上休息，她則走回榻邊，重新拿起三稜針，認真地再次在葉少樺的背上找尋那些黨參花樣的皮損部位。

眉煙餘驚未消，坐在椅子上順著氣，心裡還是擔憂，便又小心翼翼地去看蕭戈的表情，一看之下，卻有些愕然，蕭戈的眼睛，一眨也不眨地正盯著素年，裡面的光、裡面的情緒，讓眉煙看著都心驚！

必然是全天下最好的！這幾個字一直在蕭戈的腦子裡迴繞，他此刻心中充滿了想要爆發出來的激盪，必須要調動全身的自制力才能控制得住！

素年從來沒有對蕭戈說過這樣的話，就連「喜歡他」這種最基本的，也從來沒有過。一直以來，都是蕭戈說喜歡她、想要娶她，至於她究竟是一種什麼樣的想法，卻從來沒有明確地說過。是不是因為自己挺合適的，所以素年才願意嫁給自己呢？又或者是沒有別的選擇，正好自己出現了，於是將就著嫁了？

這些想法不是不曾在蕭戈的腦子中出現，他想過，無法避免地想過。誰都不希望自己付出的感情得不到回報，他也不例外。但就算他這麼想過，他也沒有消沈，更沒有逼迫素年要同樣地喜歡他。他有足夠的耐心和信心，想要用以後所有的時間來讓素年喜歡上自己，就算她做不到，他也會盡量讓素年不後悔跟自己成親。這是蕭戈在心裡決定好了的。

可是沒想到，自己在素年的心裡竟然有這麼高的評價，蕭戈有些欣喜若狂。一句話就能將自己的情緒影響到這個程度，蕭戈卻一點都不覺得丟人，他甚至有些急不可耐地想要趕緊回家，趕緊好好地問問素年，她說的是真的嗎？在她心裡，自己就是全天下最好的？

素年這會兒可謂專心致志，挑治這種療法，需要極高的手法和專注力，她先在葉少樺的背部和頸部找到反應點，呈圓形或是橢圓形，豆粒或花生米粒大小，邊緣整齊且顏色稍微深於正常皮膚，這在大椎和頸椎增生部位較為多見。

然後素年選取了三個反應點，這裡沒有普魯卡因局部麻醉藥，素年只好讓葉少樺忍著。

「有些痛，你需不需要咬一塊絲帕什麼的？」

葉少樺搖了搖頭，還咬絲帕？他丟不起那人！

既然如此，素年就直接下手了。她以三棱針先破表皮，用針尖貼皮平刺，先平行向前滑動，然後再輕輕將針向上抬起，把淺表皮的纖維絲一一挑斷、挑淨。

挑治花了素年不少時間，中途眉煙走過去看了一眼，當即捂著額頭搖搖欲墜，刺萍急忙將她扶住，拖到椅子上又放下來。

等三個反應點都挑治完畢，素年才將針收回去。從頭到尾，葉少樺一點聲音都沒有發出來，身體也是極度放鬆的模樣，倒是讓素年心生佩服。

「這段時間，這些部位要保持清潔，先不要碰到水，可用乾淨的布先蓋住。飲食方面，禁止飲酒，不能吃刺激性的食物。」素年叮囑了一下。

剛剛還輕鬆自在的葉少樺，臉頓時苦了。「沈娘子……不能飲酒……是妳剛剛加上去的吧？」

素年看著他，眼睛又彎了起來，十分好看。

「行行行，不喝就不喝！那罈竹葉青我讓人給你們送到府上去！」兩次的接觸，讓葉少樺多多少少摸清楚了素年的脾性，當即也不等她說話，直接表了態。

眉煙這會兒終於回神了，哆哆嗦嗦地走到葉少樺身邊，臉上滿是心疼。「疼嗎？」

「疼的！」葉少樺說得斬釘截鐵，臉部肌肉還配合地皺了皺。

眉煙的心疼更甚，眼瞅著淚就要滴下來了。

素年覺得，剛剛似乎扎得還是不夠狠啊……

葉少樺收拾好之後，跟蕭戈去了前屋，素年就和眉煙在這裡聊聊，蕭戈說要走的時候會讓月松來告訴她。

「蕭大人……待妳可真好。」眉煙在蕭戈離開之後才幽幽地感嘆。

素年微笑著，拉著眉煙坐下。「難道葉大人待妳不好？」

「好的，可是，總是不一樣。」

「只要是好的就行了。」素年將收拾好的針灸包交給刺萍收好。「天下誰能一樣呢？妳覺得蕭大人現在好，在別的方面他未必就能比得上葉大人不是？」

眉煙紅著臉點了點頭，她也就這麼隨口一說，要說少樺，他在自己的心中真是最好的了。

素年抿了口茶，眉煙忽然湊過來。「素年，那個……我都嫁入葉家幾個月了，為什麼……為什麼……一直沒有動靜？」

動靜？素年抬眼看到眉煙的臉紅得像要窒息的模樣，心領神會。眉煙跟自己的年歲差不多，現在就急著生孩子了？

「怎麼，葉大人著急？」

眉煙搖了搖頭。「少樺說不急，慢慢總會有的，可是，我想趕緊給他生個孩子。少樺很喜歡孩子，二嫂家的貴哥兒來玩的時候，每次他都很開心的樣子，所以我想……」

「這急不來的。」素年端著茶盞。「孩子也是講究緣分的，再說，妳現在還太年輕，這麼早要孩子，身體還沒準備好。要我說，最好是再過上兩年。」

「兩年?!」眉煙驚呼起來。「這怎麼成！雖然葉家不需要我和少樺的孩子來延續香火，可是、可是兩年！婆婆怎麼會容忍我一直不生孩子？到那時，少樺屋裡還不知道要多多少人呢！」

素年一愣，眉煙激烈的反應有些嚇到她了，不過是兩年先不生孩子，又不是不能生，竟然讓眉煙害怕到這種地步？

可是細想起來也確實，這裡是麗朝，在古代，傳宗接代極為重要，一個女子如果生不出孩子，那對她的打擊絕對是毀滅性的。婆婆若是好說話，就往房裡塞兩個妾室，生了孩子讓她養在自己的名下；若是碰到不好說話的，以無後為由休妻重娶也是有的。

素年低下頭。可她怎麼辦呢？她還打算過段時間再說，那麼蕭戈呢？他會怎麼想？

「素年，妳看，有沒有什麼法子？」眉煙小心翼翼地問道。若是素年有辦法讓她懷上孩子，自己絕對會感激她一輩子的。

素年回過神，看到眉煙期待的眼神，也沒多勸，只是伸手將她的手腕拉過來。眉煙的身子很健康，懷孩子只是時間問題。

素年找來了紙筆，跟她說了一下排卵期的演算法，讓她在那幾天一定要將葉少樺留在屋裡。另外同房以後……嗯……可以做幾個動作，能夠幫助身體受孕。說這些的時候，素年將刺萍支使到一旁，刺萍還沒嫁人，給她聽到了不好。

不過眉煙臉上出現的驚嘆她就不明白了，自己好歹也已經嫁人了，說這些有那麼驚世駭俗嗎？

素年只得盡量擺出正經的面色，將她知道的這一切歸結到她是大夫的身分上去。

不管如何，眉煙對素年都是感激的，她肯這麼鉅細靡遺地告訴自己，就算是大夫才知道的好了，眉煙也能在素年的耳尖看到久久沒能消散的紅暈，心知素年也是相當不大好意思說這些的。

「多謝妳，若是……能成功懷上，眉煙定當送一塊牌匾到妳府上！」

素年瞪著眼睛，瞧著眉煙正兒八經、一點玩笑都沒有的臉，心想，她不是認真的吧？

「可千萬別！」素年發覺眉煙當真是認真的，連忙慌張地擺手。「這只是舉手之勞，不值當的。」

「怎麼不值當了？」

「我的好姊姊，我是大夫啊，不是送子觀音，若是妳真的弄一塊牌匾來，那我以後的日子還要不要過了？再說了，蕭府裡，蕭戈雖然對我行醫並沒有約束，可其他人就不好說了。」

眉煙這才恍然大悟。是了，她都忘了在蕭府裡也並不容易，就算蕭大人寵著素年，可蕭老夫人……眉煙還是有些耳聞的。

如此說說笑笑，也到了素年和蕭戈要離開的時候了，眉煙雖一再挽留，想讓他們用了飯再走，可素年也知道，眉煙在葉府還未站得住腳，沒有提前說就想置辦席面不是那麼容易的，葉府家大業大，規矩自然也多。

更何況……天香閣還等著她呢！

愉快地跟眉煙道別，素年一點被怠慢的感覺都沒有，十分興奮地往馬車裡鑽，從窗戶將頭探出去。「是去天香閣嗎？這會兒會不會沒有位子了？你已經提前訂過了嗎？」

蕭戈看到素年毫不掩飾的開心，不禁有些好笑，這丫頭有時候好滿足得很，一頓飯就能讓她欣喜無比。

天香閣在京城無人不曉，若是想到裡面用飯，首先得有些身分，普通百姓就是再有錢，沒有身分地位也是不好進去的。其次，即便有身分也需要提前預約，來這裡吃飯象徵著一種地位，儘管要求有些苛刻，仍舊每日賓客盈門。

素年之前原本想以明素郡主的身分去預約一下，但一來她懶，也總忘記；二來，其實她也不喜歡郡主這個有名無實的名頭，若是與之相比，她更喜歡醫聖這個稱號，所以她一直無緣來吃一頓。素年早就打聽好了，天香閣有一道「紅梅珠香」是他們的招牌，幾乎是必點的名菜，除此之外，還有八寶野雞、佛手金卷等都十分有名。

這還沒有到呢，素年就急不可耐的，恨不得立刻就能吃上才好！

天香閣的排場確實壯觀，門口停著數輛高品級的馬車，甚至還有輛宮車，挑高的天香閣大門飄著各色絹紗，輕薄如蟬翼的絹紗將天香閣點綴得如同逍遙的天宮一般，很是養眼。

素年走下馬車，跟在蕭戈身邊慢慢往裡走，小二立刻迎了過來。說是小二，素年都覺得是埋沒了，跟尋常酒樓的不同，天香閣的夥計們一看就是十分上檔次的，禮數周全卻不卑不亢，行為得體地將他們往裡面引。

得知了蕭戈的身分，小二恭敬地退下去，換了個穿著打扮更加貴氣的人來接待他們。素年感嘆，天香閣為什麼會做成現在這樣的規模不是沒有原因的，看看這種先進的營運方式，針對的都是有錢有權的高端顧客，生生地將酒樓變成了人人追捧的奢侈品，她還真想見見天香閣的幕後老闆呢！

位子是一早訂好的，一個私密的小隔間，裡面古色古香卻又新穎別緻，處處都透著與眾不同的格調。點菜的時候，素年掃了一下送來的菜單，抬眼看了蕭戈一眼。「夫君，你錢帶夠嗎？」

刺萍都覺得有些臉紅了，小姐這話說的，天香閣的人還在跟前呢！

蕭戈卻只是微微點頭。

素年的眼睛立刻瞇成一條縫，埋頭將她想吃的都報出來。

第一百二十一章　掌家權力

天香閣確實不虛此行，素年想吃的菜餚並不少，原本她還擔心他們兩人吃不了，可沒想到竟然一點都沒有剩下，於是素年只好又多加了兩道菜打包，她要帶回去給刺萍和阿蓮嚐嚐。

在素年心中，她身邊的丫頭都是寶貝，蕭戈也是知道的，而且刺萍雖然現在就跟在素年身邊，卻堅決地站在一旁。若是只有小姐，她坐下來跟著也吃些沒有問題，可如果有旁人，刺萍是絕對不會做出讓小姐失了身分的事情，哪怕是小姐要求的，她也不會。

蕭戈覺得素年的丫頭都頗為特別，他有時都好奇為什麼她竟會找到這麼多特別的女孩子，後來蕭戈才知道，這些丫頭的特別都是素年一點一滴培養出來的。素年對她們是毫無保留的好，也因此才能換得她們同樣毫無保留、處處以素年為中心的忠誠。

素年這會兒正靠在椅子上，有些不好意思地摸了摸肚子，還在感嘆為什麼她的胃竟然這麼小，還有不少東西她都想吃呢，卻完全吃不下了。

天香閣的紅梅珠香不愧為一絕，那顆顆瑩潤的鴿子蛋裡，填塞的是鮮味十足的材料，火腿、海米、口蘑、乾貝……一口咬下去，鮮美的汁液充盈著口腔，讓素年覺得無比幸福，紅潤的蝦球酸酸甜甜、清爽適口，素年恨不得將舌頭都吞了。

只是可惜，天香閣裡另一道招牌「片皮乳豬」已經售罄了，說是宮裡來了位貴人，都給包了，讓素年頗有些遺憾，也不知道這位貴人怎麼想的，那麼多菜都能吃得完嗎？

這個疑問，在素年打算離開天香閣的時候，得到了解答。

其實也是熟人，素年跟著蕭戈步出酒樓的時候，恰巧從裡面也走出來一位女子，娉婷冷傲，正是陸雪梅。

陸雪梅在看到蕭戈的時候明顯一愣，手裡捧著的東西差點落到了地上，就那麼呆呆地一直盯著蕭戈看。

蕭戈卻沒怎麼留意，還是素年瞧見了，腳步頓了一下，蕭戈才將眼光轉過去。

但就算是轉過去了，蕭戈也沒能認出陸雪梅來。

蕭戈只是在皇上的口中聽說過有一女子名叫陸雪梅，說是太后作主，將來可能會指給自己，但這陸雪梅究竟長什麼樣？他是一點都不知道，畢竟太后身邊的人兒，怎麼可能那麼簡單能讓他見到？

素年一瞧蕭戈茫然的眼神就心中了然了，這簡直是個悲劇，不禁覺得這個陸雪梅也滿悲摧的，於是便輕輕牽了牽蕭戈的衣角。太后的人，他們還是讓讓，讓人先過去算了。

蕭戈雖然不明所以，但還是照做了，並順勢將素年軟軟的小手牽在手裡，大步地退到一旁，示意陸雪梅先走。

陸雪梅的眼睛裡都有火要冒出來了，蕭大人竟然不認得自己！這也就算了，蕭戈竟在眾人面前主動去牽沈素年的手，就算是現在也沒有放開！這般濃情密意、小心呵護，若是沒有沈素年，這些原本都會是自己的！都會是她陸雪梅的！

陸雪梅深深地長吸了一口氣，她將手裡的東西穩住，轉交給了身邊的人，然後直直地朝著蕭戈的方向走過去。

「蕭大人，沒想到在這裡碰到了您。」陸雪梅款款低身，柔美地行了禮，再抬起頭，臉上是一改從前冰冷的笑容。

「不知姑娘是？」蕭戈沒料到對方會來找他說話而不是找素年，一時有些奇怪。

「小女子陸雪梅，久聞蕭大人驚才風逸，是逸群之才，今日一見，果然讓人心生敬重。」陸雪梅笑著回答，表情一絲不錯。她要將自己最柔媚溫婉的一面展現給蕭戈看，讓他後悔失去自己這麼一個可人兒！

哪知道蕭戈確實震驚了，可卻是第一時間看向素年。他不知道的啊！什麼陸雪梅，他真是一點都不知道啊！今兒陸雪梅會出現在這裡純屬意外，要早知道，他寧願回去了！

素年看著陸雪梅跟先前在自己面前時是完全不一樣的表現，又發現蕭戈盯著自己看的眼神裡出現一絲絲無辜，瞬間有些想要笑出來的衝動，但也知道這會兒要是笑出來，陸雪梅估計做鬼都不會放過自己了！

何必呢？素年朝著蕭戈展顏一笑。「夫君，陸姑娘在跟你問好呢。」

「喔，陸姑娘謬讚了。」蕭戈迅速明白了素年並沒有放在心上，當即鬆了口氣，面對陸雪梅，卻也只是一句簡短的回答。

「蕭大人和沈娘子這是剛在天香閣裡用飯嗎？可真不巧，今兒呀，太后娘娘就想嚐一嚐這裡的片皮乳豬，雪梅便特意出宮來為太后娘娘採買，天香閣為了表達敬意，決定今日這道菜只招待太后娘娘，希望沒有讓你們失望。」

「沒想到陸姑娘和素年是舊識？那怎麼還叫『沈娘子』呢？該喊『蕭夫人』了。」蕭戈對她後面的話沒有反應，卻是半笑著糾正陸雪梅方才的話。

陸雪梅臉色一僵，貝齒咬了咬下唇。「是呢，是雪梅說錯了。」

「嗯，下次別錯就行了。」

素年聽不下去了，雖然這個陸雪梅，她也欣賞不來，但蕭戈這人真真是一點面子都不給。他是知道陸雪梅的，而且，應該也知道陸雪梅對他算是十分有心意，憑良心講，陸雪梅長得真不差，典型的美人胚子，蕭戈這毫不客氣的言語，讓美人的臉都沒法兒美起來了。

於是，素年又偷偷地扯了扯蕭戈的袖子，意思是——差不多就行了，別讓人家姑娘下不來臺。在這個時代，能夠勇敢追求自己喜歡的人不容易啊！

豈知，蕭戈察覺到素年扯他了以後，臉上的笑容愈加溫柔，讓陸雪梅被蕭戈所言刺白了的臉又再次紅了起來。

「陸姑娘，抱歉，我娘子今日有些勞累了，姑娘您請自便，我們先告辭了。」蕭戈說完，十分嘚瑟地牽著素年的手轉身就走。

素年都無奈了，她真不是這個意思啊，秀恩愛可不是她擅長的，這蕭戈從前瞧著不是這樣的呀！

陸雪梅的臉又迅速地蒼白了，這次白得都有些發青了，渾身微微顫抖得停不下來。那個沈素年是故意的吧？以為自己看不到她拉蕭大人的袖子嗎？為了不讓蕭戈跟自己相處，竟然使這種下三濫的手法，果真是身分低賤的醫娘！

陸雪梅好半天才壓制住情緒，眼裡有些陰冷。她還要將片皮乳豬送到太后娘娘那裡呢，不管太后想要吃什麼、喝什麼，她都會孝順體貼地送到。現在只是讓太后暫緩了為她選夫婿的舉動而已，太后相信了她說的「想要長伴太后左右」的話，但還不夠，她做得還不夠！那些皇上、太后口中的青年才俊，哪一個能比得上蕭大人？她陸雪梅自問容貌才情樣樣不輸於人，就是論起身分，她也比沈素年要高貴，憑什麼讓這個醫娘擁有蕭大人的寵愛？她不配！

從天香閣出來之後，素年就有些悶悶不樂，蕭戈在一旁瞧著，卻也不敢輕易地跟素年說什麼，萬一她覺得越解釋就是心裡越在意呢？

如此沈悶地走了一段距離後，素年才幽幽地嘆了口氣。「也不知道那片皮乳豬是不是真那麼好吃？連太后娘娘都覺得好，真是可惜了……」

蕭戈差點被噎住，不可思議地盯著她看了半晌，才確定她真的只是在為沒吃到片皮乳豬而難過，頓時有些哭笑不得。

素年真的一點都不在意？蕭戈心裡有些隱隱的遺憾。

「對了，你知道剛剛的陸雪梅吧？就是我在安定侯府花宴上遇見過的那位。據說當時太后娘娘準備將她賜與你為妾呢！」

蕭戈沒想到素年主動提了這事，小丫頭靠在車裡的軟墊上，懷裡還抱著一只軟墊，下巴擱在上面，眼睛滴溜溜地盯著自己。

「是嗎？我不認得她。」蕭戈表現得十分鎮定。

「因為你不在意唄！若那女子是你喜歡的，你以為我還會像現在這樣情緒這麼穩定地跟你說話？說說看，這陸雪梅跟你到底是怎麼回事？」

「……」蕭戈沒說話。素年說，她會這麼鎮定，只是因為知道自己對陸雪梅沒有另外的想法？所以，素年並不是不在意？蕭戈的心緒一下子開朗起來，再加上素年之前說過，自己是「全天下最好的男子」，蕭戈一時控制不住，伸手將素年拉到了懷裡。

素年覺得手長腳長的人是不是都有這個怪癖？動不動就將她抱住，雙臂一鎖，自己哪兒都去不了！雖然感覺挺不錯的，但現在正在八卦呢，這種姿勢……她還怎麼八卦起來？

「妳說，我是全天下最好的男子，是真的？」

蕭戈的氣息吹拂在素年耳邊，低沈的嗓音讓她耳朵控制不住地泛紅，渾身一個激靈，她立刻將頭往下縮。「好好說話，離這麼近幹麼？」

「很近嗎？再近的也都有過了。」蕭戈的嘴唇幾乎貼著素年的耳垂。

素年頓時又驚又羞，手腳並用地想要爬出蕭戈的懷抱，可她奮力再奮力，跟蕭戈的距離卻是一點都沒有拉遠，反而跟他貼得更緊密了！

素年不敢動了，她不是傻瓜。「你……你別亂來啊……」

蕭戈的喉嚨低低地震動。「呵呵呵，不會的，我也是知道分寸的。」

「……你知道分寸你手往哪兒伸?!」素年壓低聲音叫出來，兩隻小手捉住蕭戈剛剛鑽入她裙襬裡的手。「你瘋了！這是在車上！」

「嗯，是在車上，我知道啊！」

蕭戈的力氣，別說是素年的兩隻手了，就是她整個人都撲上去，蕭戈也是一隻手就能將她托起來，於是素年血紅著臉拚死阻止，卻拿他一點辦法都沒有。

「問妳呢，剛剛在葉府，妳說的是真心的？」

素年緊緊地抱著蕭戈的另一隻手，如同缺水的魚一樣，全身癱軟，心裡卻在怒罵。這算是在耍流氓嗎？是的吧，是在耍流氓吧？堂堂一個天策上將、一個在朝堂中橫著走都行的大官，這會兒是在逼供嗎？

「……嗯……」素年覺得以蕭戈的毅力，她若是不出聲回答是不行的，於是低低地吐出一個字。

可蕭戈不滿意啊！這個「嗯」到底是在回答自己呢？還是她控制不住，不自覺發出來的呢？眼看著離蕭府越來越近了，蕭戈的手稍微加大了動作。「是還不是呢？」

素年猛吸一口氣，指尖都要掐住蕭戈的手臂了，忙不迭地點頭。「是、是！」

蕭戈用力將她抱住，心底那份滿足快要溢出來似的。這樣的感情讓蕭戈覺得可怕，這天底下居然有一個人能夠如此影響自己的情緒，這真是……太可怕了。

馬車在蕭府的門前停下，刺萍從另一輛車上跳下來，準備去扶素年的時候，卻發現小姐是被蕭大人抱下來的，且小姐整個人都躺在蕭大人懷裡，臉色潮紅，眼睛緊閉著。

「小姐怎麼了？」刺萍有些緊張地問。

「今日在車裡的時間太長，有些不舒服。」蕭戈很少跟下人們解釋什麼，不過素年的丫頭，他還是要給面子的，說完便抱著素年走了進去。

刺萍跟在後面，臉色卻有些疑惑。小姐不能長時間坐馬車這她知道，可是小姐說過這種時間不大長的沒有問題呀！之前也一直都好好的，怎麼突然又不舒服了呢？

回到院子裡，刺萍趕緊按照之前的方子給小姐熬煮湯藥，好舒緩小姐的不適。

然而，等她熬好了以後，小姐卻死活不肯喝，說是已經好了。

這一天晚上，蕭戈折騰得格外動情，素年的眼睛都完全睜不開了，卻在事後強迫自己清醒一些，她的心裡還擱著事情。「夫君，你想要個孩子嗎？」

蕭戈緩緩地撫摸著素年光裸的肩頭，眼睛亮得嚇人。「自然是想的。」

素年心裡一沈。「那如果，我生不了孩子呢？」

蕭戈撐起身子看著她。「怎麼會呢？妳怎麼會這麼想？」

「如果，我是說如果。如果我沒辦法給你生孩子，怎麼辦？」素年知道這個問題十分無理取鬧，對蕭戈來說，他怎麼可以沒有孩子？若真是那樣，素年都覺得她還是自覺點吧，別耽誤了蕭戈。

蕭戈很長時間都沒有說話，低著頭，不知道在想什麼。

素年等了一會兒後，將被子拉好。「別想了，我只是隨便說說的，今兒跟眉煙正好聊起這個……睡吧。」素年閉上眼睛，卻感覺到自己的身子被人連同被子擁住，然後蕭戈的聲音在她的耳邊響起——

「若是那樣，我們就抱一個吧……不，多抱幾個，再讓一個姓柳。那麼多孩子的話，總不可能沒一個孝順的，讓他們為我們養老送終，也續了妳師父的香火……」

素年的身子微微抖動，緊閉著的眼簾處有水光溢出來，順著她的臉頰從旁邊滑落。夠了，能夠得到這樣一個答案，素年覺得她還有什麼好求的呢？轉過身用力回抱住蕭戈，素年將頭埋在他的懷裡。從來她都是被動的，被動地接受蕭戈對自己的好，被動地想著若是蕭戈讓她失望了她會怎麼辦？然而，她卻從來沒有想過要主動維繫他們的感情。這對蕭戈來說太不公平了！素年無比悔恨，她抱著蕭戈，感覺到他的手臂也在收縮，一隻手還摸了摸自己的頭髮。

「別擔心了，睡吧。」

素年的眼睛早已閉上，她太累了，可她也決定了，不再逃避，不再只靠著蕭戈來讓他們走下去，自己也要努力，就從明日開始……

第二日一早，素年請安過後，就自覺地來到了月娘這裡，她要試著學習如何掌管一個家，試著成為蕭戈身後堅強的後盾。

月娘看到素年十分高興，堅持給她行了禮，然後便站著處理各種事務。「少奶奶若是有哪兒不明白，都可以詢問奴婢。」

素年就在那兒坐著，靜靜地看著負責各個差事的管事嬤嬤跟月娘彙報事項，列出單子領取銀兩，或是提出接下來的預算讓月娘審核是否可行，之後，帳房來跟月娘核算。這是個十分枯燥的工作，月娘怕素年會不耐煩，素年卻始終微笑著，一直到月娘暫時歇下來為止。

「少奶奶，蕭府裡的事已經算是不大繁瑣了，您有什麼地方不明白的嗎？」月娘在素年的強烈要求下坐下來，語氣卻有些惶恐地問。

素年笑著搖了搖頭。「月姨，素年說過了，素年從來沒有接觸過這些，所以不大懂，也許是因為不熟悉，我先多看幾日，若還是不明白，素年再問您。您每日這番勞累，素年不想再麻煩您。」

「少奶奶您這話說的，奴婢只是做了分內之事，蕭家的事務還是要交給您的，不管您讓奴婢做什麼都是應該的。」

素年笑了笑，只說了句「辛苦月姨了」。

自從素年去了月娘那裡，蕭老夫人對素年的熱情是一天比一天更甚，恨不得素年趕緊將月娘手裡的權力接掌過來，若是擔心做不好，沒事啊，不是還有她嘛！

素年只以自己的本事不精，還沒有能力把事情接過來為由拖著，拖得蕭老夫人心中有氣，甚至將蕭戈叫過來說了一頓，什麼奴大欺主、這會兒正主都進門了，還將權力握在自己的手裡是想幹什麼？

蕭戈自然不會理會蕭老夫人。他前幾日在家中逍遙，這會兒已經去了衙門裡做事，素年身邊原先有小翠和巧兒，兩個小丫頭都有些拳腳功夫，蕭戈就想著，自己現在不在蕭府，素年若有個什麼事情豈不是會吃虧？所以他這會兒正在給素年尋著幾個護衛呢！至於蕭老夫人說什麼，他是一點都不在意，左右她也只是對自己逞口舌之快而已。

蕭戈的毫不理睬，再加上素年的油鹽不進，讓蕭老夫人逐漸急躁了起來。果然不是自己親自選的媳婦，就是不好掌握！要說素年性子軟弱好控制，可她竟然軟弱到連自己該有的權力都要不回來，那還有什麼用？

「少奶奶，這是剛熬的燕窩粥，您趁熱喝了吧。」蓮香端著一碗燕窩粥，畢恭畢敬地走到素年面前。

自從成親第二日，素年沒有給蓮香面子，讓她不要再出入小廚房之後，蓮香就消停了許多，周身不滿的氣息也都收斂了起來，甚至從那日開始，每天都會為素年熬製一盅燕窩粥。

素年接過來，用小勺子輕輕舀了舀，一小勺、一小勺地送進了嘴裡。

她和蕭戈成親也有一個月了吧？素年估摸著，蕭老夫人該沈不住氣了。每日每日殷勤地請自己過去，卻每日每日地達不到目的，蕭老夫人的耐心應該要到極限了。

月娘那裡，素年每日都會去學習，她很少問問題，只在一旁看著，漫不經心的樣子都讓人覺得她到底有沒有聽進去？這些蕭府裡的管事們從一開始還有些顧忌素年，到後來都習慣了會有一個人坐在那兒，卻什麼也不管、什麼也不說，好似一個擺設一樣。

蕭老夫人終究是沒有忍得住，一日，在素年給她請安時，她臉色不再像以前那樣雖不自然但好歹有些笑臉，而是陰沈了下來，一如素年嫁到蕭家之前，在蕭府見到的那種陰陽怪氣、愛理不理的模樣。

素年依舊帶著微笑，好像看不出蕭老夫人跟之前有什麼區別，說著平日裡說慣了的請安話語，然後就準備照往常一樣告退。

「蕭戈媳婦，妳等等。」蕭老夫人黑著臉。「妳的管家權力，還是沒有接過來？」

「媳婦愚鈍。」素年低著頭，仍舊是這句話。

「我看妳也是！這都多長時間了？蕭戈怎麼會娶了妳這樣一個媳婦？我們蕭家可就指著蕭戈呢，可妳看看妳，妳這樣成不了事，以後能給蕭戈什麼助力？我看，不如我給蕭戈再物色個能幹的，也可以幫襯著妳，如何？」

素年的心並沒有慌亂，她對蕭戈有信心，只要蕭戈不願意，素年不認為蕭老夫人能夠硬塞人過來。「是素年愚笨，辜負了娘的期許。」素年依舊微微垂著頭，沒同意也沒反對。

蕭老夫人一口氣憋在胸口不上不下的，她還指望著素年能慌亂一下，然後破釜沈舟地去跟月娘撕破臉，畢竟素年和蕭戈成親才一個多月，自己這就打算給蕭戈添人了，她真的一點都不緊張嗎？「妳真是個……沒用的！」

素年竟還輕輕點了點頭，看得蕭老夫人連忙將她趕出去，然後順著胸口，一副氣都要喘不過來的樣子。

一旁的婆子趕忙送上了茶水讓她順順氣。「老夫人，您別著急，少奶奶這才剛進門，老婆子我瞧著，剛剛少奶奶對您的提議一點都不敢忤逆的樣子，可見是個性子軟和的，這需要慢慢來。」

「慢慢來?!都多長時間了？蕭府的大權掌握在那個賤婢手中都多長時間了？我是一天都

等不得了！性子軟和也不能軟和成這樣啊！都跟她說了，她才是蕭府如今應該當家作主的人，偏偏非要讓那個賤婢拿捏住，妳說說看，我能不生氣嗎？」

老婆子笑了笑，跪在一邊給蕭老夫人捏了捏腿。「老夫人息怒，您說得也沒錯，少奶奶確實有些不成器，可您要想想，她的對面站著的可是蕭大人，以她的性子，她敢跟蕭大人作對嗎？」

蕭老夫人一愣，誰說不是呢？就連她自己，這麼多年來也都沒能鬥得過蕭戈，現在指望一個原本就提不上筷子的人，自己確實有些心急了。

「再說了，老婆子看著蕭大人對少奶奶也挺看重的，蓮香那丫頭說，他和少奶奶的感情似乎不錯，就是少奶奶小日子不方便的時候，也都留在她的房裡呢！」

「真是這樣？我怎麼沒看出來那丫頭有哪兒招人喜歡了？」

「可不是嘛！所以呀，咱們只要等著，這月娘總不可能一直將權力攥在手裡吧？這讓人知道了，也不好聽不是？」

蕭老夫人眯著眼，輕輕點了點頭。那就……再等等看吧……

第一百二十二章　重立規矩

應付完老夫人後，素年又照常去了月娘那裡。這些日子以來素年看了不少，正好這會兒月娘還沒開始處理事務，素年便嘗試著自己來處理看看。

月娘自然不敢不從，於是，素年便開始了她在蕭家的第一次執掌中饋。

管事嬤嬤們進來瞧見素年坐在當中，卻仍習慣性地去找月娘的身影，素年趕在月娘之前開口——

「各位嬤嬤們，從今兒開始，妳們就可以向我稟報事務了，一切就如同之前一樣。可有問題？」

底下呼啦啦地跪下去一片，婆子們哪會有問題？

素年笑了笑，餘光卻瞥見站在一旁的月娘，她的表情似乎僵硬了一下，隨即又歸於平靜。

素年的學習能力向來不錯，這麼多日子看下來，哪些事務應該要如何處理，心裡都有個大概的判斷了，辦什麼事需要多少銀子、多少人手，也都有了個數，若是出現了她拿不準的，那就按照之前的先例去辦。

一個上午，發放對牌、安排事務、核對帳目，打理蕭府上上下下那麼多人的開支，竟然井井有條，一點錯都沒有，絲毫看不出這是素年第一次接手這些事情。

刺萍在一旁看著，暗自咋舌。

月娘更是時而有些失態地瞪大了眼睛，素年處理事情的速度竟然比她還快，從前核對帳務是最花時間的，可素年卻直接跳過去了，並吩咐帳房從明日開始要按照她的法子記帳。

也不管帳房先生什麼表情，素年就讓刺萍遞過去一本帳本，這是素年在玄毅那裡用過的，每日進帳、出帳的記錄和備註清清楚楚，左借右貸，一目了然。

帳房先生先是有些抵觸，不情不願地接過去，可他看了一會兒之後，眼裡就放光了。繁瑣的帳務是帳房先生們早生華髮的根本原因，可他們也想不到什麼好方法，少奶奶的這本帳目……似乎有些意思啊！

素年處理完所有的事情後，離中午還有段時間呢，她便想著還可以回去補個眠。正要起身離開時，一旁的月娘走了過來，從腰上解下一大串鑰匙遞了來。

「少奶奶既然已經接手了所有事務，那這些鑰匙自然也要一併交給您的。」

素年看了看，也沒推辭，讓刺萍恭敬地接下來了。「月姨，夫君說了，您是個潔身自好的，可總有些人會說三道四，讓您受委屈，所以這些庫房找日子我會跟帳房盤點一下的，先跟您說一聲，免得您心中會有些其他想法，成嗎？」月娘的呼吸有一瞬間的凝滯，素年感受到了，卻仍舊笑得春意盎然。

「當然可以，少奶奶為奴婢思慮周全，奴婢感激不盡！」說著，月娘就想要往地上跪。

素年趕忙將她扶住。「月姨，都說了您不是奴婢。您為了蕭家辛苦了，應該是素年感謝您才是。」

回院子的路上，刺萍跟在素年身邊。「小姐，這個月娘……我瞧著似乎有些問題。」

「自然是有的。」素年不緊不慢地回答，沿途賞看著小道旁邊栽種的花。

「那這些是不是會不對？」刺萍緊張地舉了舉手裡的鑰匙。

素年看了一眼，搖了搖頭。「那倒未必，月娘對蕭家、對夫君的情意並不作假，可對我這個剛剛嫁入蕭家的不相干的人，那就不一定了。」

「小姐怎麼會是不相干的人呢？」刺萍想不通，小姐可是嫁給了蕭大人，那就是他的妻子了，這怎麼不相干呢？

素年沒跟她解釋，這個也解釋不了。素年對人的情緒很敏感，蕭戈跟著她一起去的時候，和她自己見到月娘的時候，月娘的表情有著細微的不同。

蕭戈說，月娘為了能照顧他，不讓蕭戈被白語蓉和白家人欺負，生生耗盡了自己的大好時光。月娘的長相不差，能力也出眾，扛得起整個蕭家就可見一斑，而且，眉若南當初臨終前給了她豐厚的嫁妝，這些年來想要求娶月娘的也不在少數，然而月娘都拒絕了，到如今也仍在閨閣中。蕭戈對月娘十分敬重，幾乎將她當成半個娘親來對待，素年乾脆也將她當成半個婆婆，婆婆對媳婦，可不就是親近不起來嗎？素年也不覺得奇怪。

晚上的時候，蕭戈提了提素年接掌蕭家中饋之事，語氣十分自然。

素年點了點頭，順勢問了一句。「夫君在衙門裡是如何知道的？莫非……是想我了，使人偷偷回來問的？」素年慧黠靈動的表情讓蕭戈呼吸一窒，素年卻繼續不懷好意地用舌頭舔了舔嘴唇。「那樣的話，我若是在家裡做了什麼壞事，豈不是都瞞不過夫君了？可怎麼辦呢？」

……蕭戈端起桌上的涼水，猛灌了幾口。素年這幾日是小日子，他不方便動手，結果這個丫頭沒事就會故意撩撥自己一下，然後再像現在這樣埋頭悶笑……

「回府時正好遇到月娥身邊的丫頭了，匆匆忙忙的，也不知道要幹什麼去，問了才知道，說是妳要盤點庫房，正準備著呢。」

素年的笑容沒有褪去，兩隻手托著臉撐在桌上。「總要堵住別人的嘴啊，盤點什麼的，月娥想來是沒有問題的，可若是我不這樣做，別人就會生出不必要的閒言碎語，那樣可就不好了。」

「嗯，說得也是，這些事情都由妳作主就行了。」蕭戈隔著桌子，伸手去拉素年的小手。

素年敏捷地躲開，微微挑了挑眉毛，笑開了。

蕭家少奶奶要接手掌權了，要盤點庫房了！這些消息傳到蕭老夫人的耳朵裡後，她歡喜得昨兒晚上都多吃了一小碗飯，今日一早素年來請安的時候，她臉上的笑容收都收不回去。

「就知道妳是個得力的！這庫房一定要好好地盤點，這麼些年來，誰知道那個賤婢都污了些什麼？最好呀，將她的院子也都搜搜，指不定能搜出什麼物件來！」

素年心裡直嘆息，蕭老夫人能混上蕭府女主人的位置，說明她不傻，莫非是幾次中風的險症讓她腦子糊塗了？還是說，自己看起來就像是會被這種話忽悠的人？

「娘，素年只是初初掌權，有些地方還需要月姨相助呢！而且這庫房是夫君說的，要證明月娘的清白，所以這盤點也只是走個過場罷了。」

蕭老夫人的臉又垮了下來。「過場?!他蕭戈是個傻的嗎？還證明清白？一個賤婢有什麼清白好證明的？妳盤點的時候仔仔細細地瞧好了，千萬別讓那個賤婢得逞！若是有什麼需要的，我這裡的人手都可以供妳使喚！」

素年又開始光笑不說話了，其實也不是不能敷衍得過去，只是素年覺得，跟蕭老夫人說話，她很多時候都不想開口，感覺一開口自己的智商和品味都被生生拉低了，只好用笑容來表達她的無語。

「妳別光笑啊！前些日子我跟妳說的事怎麼樣了？這會兒是妳當家了，府裡有些差事上面缺人，我那裡正好有些得用的，不如都收進來如何？」

自己這才接上手，蕭老夫人可真是心急啊！素年面上露出愁容，道：「這事我跟夫君說了，他說……他說白家的人，蕭府用不起……」

哐噹！蕭老夫人將手邊的一個杯子給砸了，砸得當機立斷！素年看得很清楚，她原本是想朝著自己的方向砸來的，可也許是顧慮著什麼，最後換了方向。

「妳跟蕭戈說了?!妳跟他說做什麼？這後宅是女人當家作主的地方，好好的妳跟他說什麼啊？」蕭老夫人砸了杯子還不解氣，朝著素年就喝罵了起來。

這態度讓素年覺得舒服多了。整日瞧著她不自然的笑容，事後素年得看很久的天空才能心曠神怡起來。素年也不反駁，小媳婦一般地站在下面，反正她是真的說了，也就為了得到蕭戈的一個態度，蕭戈自然是反對的，而且這話比自己說的更直白——還想讓白家的進門？她死了以後我倒是可以考慮考慮！

這話殺傷力太大，素年基於人道主義，並沒有複述出來，這會兒就聽著蕭老夫人發飆，一句話也不回答。蕭戈就是這麼個想法的，她打算怎麼著？

蕭老夫人能怎麼樣？她也只能砸砸杯子出出氣！眼前的素年罵不還口，她的這口氣都出不了。

「娘，我該去處理事情了，您先歇著吧。」素年看看時辰也不早了，終於開口打斷了蕭老夫人的發洩，施施然地行了禮，退了出去。

蕭老夫人捶著胸口，她又不願意素年耽誤了時間而便宜了那個賤婢，於是這種悶氣只能自己受著，真是作孽啊！

素年處理事情幾乎不用月娘操心，那些管事嬤嬤們也十分驚嘆，但其實誰管著都區別不大，蕭家在月娘管理著的時候，就沒讓她們有鑽空子的地方，就算換個人，她們的利益也沒有改變的空間。

素年之前就發現這些管事們的積極度其實不高，並不會主動將手裡的事情做好，而是需要月娘一遍一遍地督促監督著，這樣一來也讓月娘承受了巨大的壓力，所以素年在月娘的臉上看到了並不符合她這個年紀的病狀。

操勞過度讓一個女子勞累成這樣，素年覺得，蕭府裡的制度有需要改進的地方。

「廚房上面的嬤嬤是哪位？」素年將對牌發放完畢後，並沒有讓她們離開，而是點名讓負責廚房的管事站出來。

下面的嬤嬤們有些輕微的騷動，終於要來了嗎？都說新官上任三把火，也該是時候燒起來了吧？

一個胖胖的老婦人走了出來。「少奶奶，是我林婆子。」

「林嬤嬤，目前廚房的事務可有問題？」

「回少奶奶，並無問題。」

「怎麼會？我瞧著廚房遞上來的帳目裡，有一部分不必要的浪費，這難道不是問題？」

眾嬤嬤看向林婆子的眼神裡有著同情，這新上任的少奶奶果然要開始找麻煩了！

「回少奶奶，是何緣由婆子已經稟報過了，蕭家的人口雖少，丫頭們前一日來跟婆子我確定第二日主子要的菜，可到了第二日卻往往會出錯，這不關我老婆子的事情呀！」

素年點了點頭。「我也明白，只是這樣實在浪費！以後丫頭來點菜的時候，讓她們白紙黑字地送單子來，可別說咱們蕭府的丫頭都不識字，若是沒有送來，那給什麼便吃什麼，就說是我說的。」

林婆子一愣，這根本不是來找她麻煩的呀！「可是……少奶奶，老夫人那裡……」林婆子有些猶豫，這個規定雖好，可以幫廚上節省不少重新製作的時間，但那些浪費，其實多半是蕭老夫人一個人造成的，少奶奶這麼強硬，老夫人要是問起來……

「老夫人那裡也一樣，若是問起來，妳就推到我身上，左右妳們是在我手裡做事，沒什麼可怕的。」

「哎，婆子遵命！」林婆子亮聲應下了。有了少奶奶的保證，這下她們的腰板也直了不少。從前是月娘主事，雖然管得嚴，可她們總覺得名不正、言不順，蕭老夫人找麻煩的時候也只是一味地讓著，讓她們這些婆子很是憋屈。

「另外，以後每日食材的採買，就不用日日彙報了，我們畢竟接觸得少，哪些東西新鮮又便宜也並不知曉，往後，這些採買的活計妳就自己瞧著辦吧，按之前的規矩領銀子，若是能省下來，那也是妳有本事，不用交帳，遇著擺宴要增加支出的另算。不過只一樣，這買回來的食材若是有個不新鮮讓我發現了，那就說明妳不適合這個差事，我也會另外安排適合的來，可聽明白了？」

林婆子半天沒有回答，眼睛睜得大大的，彷彿不敢相信。從前月娘可是事事都親力親為的，買什麼、花了多少銀子總是一一對帳，少奶奶的意思是，真省下來了就算自己的？

「別的地方也是一樣。我瞧著蕭府後面有一片竹林，也有專門的人打理著，產出的竹筍大可以便宜些給廚上，又新鮮、又能賺取點銀子，何樂而不為？這些妳們自己可以瞧著做，只是，分內的事情必須事先完成。」素年說了一番話，嘴裡有些乾渴，刺萍送了杯水到她的嘴邊，素年一小口、一小口地喝著，讓這些婆子們慢慢地思考。

「少奶奶，這……這不合規矩啊！」月娘率先打破了安靜。她皺著眉頭，滿臉的不認同。「如此一來，規矩豈不是會壞了？」

下面的管事嬤嬤們都不說話，盯著素年看。少奶奶說的這些她們自然是樂意的，可就像月娘說的，不合規矩。蕭大人有多器重月娘，大家都看在眼裡，少奶奶這麼貿貿然地一下子改變了之前的規矩，蕭大人會同意嗎？

「月姨，規矩是人定的，嬤嬤們為了蕭家辛苦了這麼些年，想必心裡也是懂的，蕭家不留做不好事的人，所以稍微變通一下，讓她們能賺取額外的銀子，為什麼會不合規矩呢？」

嬤嬤們都想拍手了！她們當中有不少是家生子，離不開蕭家，外人雖瞧著蕭家有蕭大人，風光不已，可在裡面做事幾乎是一點油水都沒有，還不如尋常的大戶人家呢！少奶奶這麼為她們說話，她們都要熱淚盈眶了！

「不行，這樣不行……」月娘說不出什麼具體的，只是一直重複著這句，然後忽然想到了什麼。「少爺他也不會同意的！」

素年將茶盞放下。「月姨，是夫君讓我自己作主的，他說都讓我看著辦。」

月娘一下子就不說話了，看著素年笑吟吟的嬌美臉龐，默默地站到了一旁。

這下嬤嬤們都神氣了起來，有的甚至主動獻計，說她手裡的差事能夠如何變通。

素年笑咪咪地聽著，一邊挑出可行的點頭允許。

集思廣益最能體現群眾的智慧，素年不需要那麼古板的規矩，她覺得，不管如何，能捉到老鼠的就是好貓，既然能夠將本職工作做好，那還不允許別人賺外快了？

更重要的是大家的積極性提升，她將權力下放了，嗯，也就輕鬆多了啊……

刺萍堅持，這才是小姐最終的目的！

當然，素年的這番改變，也不會這麼順利就是了，首先是老夫人，這個倒還好，最不濟跟她扯破臉，主要是月娘那裡。月娘一開始強烈反對，到後來雖偃旗息鼓，可素年不覺得她會就這麼算了。

正巧第二日是蕭戈休沐，他定然會知道的。

蕭老夫人那裡，素年一如既往地裝傻。

蕭老夫人可是大發雷霆。「妳怎麼能這樣決定呢？趕緊改回來！這還得了？那是我們蕭家的銀子，怎麼能平白送給那些婆子？」

素年眼角餘光瞧見服侍在蕭老夫人身邊的婆子眼睛裡閃動了一下。蕭老夫人只看到了蕭家的錢被拿走了，卻沒見到那些下人們的心往素年那裡靠了。

「娘，怎麼是送呢？那是嬤嬤們自己想辦法賺到的。」

「那也是賺的蕭家的！」蕭老夫人用力頓了一下手中的枴杖。「都說了讓妳凡事來問問我，這麼大的事，妳怎麼提也不提地直接決定了？誰給妳這麼大的膽子！」

「是夫君啊，夫君說，這後宅的事讓我瞧著作主就行……」素年低聲地反駁。「而且，嬤嬤們為了蕭家鞠躬盡瘁了這麼些年，素年覺得並不過分……」

「妳還說！」蕭老夫人就差沒將枴杖甩向素年了！真真是氣死她了，這個不知道天高地厚的野丫頭，一點主事的經驗都沒有！哪家不是在防著這些慣會偷吃扒拿的婆子？她倒好，主動給她們提供撈油水的途徑！蕭老夫人這才發覺，平日裡她覺得軟弱怯懦的沈素年，竟然一點都不好控制，自己都說了這麼多，還發了這麼大的火，她居然無動於衷，一句「知錯」都沒有，更別提要按照自己說的，將規定改回來了！

「我讓妳改回來妳聽到了沒有？」蕭老夫人頓著柺杖吼著。

素年抬起頭，滿臉困惑。「這怎麼行呢？娘，我才剛這麼吩咐下去，您就讓我再改回來，那以後誰還聽我的話呀？」

誰管妳去死啊！蕭老夫人頓時又呼吸不上來了，指著素年卻說不出話。

一旁的婆子看了素年一眼，心領神會，不就是掐人中嗎？她也會的。

等蕭老夫人緩過神後，人中處再次留下一道深深的痕跡。婆子的力氣可比素年要大得多，這道印記都有滲血的跡象了。

「娘您身子不舒服，素年就先退下了。喔對了，廚房上面有沒有派人來說？以後都要將膳食單子寫了送過去，這樣就不會再白白做了娘您不愛吃的東西了，這可是素年特意為您想出來的法子呢！」素年高高興興地告退。

然後，婆子又再次伸手去掐蕭老夫人的人中了……

今日這些管事嬤嬤瞧見素年的時候，情緒別提多高漲了！本來她們還想著，會不會少奶奶只是說著玩玩的？沒想到少奶奶可是當真的，果真就沒有再跟她們一一核對了，只是再次強調，若是有人怠忽職守，那她也不會姑息的。

「少奶奶，您就放心著吧！」

管事嬤嬤們都笑吟吟地應著，這少奶奶嫁入了蕭家就是好，瞧瞧，這才多少日子，就讓她們得到了實惠，傻子才會不好好做事，丟了差事呢！

「小姐，月娘今日沒有來……」刺萍輕輕地在素年耳邊提了一句。

素年點點頭，這麼嚴重的事情，若是月娘不親自去說，可就沒有那個分量了。

處理完了事情，素年特意慢慢地往院子裡走，等她回了院子時，只有蕭戈一人在書房裡。

「小姐，剛剛月娘來過，在蕭大人的書房待了好一會兒呢！我有偷聽到裡面傳來月娘的哭聲。」阿蓮一見到素年，手裡的東西一放就衝過來，小聲地跟素年通風報信。

素年笑著點頭，卻毫不遲疑地走向了蕭戈的書房。有些事情，素年一點都不想拖著，她已經打算要主動經營他們之間的感情了，這種事情就不能夠不說明白。

要放在之前，素年定然怕麻煩，能不問就不問，可這會兒她卻不想壓著，畢竟積壓得多了，總有一天會爆發出來。

第一百二十三章　朝臣彈劾

蕭戈正在書房裡看文件，聽到房門被敲了幾下，然後素年輕手輕腳地推開，眼睛轉了幾轉，見到了他才笑著進來，反身將門關好。

「怎麼了？」蕭戈將手裡的卷軸放下，見到素年走過來就習慣性地想伸手將她撈到懷裡坐好，哪知素年早有防備，在離他有一段距離的地方停住了，讓蕭戈撈了個空。

「我就在這兒站著，這樣好說話。」

「……」蕭戈只得將爪子收回去，卻感覺懷裡空落落的。「妳說吧，說完再過來。」

「……」素年醞釀好的情緒都快沒了，努力想了想，才將表情收成嚴肅狀。「月姨來過了？」

蕭戈點點頭。

「她說的你都知道了？」

蕭戈又點點頭。

「那你……什麼想法？」素年看著蕭戈臉上的表情，一點一滴都不錯過。

「我說了，後宅的事都由妳看著辦。」蕭戈又伸了伸手。「來，讓我抱抱。」

「……你就沒點其他想法？」素年不相信，不是說月娘有哭嗎？蕭戈極重情義，月娘這個他一直敬重的人在他面前哭訴自己的不是，這人怎麼可能什麼想法都沒有？

「嗯……其他想法……」蕭戈真就抬起頭想了想。「其實我覺得，咱們府裡後面不是有一座小山嗎？在上面養點家禽如何？也像妳說的，讓人管著，山上的東西打理好了，這些家禽還可以賣一賣，不錯吧？」

誰他媽問你這種想法了？素年急了，這人是故意的吧？她正好好地跟他說事呢！如果因為月娘，讓他們夫妻兩人之間出現了嫌隙，那必然還是要早點說清楚的好呀！

蕭戈也急了，乾脆站起來，走過去將茫然的素年拉過來抱住，懷裡軟軟的、暖暖的，這才踏實了下來。「我說的都是真的。」蕭戈用下巴摩挲著素年的小腦袋。「月姨來找過我，說妳的法子斷斷不行，這樣會慣壞了那些管事們，她守了大半輩子的蕭家，說不定會因此被這些人給毀了。」

素年一動也不動地窩在蕭戈的懷裡，聽他慢慢地說著。

「然後我就問她，妳都做了哪些改變呀？她就一樣一樣跟我說了，別說啊，妳那些主意是怎麼想的？我覺得都挺不錯的。然後我也跟她說了，後宅的事，以後都由妳來管。」

「你就這麼說的？」

「嗯。」蕭戈的下巴不動了。他是敬重月姨不錯，月姨對他的照顧可謂掏心掏肺，蕭戈願意一直敬著她，為她養老送終，可是月姨說素年的話就重了。

她說素年沒個根基，也不是從大戶人家出來的小姐，如何會懂這裡面的門道？

月姨雖然在素年面前不說，態度也算恭敬，但她心裡也是看不上素年的吧……這個認知讓蕭戈有些傷心，素年有多好、有多聰慧，他恨不得所有人都知曉才好，可是他又捨不得，若只有自己見到的素年是特別的，這也很不錯……

這是蕭戈第一次用稍微強硬一些的口吻對待月姨，月姨哭倒在地上，什麼埋怨的話都沒有說，只是默默地垂淚。蕭戈心裡不忍，可他更不願素年受委屈，素年是自己厚著臉皮求來的，自己不能夠辜負她一分一毫。

素年忽然抬起頭，直直盯著蕭戈近在眼前的臉看。

蕭戈任由她觀察，坦坦蕩蕩的，沒有任何躲閃。然而蕭戈發現，素年的耳尖居然開始變紅了，一點一點泛出粉紅，最後整個通紅，這什麼情況？正詫異著，素年的手慢慢地抬起來了。

她輕輕地摸上蕭戈的臉。這張臉可真好看吶……她在心裡嘆息，明明想觀察他的表情來著，卻不由自主地羞紅了臉，素年覺得自己也真夠丟人的。

丟人就丟人吧，蕭戈這麼信任自己，讓素年心情無比的好，她綻開一個甜甜的笑容，兩隻手撲了上去，將蕭戈的脖子摟住。「你怎麼這麼好看呀！」

蕭戈的身子一僵，莫名地，臉上也出現了異常的熱度，素年想要抬頭的時候被他迅速抱緊按住，這可不能讓素年發現了！蕭戈在心裡納悶，原來自己也是會臉紅的？真稀奇！

從書房裡走出來的時候，刺萍和阿蓮眼尖地發現小姐的衣裙有些縐褶，臉也是紅撲撲、粉嫩嫩的，如此她們就放心了，看來蕭大人跟小姐並未出現意見分歧。

刺萍笑著轉身去了小廚房，素年向來是吃小廚房的，這是蕭戈一開始給定的規矩，他怕素年吃不慣。

阿蓮笑咪咪地湊到素年身邊，乖巧地給她捏了捏肩膀。「小姐，蕭大人沒說什麼吧？」

素年望天，蕭戈最後在自己耳邊說，今天晚上不會放過她的……他怎麼知道自己的小日子過去了？可真是個天才……

這事就這麼過去了，月娘跟蕭戈也沒要到個說法，素年之後盤點庫房的時候，月娘表現出了大義凜然的樣子，結果自然是沒什麼錯誤的。素年從頭到尾都陪著笑臉，盤點完了以後還十分動情地感謝了一番月娘的功勞。

只是月娘的情緒一直都不很高漲，素年的熱絡也沒能讓她有所改變，柔弱的模樣讓素年都覺得自己難道是在欺負她嗎？

月娘的表現讓素年十分「緊張」，忙請了大夫來給月娘瞧瞧。她雖然也是大夫，可這會兒不是不方便嘛！

素年堅持讓大夫給月娘瞧了，不出所料，身子有些虧虛，是一直過度勞累造成的。

「怪不得月姨這幾日臉色瞧著都不好了。月姨，這兒有我呢，總不能讓您還累著，夫君若是知道了，定會責怪我的，您就好好休養著吧！」素年說完又轉向大夫。「大夫，您瞧著給開方子吧，無論什麼藥材都不打緊，關鍵是能有效果。」

「蕭夫人說笑了，誰不知道您是醫聖呀？您看……」老大夫也是十分惶恐，這蕭府可真有意思，明明有個御封的醫聖，還要到外面找大夫？

「大夫您就開吧。」素年奉上豐厚的賞銀，才得了老大夫的一張方子。

這方子素年也不過目，直接交給月娘身邊的小丫頭。「月姨的身子就拜託妳了。」月娘嘴裡發苦，可卻無計可施，她沒料到蕭戈竟然對這個沈素年如此看重，蕭戈從來都很聽自己的話，這次卻不管用了。

蕭老夫人那裡，因為素年的每次出現都能讓老夫人的身子虛弱一點，因此老夫人乾脆免了素年的請安，素年「苦苦哀求」也不能讓她回心轉意，於是素年只好「可憐兮兮」地逍遙起來，唉，這日子也是不錯的。

素年原本還以為她的逍遙日子可以一直這麼過下去，每日優哉游哉地處理些事務、午睡一小會兒後，找點書本打發時間，跟她心目中的生活也相去不遠，等過兩年再給蕭戈生個娃，然後就可以混吃等死了，多麼美妙的計劃呀！

可是，朝廷對蕭戈終於還是有動作了。

起先是葉大人來到了蕭家，素年原以為是來找自己扎針的，可葉大人跟蕭戈在前院待了整整兩個時辰，然後便又匆匆地離開，一點要找素年的意思都沒有。

接著，蕭戈在家裡的日子居然越來越多了起來。

「怎麼瞧見我在家，這麼愁眉苦臉的？」蕭戈將手裡的書放下，伸手捏了一下素年軟乎乎的臉。

素年受驚地往後躲開，才繼續將下巴擱在書桌上發呆。

「這是怎麼了？」蕭戈極愛看素年有些幼稚的舉動，這會兒漂亮的小腦袋搭在桌子上，整個人都軟嘟嘟的模樣。

素年忽然直起身來。「是不是……有人找你麻煩了？」

蕭戈笑了笑。「怎麼這樣想？」

「之前你可是相當忙的，最近卻都不去衙門裡了，且葉大人上次行色匆匆的樣子……我總覺得有些不安。」

素年的小眉頭皺得極緊，蕭戈很想伸手戳一下，他也不知道為什麼自己變得這麼無聊了，不論看到素年什麼表情都想用手撩撥她一下。

「也沒什麼，就是朝上有不少人彈劾我，所以皇上讓我在家裡歇息一段時間，說是正好新婚燕爾，就多陪陪妳吧。」蕭戈不甚在意地開口。

果然是出事了。素年聽到事實反而放了心，蕭戈被彈劾，還是不少人集體彈劾，那必然是有人揣測了皇上的心意，認為皇上也一定忌憚蕭戈，才想著不妨幫皇上個忙，這麼一來，皇上也能記著他們的好。不過，皇上只是讓蕭戈歇息，說明皇上跟蕭戈之間的情義並非太淺，他並不想動蕭戈，不過礙於那些彈劾的奏摺而做做樣子罷了。

可是素年心裡仍舊擔心著，這也只是現在，以後呢？皇上會一直對蕭戈這麼放心嗎？若是皇上真的對蕭戈起了戒心，那麼，是不是也許都不用大臣們揣測聖意，皇上直接就能找個理由將蕭戈給辦了？

素年不敢問，她只能將這些疑問壓在心底。不管以後會發生什麼，她都會陪在蕭戈的身邊，當然，如果什麼都不發生，那自然是最好的！

蕭戈被群臣彈劾的消息也不知道怎麼的，就傳進了蕭老夫人的耳朵裡，她立刻又將素年叫了去，連聲地詢問是不是有這麼回事？

「娘，夫君如何會將這等重要的事情告訴素年？不過，素年有隱約聽到一些風聲……」素年神神秘秘地往蕭老夫人那裡走了兩步。「聽說，現在好些人家都不願意跟我們蕭家扯上關係呢，也不知道是不是因為這個……」

蕭老夫人倒吸了一口冷氣，臉皮不住地顫動。她是聽說過功高震主的臣子們最後往往逃不過慘烈的下場，沒想到他們蕭家竟然也會走到這一步？那怎麼辦？難不成自己要受到蕭戈的拖累，一併遭受天怒？可她跟蕭戈不是一路的呀！蕭老夫人覺得十分委屈，在蕭家她什麼好處都沒有得到，到頭來反而要跟著一起受難？她在感情上無法接受！

「娘，您說要回白家？」素年睜大了眼睛，她剛剛那麼瞎扯的話，蕭老夫人都相信了？自己懶得整日都不出門，怎麼可能會知道別家人心裡是怎麼想的啊？這麼明顯的敷衍，蕭老夫人竟就害怕了？

「我……我也太久沒有回去老家看看了。」白家的老家並不在京城，蕭老夫人想要回去躲一躲，到時候皇上若是真的降罪於蕭戈，她也好以跟蕭戈不親近為由躲過這場災難。

白家老家在哪裡素年不知道，她只知道，蕭老夫人這樣的身子要想長途跋涉，毫不客氣地說——非死即傷。

有那麼可怕嗎？她不是一直都想得到蕭家的東西？有價值的就想要拿到手，卻一點風險都不願承擔，想得可真美好。

「娘。」素年的笑容愈加甜美。「您的身子行動不方便。再說了，這個節骨眼上，您若是不在，素年豈不是沒有了主心骨？況且，這白家也未必希望您這個時候回去呢！」

蕭老夫人覺得，她就不應該將素年叫過來的！本來還好好的，給她這麼兩句話一說，自己心裡頓時慌得不行，眼前也是一陣一陣地發黑。

白家不希望自己這個時候回去？白家是什麼時候都不希望自己回去的！

當年自己在蕭家做客的時候，硬是看上了蕭戈的父親蕭然，一顆芳心暗許之後，用了白家人都不屑的手段，買通了蕭家下人暗中下毒，讓眉若南香消玉殞。雖然不是自己直接動的手，可她的確是主導了這一切。

再後來，白語蓉又設計讓人誤以為她和蕭然發生了什麼，以自己的名聲逼得蕭然娶了她做續弦，終於讓她如了願。可等到嫁入蕭家以後她才明白，當初讓自己深深沈醉的那份溫柔和癡心，原來只屬於眉若南一個人而已！

雖然自己也成了蕭夫人，雖然她如願以償地住進了蕭府，白語蓉卻覺得自己仍舊是個外人。蕭家的一切都讓眉若南的一個丫頭管著，她堂堂蕭夫人的臉面往哪裡擱？而蕭然卻沒有為她爭取什麼，從眉若南逝世之後，蕭然的眉間就再也沒有出現過那抹讓人動心的柔情了。

只有在面對蕭戈時，蕭然才會露出久違的笑臉，那些笑意從來就不是對著她白語蓉的！

蕭然的遺體自北漠被送回來的時候，白語蓉除了悲痛，心裡竟然還有一絲莫名其妙的解脫。將她縛住的那條繩子終於斷了吧？她終於可以從裡面逃脫出來了吧？

可誰知道，蕭戈繼承了蕭然的一切，連同對她的漠視。蕭戈比蕭然還要精明，他從自己進門開始……不，是從自己出現在他和他娘的面前開始，就一直對自己有著防備。

蕭然不在後，蕭戈將那條勒住白語蓉的繩子拉得更緊了，緊到讓她都喘不過氣，只能苟延殘喘地在蕭府的小院子裡發洩心中的鬱悶。

白家……呵呵，在自己執意要嫁入蕭家的時候，她的父母就對她完全失望了。京城裡的這些姊姊、嫂嫂們，也不過是因為蕭戈的名頭才來跟自己這樣客套，事實上，並沒有任何一個白家人歡迎她。

「娘？」素年發現蕭老夫人這會兒心不在焉的，莫非是對自己的話有感觸了？

「我累了，妳回去吧。」蕭老夫人回了神，輕輕地朝著素年揮了揮手。

素年退了出去，卻覺得有些不真實，這次不再扔個杯子玩玩？難道是自己最近對各房裡登記在冊的東西抓得有些緊，幫助老夫人改了這個壞毛病了？

回到了院子裡，素年看到月娘竟然在院子外面候著，這算是稀客了，從素年接管了蕭家的事務並稍作調整了之後，月娘就很少出現在自己的面前了。

「月姨，您有事找我？」素年笑著走過去，拉著月娘，讓她在凳子上坐下來。

月娘有些坐立不安，才剛剛坐定就有些急切地問：「少奶奶，少爺真的被彈劾了？」

哎呀，這到底是哪兒傳出去的呀？這種事情，就連月娘也關心了起來。「月姨，您聽誰說的？這種事可不好亂傳的。」

月娘的眼睛一亮。「那麼就不是真的了？」

這次素年沒說話了，而是站在她身邊的刺萍微微上前。

「月娘，您這樣問小姐，讓她如何回答呢？」

月娘一愣，怎麼是個小丫頭在答話？

「小姐和蕭大人之間雖然無話不談，可有些事情，也是不該小姐去問的。月娘若是真想知道，何不直接去問蕭大人呢？」刺萍的身子站得挺直，一點怯懦的姿態都沒有。

她跟阿蓮不一樣，阿蓮的年歲偏小，難免會膽小些，可刺萍不同，她原本是官家小姐來著，又經歷了大起大落，性子比尋常姑娘堅韌。她有些看不慣月娘的作派，蕭大人既然這麼敬重她，那她大可以拿一拿架子，可她偏不，在小姐面前總是一副伏低做小的樣子，口口聲聲自稱為奴婢，眼裡卻又時常出現無法遮掩的輕視，而在面對蕭大人的時候，月娘眼裡又是真情實意的愛護。正因為這樣，刺萍才為小姐覺得委屈。

月娘看不上小姐，刺萍都能夠感受得到，小姐又怎麼可能察覺不出來？可小姐從來沒有說過什麼，對待月娘還是一樣的熱情，從來也沒將她當作一個下人。

月娘從一開始還稍稍推辭些，到現在已經習以為常了。刺萍能夠理解她的想法，在月娘看來，蕭家的一切都是自己親手打理出來的，她雖然身分低微，可地位卻超然，小姐不過一個剛嫁入蕭家沒多久的小丫頭，如何能夠跟自己比？

就好像現在，月娘覺得來問小姐這些事情是理所當然的——小姐怎麼可能不知道？她知道了怎麼可能不告訴自己？但月娘就沒想過，小姐若真是對蕭大人死纏爛打地詢問到底，也許會讓蕭大人心生厭煩也說不定。

也許月娘想過的，但她一定是不在意的。小姐在蕭大人眼裡是個什麼樣的人都無所謂，只要她月娘的地位不動搖，其餘的一切，她壓根兒就不在乎。

刺萍的話讓月娘身子顫了顫，半晌才微微低頭。「是月娘逾越了，還請少奶奶責罰。」

「月姨，您也是擔心夫君，我能明白的，只是夫君的事情，素年也不是太清楚。」素年仍舊笑咪咪的。

待到月娘退下之後，素年才深深嘆了口氣。夫君這麼敬重的人，若是讓他失望了，他該多難受啊！

「小姐，您就是太好說話了！」刺萍皺著眉頭抱怨，秀美的小臉糾結成了橘子皮。

素年笑了笑，剛想說什麼，就瞧見阿蓮鼓著個包子臉，委委屈屈地走了過來。

刺萍上前將她拉來。「又是什麼事？」

阿蓮經常留在素年的院子裡面，刺萍則是跟素年到處跑，素年的院子裡目前有三個大丫頭，刺萍、阿蓮和蓮香，其餘的二等丫頭有五個，剩下的是負責灑掃的粗使丫頭。

素年和刺萍不在的時候，院子裡就只有阿蓮和蓮香兩人的地位最高，雖然她們兩人負責的事情不一樣，但總免不了會碰上。

除了素年剛嫁進來時蓮香的表現有些不妥以外，後來她的行為都可圈可點，乖乖順順、服服貼貼的，一點異常都沒有，只是阿蓮經常會覺得跟她說著說著，自己就被繞進去了。阿蓮深知自己資歷尚淺，說不準什麼時候就會被蓮香套出了話，所以她也做得絕，一旦自己跟蓮香說話超過了一定時間，不管蓮香再說什麼，她都只當聽不到，轉臉就走。

素年剛知道的時候心裡那個佩服啊，阿蓮有時候能讓素年從她的身上看到小翠的影子，曾幾何時小翠也是這樣一副笨笨的模樣，只不過小翠那個時候年歲更小，很容易讓自己將性格扭轉成膽大開朗。

「小姐，也、也沒什麼，就是阿蓮覺得自己好沒用，但凡有些什麼事蓮香姊姊作了主，阿蓮便不知道該做什麼了。」

「阿蓮啊，妳這樣不行，好歹也是我房裡出去的人，可不能一直這麼膽小了，我還指望著妳能夠幫我套點東西呢！」

阿蓮有些怯懦地絞著兩根細細的手指。她也想的，可是，她的膽子真的不夠大，往往還沒有開始說話就膽怯了。

忽然，素年的眼睛一亮。訓練膽子的話，或許，這個家裡有一個人很適合呢……

第一百二十四章　溫泉度假

蕭戈從衙門裡回來。今兒是有些事務必須由他去處理了，他才又去了一趟。剛走回院子，蕭戈一眼就看到了素年身邊那個整日低著頭的小丫頭，便走過去問：「妳家小姐呢？」

阿蓮伸手指了指書房。

蕭戈點了點頭，大步往書房走去。

「蕭大人！」

阿蓮鼓足了勇氣的一聲大喊，讓蕭戈停下了步子。這個小丫頭還能發出這麼大的聲音？轉過頭，蕭戈挑了挑眉，以眼神詢問阿蓮還有什麼事情，哪知道從前一直不怎麼敢看自己的阿蓮，這會兒竟然直直地抬眼盯著自己的臉看，卻什麼都沒有說。

「什麼事？」蕭戈問了一遍。

豈知阿蓮還是一句話都不說，眼睛直勾勾地看著，半晌才舒了口氣，還抬起袖子擦了擦腦門上的汗，然後搖了搖頭。「小姐在書房呢！」

這她剛剛不是已經告訴過自己了嗎？蕭戈有些無語。

可阿蓮卻不管他怎麼想的，行了禮後，轉頭就跑掉了。

真是奇奇怪怪的。蕭戈也沒放在心上，一路來到了書房。

這個書房已經是他們二人共用的了，蕭戈還記得素年第一次在書房裡發現一些他之前為了打發時間而尋來的遊記雜談類的書時，眼睛裡都在冒著星星，統統拿下來抱在懷裡不肯鬆手的模樣。自己好說歹說才讓她先放開，這個書房她想什麼時候來都成，因此現在素年只要沒事，必然是泡在裡面不出來的。

蕭戈還沒有進門，就聽到裡面有輕微的說笑聲，他疑惑著推開門，就看到素年和刺萍兩人頭湊在一起，一同捂著嘴「呵呵呵」地笑著。

看到了蕭戈，刺萍動作迅速地將手放了下來，站直了給蕭戈行禮。

可素年似乎是戳到了笑點，一時半會兒竟然停不下來。

「小姐……」刺萍尷尬地扯了扯素年的袖子，哪知道素年乾脆直接伏在案桌上趴著，笑得直不起身。

其實……也沒有這麼好笑的……刺萍真不知道如何形容了，蕭大人就在跟前呢，小姐可是一點形象都沒有了。有些哀怨地看了一眼素年渾身直顫的身子，刺萍默然地退出書房，將門關上，希望蕭大人的承受能力比自己想的要更加強大吧，小姐的性子……嘖嘖……

蕭戈過去直接將素年抱到懷裡，她的小身子還在不停地抖，笑得嘴都合不攏，也不知道在高興什麼。

「行了，笑多了，一會兒肚子疼妳可別哼哼。」

素年擦了擦眼淚，嘴還是上揚著。「哎呀……剛剛就是停不下來了，呵呵呵……」

蕭戈伸手在素年的肚子上揉了揉。「聽到什麼了這麼高興？」

素年可算是停下來了，頓時覺得肚子開始痠痛，便直接轉成了哼哼唧唧，整個人軟軟地靠在蕭戈的胸口。「你剛剛回來遇見了阿蓮沒？」

「遇見了，小丫頭盯著我直看，卻什麼話都不說，見鬼了一樣。」蕭戈正想問呢。

「真的？她看了多長時間？」

「好一會兒吧。」

素年點點頭。「不錯不錯，倒是挺成功的。」

蕭戈輕輕捏了捏素年腰上的肉。「妳又在玩什麼？」

「嘿嘿嘿……」素年的小手又捂在嘴上，好似一隻偷吃到油的小老鼠。「阿蓮的性子你也知道，有些膽怯，我就想著能不能讓她變得膽子大點，所以讓她試著去接觸一些可怕的人，應該能有效果吧？」

蕭戈的手不動了，他剛想說話，就看到素年的臉變得嚴肅無比，一臉正色地轉過來面對他。

「當然，我可不是說你可怕，我覺得你一點都不可怕。」說完，素年還奉上一個大大的擁抱。真是大意了，怎麼能這麼直接地就說出去了呢？

蕭戈半天沒動，素年還以為自己說得不夠真誠，正想再補兩句的時候，自己的身子一緊，蕭戈收緊手臂，將自己牢牢地擁住。

這種感覺可真好……蕭戈低著頭，嗅著素年髮絲上淡淡的香氣，彷彿所有憋悶的情緒都煙消雲散了一般。「過兩日我帶妳去莊子上走走，有個溫泉莊子十分不錯，妳的身子偏寒，多泡泡有好處的。」蕭戈摸著素年的頭髮，輕聲地說。

素年抬起頭。「你有時間了？不用再去衙門了？」

「嗯，正好可以多陪陪妳。」

蕭戈的眼裡有著輕鬆的神采，素年這才放心，又將頭埋進他的胸口。看來蕭戈被群臣彈劾的事情還沒有過去，這會兒直接不用他去衙門了，不過看蕭戈的樣子並不是很焦躁，說明情況遠遠沒那麼糟。

最近蕭府裡的事務也都已經走上正軌了，素年就是離開一會兒也不會出什麼大問題，況且，不是還有月娘嘛！

跟管事的嬷嬷們交代好事務，自己不在的這些日裡一切照舊，若是出現了她們解決不了的事情就去問月娘。

而素年的院子裡，刺萍主動請命留下來，讓阿蓮隨著素年去莊子上。

素年不在，院子裡就定然需要一個能鎮得住的，比起阿蓮，刺萍顯然要可靠得多。

蓮香支支吾吾地表示也想去，素年卻好言好語地安撫她。「蓮香呀，夫君院子裡的事情，妳可是最熟悉不過了，我們這一不在，可不就指著妳了嗎？不過一個莊子，沒多少時日就回來的，還有刺萍也會陪著妳。」

蓮香卻一改之前的乖順。「少奶奶，蓮香在少爺身邊服侍的時間長了，也都熟悉了，您就讓我跟去吧？」

「……這麼說，如果少了妳，夫君就會不習慣別人的服侍了，是這個意思嗎？」

素年略帶笑意的聲音讓蓮香渾身發寒，可她不能不跟過去啊！

「少奶奶明鑑，蓮香並無此意！」蓮香的額頭重重地碰在了地面上。「只是，蓮香這麼些年來一直待在蕭府裡，還、還沒有去過那溫泉莊子，故心生嚮往，還請少奶奶恕罪！」

「罷了罷了，既然妳想去，那就跟去吧。」素年同意了，揮了揮手讓她退下。

「小姐，蓮香姊姊真的一直在蕭府裡，沒有出去過嗎？那好可憐啊！」阿蓮在蓮香走後，低低地感嘆著。

素年搖了搖頭。「傻丫頭，妳以為真是這樣？蓮香在院子裡沒法兒近到我身前，我屋裡的事都是妳和刺萍管著的，她到底為什麼非要跟著去，正好可以看看。」

蕭戈做事雷厲風行，才說過兩日，第三日就讓素年收拾了東西上路。這個莊子離京城並不大遠，素年就當作遲來的蜜月。至於蕭戈不用再去衙門一事在蕭府裡引起了怎樣的風波，她嫌麻煩，就隨便他們怎麼想吧！

樂壽堂中，蕭老夫人重重地拍著茶几。「什麼？去了莊子上？為什麼沒人來跟我說？」

下面回報的小丫頭身子抖了抖，她、她也不知道呀！

「這個沈素年，表面上瞧著軟弱無能，實則奸詐可惡！蕭戈那個逆子都被革職了，她竟然還有心思去什麼溫泉莊子？」老夫人的胸口劇烈起伏，革職啊！他們蕭家的浩劫在所難免了！不行，不能坐以待斃！老夫人趕緊給白家的姊姊、嫂嫂們送了消息，白家的地位雖不如蕭家，但也沒有別的法子了。

可是，蕭老夫人送出去的消息如同石沈大海，前些日子沒事就上門來打探消息的姊姊、嫂嫂們竟然一個也不出現了。

都是知道了蕭家岌岌可危的情況後，想跟她撇清關係的吧？蕭老夫人一時間沒能承受得住，竟厥了過去，但蕭府裡卻沒有亂成一團。

這些日子以來，蕭家的管事、下人們都明白了一個道理——現在蕭家是少奶奶在當家，雖然蕭府近來情況不妙，可少奶奶一點都不慌亂，甚至還能去莊子上逛逛，這讓他們稍稍定了心。

只有月娘的心裡十分不安，她擔心蕭戈會出事，惶惶不可終日，可府裡的事情她能插得上手的甚少，每日沒什麼事情便清閒在院子裡，越想心頭越是恐慌，不禁埋怨素年為什麼在這個節骨眼上還將蕭戈往外帶！

溫泉莊子素年可是頭一回來，這個莊子是御賜的，自然不差，她愛極了那一池溫潤的泉水，回回都要泡到頭暈眼花才肯被蕭戈抱出來。

「妳的身子禁不住這麼泡的！」蕭戈皺著眉，一邊給她擦乾頭髮，一邊不知道第幾次說了。

素年嘿嘿嘿地笑，身子軟軟的，她當然也知道，可是一下了水就不願意出來了。

不過這溫泉泡多了也不好，特別是跟蕭戈一塊兒泡……

「府裡真的不用急著回去嗎？」素年和蕭戈雖然人在莊子上，可消息還是靈通的，也知道現在府裡盛傳他們蕭家觸怒龍顏、要倒楣的事情。

蕭戈摸了摸她柔亮的髮絲，低頭輕吻了一下，眼中綻放出來的光讓素年打了個寒顫，她、她現在身子正弱著呢……

在莊子上足足待了十日，素年滿面春風地跟著蕭戈回來了。莊子裡每日好吃好喝伺候，沒有繁瑣的事務，每日想睡到什麼時辰就睡到什麼時辰，還有蓮香貼心的、每日必端上來的燕窩粥，實在無比愜意，才十天而已，她都覺得自己胖了些。

「小姐，妳就別往自己臉上貼金了，就妳這樣的，也敢說是胖了？」阿蓮居然都敢吐槽了。

刺萍讓阿蓮跟著自己到莊子上，也不知道是因為初次的出師大捷所以有勇氣了，還是莊子上的風光讓她頓生膽氣，總之在溫泉莊上，阿蓮竟然能堅持每日都盯著蕭戈看半天，蕭戈這麼意志堅定的人，都能讓她看得略顯不自在。

後來阿蓮忽然到自己面前說，蕭大人似乎也不是那麼可怕嘛，自己好像變勇敢了。

素年扶額，那是當然的，能讓蕭戈都有些害怕了，阿蓮可不是勇敢了？

蕭府的管家一早便在蕭府門口候著了，見到少爺和少奶奶回來，可算是鬆了口氣。「少奶奶您回來就好了，老夫人那裡可等急了。」

嗯？她只聽說府上有些亂，老夫人怎麼了？轉頭疑惑地看了一眼蕭戈。

蕭戈嘴邊有一抹冷笑。「她最是愛惜自己的身子，不會有大礙的。」

素年了然，看來是蕭老夫人的身體不適，來莊子上通傳的人卻沒有將這件事情告訴自己。

回到了院子裡，果然蕭老夫人身邊的人已經在裡面轉了數圈，一見到素年就好像見到親人一樣。

「少奶奶！您快去瞧瞧老夫人吧，她快不好了！」

素年也不耽誤，拿了東西就跟著來人去了樂壽堂。進了院子，老遠就聽到裡面傳來中氣十足的叫罵聲，素年的腳步一緩，這也能叫做不好了？

「老夫人，少奶奶來了。」

「她還知道回來！我這把老骨頭都躺在床上不能動了，她倒好，跟那個逆子風流快活去了！她眼裡還有我這個婆婆嗎？」

素年淡然地走進去。「娘，您這是在說誰呢？誰惹您這麼生氣？瞧瞧，身子都氣壞了。」

蕭老夫人不敢置信地睜大了眼睛，自己跟誰生氣她看不出來呀？都說得這麼露骨了！這沈素年是不是傻的？

「大夫，我娘的身子究竟如何呀？」素年先問了站在一旁候著的大夫。

素年溫言溫語的模樣讓大夫不由自主地開口。「老夫人只是一時痰迷心竅，這會兒已無大礙。」

「如此便有勞先生了。阿蓮，去帳上支銀子，送先生出去吧。」

阿蓮將大夫送走後，素年仍舊是那副笑容。

蕭老夫人看得怒火差點從嘴裡噴出來，就沒見過這樣臉皮厚的，果然是低賤的醫娘！

「妳就是存心的吧？我病了的時候妳不在身邊侍奉著，還跑到莊子上逍遙快活，妳是恨不得我能夠早點死吧？真是狠毒心腸，我白語蓉沒有妳這樣的兒媳婦！我要讓那個逆子休了妳！」

「娘，您這話說的。素年去莊上的時候，您可還好好的呀！後來在莊上，素年也未曾聽聞娘犯了病，是剛剛回府才知曉的，您看，我這衣服還沒換呢，風塵僕僕地就來了。您這麼說，可是傷了素年的心了。」

蕭老夫人捶著床邊，胸口一陣一陣悶悶的。「出去，妳給我出去！」這個女人不能讓她在自己跟前待著，她跟其他的女眷們不一樣，自己說什麼她都能找到反駁的話來氣自己的！

素年眼見蕭老夫人離「不好了」還有段距離，也就真的退下去了。從莊子一路回來也累壞了，素年恨不得立刻在床上躺一躺才好。

這次之後，蕭老夫人對沈素年已經完全改觀，她哪是軟弱無能啊？那是太有能了，以至於完全都不屑跟自己虛與委蛇！虧得自己之前還想著將此人攥在手裡，作為對付蕭戈的工具，現在想想，真是太天真了！

「老夫人，前面有人送了一封帖子給您。」忽然，有個丫鬟跑進來，手裡捏著一張素白色、帶著點點花樣的帖子……

蕭戈依舊用不著去衙門，日日跟素年膩在一塊兒，看著素年吃東西、看帳本；看著素年帶著丫鬟們在院子裡跑跑跳跳，美其名曰鍛鍊；看著素年在藤椅上躺著曬太陽的樣子……一直看到素年都不耐煩了。

「你能看看別的地方嗎？你這麼總瞧著我能瞧出什麼來？」素年惱羞成怒，蕭戈毫不掩飾的目光讓她都有些不自在了。

這會兒阿蓮正在給素年添茶水，順口說了一句。「能看出小少爺來。」

素年的臉都僵住了，木愣愣地看著阿蓮添完了茶水後退下去找刺萍，這丫頭……

蕭戈竟然點了點頭。「嗯，阿蓮說得很對。月松，去帳上支個十兩銀子賞給阿蓮，太會說話了！」

「……」素年躺下來，表示不想說話了。

「妳說，咱們的孩子會不會已經在妳肚子裡了？」蕭戈坐過來，用手摸了摸素年的小腹。

「不會。」

「怎麼這麼肯定？」

素年睜開眼睛，看著碧藍的天空。「因為我是大夫。」

「也是呢。既然沒有，那我們就要努力才行。」
素年扭過頭，這人說得也太隨意了，這種事情，是努力努力就可以的嗎？
月松回來了，在蕭戈旁邊說了什麼，蕭戈點點頭，起身走了出去。
素年聽到了「月娘」兩個字，想必是月娘找他，大概也是關心蕭戈的事情。
月娘會跟蕭戈說什麼，素年一點都不想知道，她感覺得到月娘看不上自己，對自己成為了蕭戈的媳婦很不滿意，但知道歸知道，這都木已成舟了，難不成蕭戈會順著月娘的意將自己給休了？若真是那樣，那最好還是趁早。
「少奶奶，少爺人呢？」
又有人來素年這裡找蕭戈，素年抬頭一看，竟然是樂壽堂裡的人，這可真是稀了奇了，蕭老夫人竟然有膽子找蕭戈？她可是從來都避之唯恐不及的。
「是老夫人找夫君嗎？」素年慢悠悠地詢問。
來人不敢隱瞞。「回少奶奶，是老夫人讓奴婢來請少爺去一趟。」
「說了讓我也去嗎？」
「並不曾。」
那就更奇怪了，蕭老夫人單獨要請蕭戈過去說話，莫非她真想要蕭戈休了自己？素年忽然好奇起來，特別想知道蕭老夫人要找蕭戈談什麼。不管談什麼，能讓她鼓起了少見的勇氣，想來是極為重要的事情。
「等著。阿蓮，去跟夫君說一下。」

素年坐那兒盤算著，等蕭戈冷著臉回來了，便趕在蕭戈說話之前開口。「夫君，娘那兒有事要找你去一趟，這樣吧，你讓阿蓮跟著，也好有個照應。」

照應什麼呀照應？蕭戈的貼身小廝月松撇撇嘴。少爺平日幾乎不需要人伺候，就連自己也只能跑跑腿什麼的，少奶奶想讓阿蓮姑娘去聽個壁腳就直說嘛！

蕭戈本不願意去，白語蓉能有什麼事情找他？不過，既然素年這麼好奇，那他就姑且去看看。

阿蓮雄赳赳、氣昂昂地站到了蕭戈的背後，心想，自己終於也能為小姐做點事了！

阿蓮那慷慨激昂的表情，讓月松瞧著都覺得好笑。

第一百二十五章　大義凜然

蕭老夫人這次找蕭戈，還真是有件大事，而且，是關乎他們蕭家生死存亡的大事！見到了蕭戈，老夫人便讓屋裡的人都撤下去，但阿蓮卻站著，紋絲不動。

「這不是素年身邊的丫頭嗎？跟她家主子一樣不懂規矩！讓妳退下去沒聽到？」

「阿蓮就留這兒吧。妳有什麼話就趕緊說，怎麼，要說的話難道是見不得人的？」蕭戈發了話。

蕭老夫人的臉色瞬間就黑了。「你！」蕭老夫人閉著眼睛，伸手順了順胸口才緩下來，再睜開眼睛，裡面竟然有駭人的神色。「我們蕭家就要斷送在你的手上，你還有什麼資格耀武揚威的？你以後還有什麼臉面見蕭家的列祖列宗？」

「這個就不勞妳操心了，倒是妳，可得想清楚有什麼臉面能見我娘才是。」蕭戈冷冷地說道，生生將蕭老夫人的狠戾給壓了回去。

蕭老夫人明顯一僵，眼睛赤紅起來。「你以為你娘是因為我而死的嗎？」

「是與不是，妳心裡最清楚不是嗎？」

「我知道，這個誤會是不可能讓你消除了，可是蕭戈，現在是我們蕭家生死存亡的時候，我也不希望蕭家就這麼倒了，這才會使人將你找來。」蕭老夫人換了口吻，放低了身姿。

蕭戈沒說話，他也想知道白語蓉在這個時候能想出什麼樣的奇招，別告訴他白家人會相助啊，那才叫不可能呢。

看到蕭戈沒有轉身就走，蕭老夫人覺得有門兒，也不耽擱，忙將她口中萬無一失的方法說出來……

「這麼說……只要我娶了陸雪梅，我們蕭家就能夠逃過一劫了？」

蕭戈的語氣聽在阿蓮耳裡相當夢幻，她這會兒的想法也挺夢幻的。蕭老夫人說的都是什麼呀？她竟然要求蕭大人再娶一個妻子回來？

「可不是？陸姑娘可是太后娘娘跟前的紅人，據說太后娘娘疼寵得很，若是能將她娶進門來，就能夠取信於太后，皇上那裡自然也不會再懷疑你了，可不就是逃過一劫了？」

「是誰這麼告訴妳的？」蕭戈覺得有意思，兜兜轉轉，怎麼又讓他聽到了這個話題？自己娶了陸雪梅就能高枕無憂了？

「是誰你不用管，我已經打聽過了，陸姑娘呀，在太后娘娘面前特別能說得上話，簡直有求必應，只要將她娶回來，咱們蕭家必然會得到太后娘娘的支持。」

蕭戈沒有任何表情，沒有鬆動也沒有不耐，只是淡淡地說：「太后娘娘在深宮中，她身邊的情況豈能這麼容易地傳出來？如果有人對妳說了假話，那我要是娶了陸姑娘，蕭家說不定還不如現在。」

「怎麼可能是假話？再說了，如果是假的，那人家陸姑娘圖什麼呀？若是我們蕭家難免傾覆之災，人家好好一個姑娘為什麼還要嫁到蕭家來？」

蕭老夫人一點都不懷疑陸雪梅有這個本事，那雪梅姑娘還說了，原本太后娘娘就屬意將自己指給蕭戈，為的也就是讓蕭戈跟皇家的心能更近一些。雖然陸雪梅要是嫁過來，蕭戈說不定會更風光得意，但白語蓉現在也顧不了這些了，得先讓蕭家度過這場浩劫再說。況且，陸雪梅對自己的態度讓白語蓉又生出些念想，她甚至隱晦地保證，若是她順利地嫁入了蕭家，必當好好孝順自己，做一個好兒媳婦。

蕭戈心裡有了數，能讓蕭老夫人這麼堅持，她見到的人就算不是陸雪梅本人，也是她身邊親近的人。可真有本事啊！蕭老夫人的身子不方便出門，這麼說，是陸雪梅的人悄無聲息地摸進來了？

一想到這兒，蕭戈就一身冷汗。「月松！」

「大人，小的在。」

「去跟大管事說，門房那裡的人全都換掉，一個不留！」

月松一驚，但還是領命下去了。門房的人可不少，大人這一下都換了，牽連甚多。

「你幹什麼？」蕭老夫人的底氣明顯不足。

蕭戈看著她。「蕭家不需要吃裡扒外、不經通傳就將人放進來的下人。真是難為了，這麼無聲無息地潛進來，花了妳不少心思吧？」

「我……我不知道你在說什麼！」蕭老夫人的頭微微偏了偏，可很快又轉了回來。「我反正是已經幫你應下了，這麼好的機會可不能放過。陸姑娘瞧著也是知書達禮的，定然不會威脅到素年在蕭家的地位，何樂而不為？」

蕭戈忽然笑了，這是他踏入樂壽堂以後露出的第一個有別於冷冰冰的表情。「妳之前也幫我決定過不少事情，都成了嗎？」

蕭老夫人一滯，臉色開始變得不好，可她不明白，這對蕭戈來說分明是千載難逢的機會，他怎麼可能會不願意？

「妳就在樂壽堂待著，什麼都不用做，若是蕭家能挺過去，妳還是蕭家的老夫人；若是不能挺過去，那妳也是作為蕭家老夫人而死，應該心滿意足了。」

蕭老夫人的呼吸急促著，臉開始有憋紅的跡象。

蕭戈暫時不打算將她氣死，看了她一會兒便轉身往外走。「妳這輩子只可能有一個兒媳婦，其餘的女子，就別肖想了。」

阿蓮低調地跟在蕭戈身後，她覺得自己這次賺大了，小姐想要鍛鍊她的膽量，阿蓮此刻內心無比澎湃，她剛剛聽到的消息足以讓自己的膽量又提高了一大截，主要是內容太荒誕，她都迫不及待想要說給小姐聽了。

然而，阿蓮回到了院子裡，還沒來得及向素年彙報自己的成果，懿旨就到了，太后娘娘要召見沈素年。

阿蓮心裡一突，剛剛聽到的那個陸姑娘可不就是太后娘娘身邊的人？蕭老夫人說她已經應下了，所以太后娘娘想見一見小姐？

面見太后可不能疏忽了，素年忙進屋去更換衣衫。來傳懿旨的嬤嬤很是體貼，還特意提示了太后喜愛女子有精神氣，花枝招展的尤其讓太后看得開心。

阿蓮一聽，連忙去將素年的鮮豔衣服都翻出來。

素年用指尖輕戳了一下阿蓮光潔的額頭。「傻丫頭，妳也不是沒見過陸雪梅，妳覺得她是那種寧願得罪太后娘娘而堅持自己氣質的人嗎？」

阿蓮呆呆地搖了搖頭，然後眨巴眨巴著眼睛，將手裡的衣服都塞回去。

「是呢，左右陸姑娘是太后娘娘跟前的紅人，只要將小姐朝著她的模樣打扮是不會錯的。」刺萍一早便將能用上的素淨淡雅的首飾挑了出來。「再說，小姐要是那麼一打扮，定然能將陸姑娘的風采壓下去呢！」

這個阿蓮支持，便立刻選出了一堆素雅的衣服，一邊挑著，一邊快速地將自己在樂壽堂聽到的話說出來。「……所以小姐，妳可千萬要將陸姑娘給比下去！」

刺萍聽了這話，立刻將已經給素年梳好的髮髻打散了，重梳一個更精緻的。原來是這樣，她還沒見過這麼不知羞恥的女子，蕭大人都表示了對她沒有情意，還偏偏要送上門來。

素年好笑地看著刺萍和阿蓮使勁折騰，也沒有反對。有人欣賞自己的夫君她不介意，畢竟蕭戈的相貌、能力、品性在那裡。而且據月松說，蕭戈自從跟自己成了親以後，渾身蕭索的氣息已經收斂許多了，更多的是令人傾心的沈穩，讓他更加耀眼。素年猶記得月松在說「令人傾心的沈穩」時，兩隻手還貼在臉邊，滿臉的陶醉，讓素年狂笑不止。

可是現在不一樣，現在是有人搶上門來了，已經到手的東西，素年自然要奮起保衛。從前素年挺欣賞陸雪梅敢於追求自己所愛的精神，只是這蕭戈已經是她的夫君了，怎麼著也該收斂些吧？

一番折騰後，素年才從屋子裡出來。素雪絹雲形千水裙，煙霞銀羅綃紗長衣，頭上梳著百合髻，簪著一支鏤空的碧玉蘭花珠釵，鬢邊壓著一枚雕花芙蓉玉環，一套東珠白玉頭面，讓素年整個人清麗雅致又不失貴氣。

脂粉不施難免顯得不莊重，因此素年的臉上搽了她自己搗鼓出來的輕薄蜜粉，就是湊近了都無法看到她臉上的毛孔，妝面清透優雅。

素年才走出院子，就讓一干人都看直了眼。

蕭戈聞訊過來的時候，在院子門口愣了一會兒，眼中的驚嘆毫不掩飾。

可來傳懿旨的嬤嬤卻皺起了眉。「蕭夫人，您這也太素淨了吧？」

「嬤嬤，素年向來素淨慣了，想必太后娘娘也會理解的。」素年輕言慢語，一點都不介意嬤嬤的態度。

如此嬤嬤也不好多說了，轉身便往外走。

素年跟上去，經過蕭戈身邊的時候，她的手被輕輕牽住。

「沒事的，我一會兒去找皇上。」

素年的心裡安穩了不少，從阿蓮裝模作樣地學了蕭戈「冷酷」地告知蕭老夫人這輩子只會有一個兒媳婦的時候，她的心就一直是安穩的。

從前自己一點都不信麗朝男子的承諾，總是下意識地覺得那都是唬人的，都是騙小女孩的甜言蜜語，但現在她卻莫名地信了，哪怕不是她自己聽見的，都深信不疑。如果是蕭戈說的，那他就一定會做到。

素年捏了一下蕭戈寬厚的手，朝著他溫婉地笑了一下，面容明豔如花、絢麗燦爛。

「大人，您還進不進宮？」月松瞧著蕭戈站那兒有一會兒了，少奶奶都走了好久，大人怎麼還在這兒站著呢？

蕭戈轉過頭看著月松，眼睛竟然還有些茫然。「嗯？喔，要進的。」

「那小的這就去備車。」月松好似看到了奇跡，大人在發呆！他真的在發呆！多麼神奇的事情，沒想到大人也會有失了神的一天，真是……好恐怖啊……

素年的小轎一路來到慈寧宮，有宮女進去為她通報，接著素年就在宮女的引導下走了進去。

鼻尖嗅到了淡淡的檀香味，素年低著頭，體態輕盈舒緩，來到太后面前嫋嫋地跪了下去。「臣女沈素年，參見太后娘娘。」

「起來吧。」太后的聲音有些低沈。

素年站起身。

「賜坐。」

素年只挨著繡墩的一個角坐上，雙手自然地垂在膝上，背部挺直，氣質端莊。

太后在心裡點了點頭，都說蕭戈娶了一個低賤的醫女，今日看來，也並不是那麼不堪嘛！

「抬起頭來。」

素年順從地慢慢抬頭，嘴角含著一抹若有若無的笑容。

嚴格來說，素年的臉並不過媚，反倒挺規整端莊、靈動秀美，再加上今日上妝時素年刻意往大氣端正上打理，太后只看了一眼，就笑著輕輕點頭。

「果然是個動人賢慧的，蕭將軍好福氣。」

「太后娘娘謬讚了。」

「哀家只聽聞蕭夫人懂得醫理，是個難得的大夫，沒想到竟然有如此之姿，怪不得蕭將軍執意要娶了蕭夫人。」

「讓太后娘娘取笑了。」素年溫婉地低著頭，似乎一點都沒聽出太后話裡的意思。

「蕭夫人可知道哀家今日叫妳來所為何事？」

「臣女愚鈍，還望娘娘明示。」

「哀家膝下有一女子名喚陸雪梅，玉潔冰清、冰雪聰明，哀家想將她指給蕭將軍，讓他一享齊人之樂，妳覺得如何？」

素年起身跪下。「太后娘娘，臣女剛嫁入蕭家未及一年，除了夫君，麗朝也不乏還未成親的青年才俊，娘娘既然如此愛護雪梅姑娘，又為何要讓她做人妾室？」

太后娘娘一愣，她說了是做妾了嗎？她原本想著要賜個平妻來著。

「太后娘娘，夫君常與臣女說，人定然要懷抱浩然正氣，才得以立足於天地間，臣女雖是一介女子，卻也對夫君這樣的想法十分仰慕。夫君近來雖賦閒在家中，但也曾對臣女說過，當今皇上是難得的聖君，有此明君在，他一點都不會擔心。」素年抬起了頭，瑩潤如玉的臉上是淡淡的憂愁。「太后娘娘，老夫人已經跟臣女說了陸姑娘的事，陸姑娘說她能夠保蕭家平安，老夫人為了蕭家而應承了下來，可夫君知道以後卻並不希望如此。夫君說蕭家的安危並不需藉由一個女子來保護，這是對皇上的不忠，也是對麗朝的不忠。」

素年句句堅定如鐵，面容堅毅，眼裡似乎還有微弱的淚光。她的身子跪得筆直，高傲的氣節盡顯，讓太后的心被強烈地震撼住了。

「臣女心知陸姑娘是授意於太后娘娘的慈悲心腸，想要救蕭家於水火之中，但臣女斷斷不能因為自家安危就無視陸姑娘的一生幸福。娘娘，陸姑娘是前朝臣子之女，能養在娘娘膝下實屬她的福氣，陸姑娘的父母在天之靈，也定然不願他們的女兒淪為一個妾室吧……」這會兒素年的臉上又變成了淺淺的傷感，無一不透出對陸雪梅的同情。

太后娘娘愣了好一會兒，才幽幽地說：「這麼說來，妳是不願意了？」

「是的，臣女不願意。臣女不願意夫君日後被人在背後指指點點，不願意夫君一世功名沾染任何污點。只是，若夫君同意，臣女毫無怨言！」

大義凜然的話讓太后再次沈默，這跟她聽到的太不一樣了……

「可我怎麼聽說，是蕭老夫人主動向雪梅遞話，說蕭戈已經同意了？」

素年忽然揚起一絲笑容。「太后娘娘，老夫人的身子臣女最是清楚，許多年前素年就因為老夫人的病跟她老人家結了緣，老夫人的身體斷然不可能出蕭府，故此久居內宅之中，也已經不問事務已久，她如何能知道這些事情？又如何能夠將消息遞到陸姑娘的手中？」

「妳先起來吧。來人，去將雪梅喚來。」太后的心裡有些不耐，這事情怎麼就這麼麻煩呢？彷彿以前這事已經了結了的，怎麼又重新提起來了？

陸雪梅很快出現了，看到沈素年站在一旁的清麗模樣，心裡一突。太后為什麼會找自己來？這事自己不是應該要迴避著才好嗎？有太后施壓，沈素年如何還能有二話？

「雪梅，究竟是妳主動找蕭老夫人，還是蕭老夫人給妳遞的話？」太后不耐煩總是繞著，一開口就直接問重點。

陸雪梅心裡大震，怎麼會說到這事呢？誰遞的話有什麼關係？太后不是說只是找沈素年來問個話，讓她知道自己背後有太后撐腰的嗎？

「是……是蕭老夫人給雪梅遞的話。」陸雪梅低著頭回答。

「那麼蕭夫人如何說是妳先給蕭老夫人傳的話？」

「雪梅每日陪伴在太后娘娘身邊，如何能夠傳話出去？沈娘子，妳若不願雪梅進那蕭府，大可以說不願意，卻為何要抹黑於我？」陸雪梅的神情淒然，看著沈素年，一副被冤枉的模樣。

素年對著陸雪梅也是同樣的笑容，只定定地看著她，看得她眼神不自然地移開了以後，才轉向太后。「太后娘娘，陸姑娘既說這都是夫君之意，那麼究竟是與不是，只要一問夫君便知。臣女知道，這或許不合禮數，但如此一來便能還陸姑娘一個清白，還請太后娘娘准許。」

「不！娘娘，雪梅從小潔身自好、恪守婦道，如何能還未出嫁就去向男子詢問這等不知羞恥的事情？娘娘，雪梅不願！」

「太后娘娘，臣女聽聞娘娘喜好寒梅傲冷、冰清玉潔的風骨，自然事事都希望能夠通透真實，而非被蒙在鼓裡，臣女願意竭力配合娘娘查明此事，還請娘娘定奪。」

兩個女子跪在殿裡，一個是養在身邊多年的孩子，一個是渾身都透著清冽乾淨正氣的女子，太后一時間有些無法拿主意。

陸雪梅緊攥著膝頭衣裙，手心都是冷汗。她始終不明白為什麼會這樣？不是很簡單的事情嗎？沈素年在太后娘娘面前是怎麼能夠扭轉局面的？她怎麼敢這麼放肆？見到了太后竟都沒有誠惶誠恐到不能自已，她究竟是個什麼樣的女子？

「皇上駕到——」慈寧宮外，有太監尖利的聲音通傳。

素年和陸雪梅立刻從地上爬起來，退到一邊迎接聖駕。

皇上明黃色的衣袍在素年的眼前掠過，隨即是一片青墨色的衣袂，這顏色……有些眼熟啊……素年悄悄地抬眼，正對上蕭戈的眼睛，亮得怕人。皇上來的速度也太快了……素年無奈地扯了扯嘴角，她甚至覺得，皇上和蕭戈剛剛是不是就在殿外待著的？

給皇上請安後，素年和陸雪梅仍然站在一旁，可陸雪梅身子卻已經搖搖欲墜，因為她也看到了蕭戈！

第一百二十六章　絕了念頭

「母后，您這兒可真夠熱鬧的呀！」

太后用手輕輕按了按額角，這種熱鬧，她一點都不想要。抬頭瞥了一眼恭順地站著的蕭戈，太后頓時遷怒了，手「啪」地拍在了椅把上。「看看你惹的好事！」

「都是微臣的錯。」蕭戈也不含糊，立刻跪下認錯，態度誠懇得不得了。

太后看了真不知道要說什麼，手指著他抖個不停。

「微臣的家事驚擾到太后娘娘的安寧，微臣罪該萬死，還請太后娘娘恕罪。」

蕭戈一點都不像群臣彈劾的奏摺中所指責的驕縱不堪，他神情懇切，讓太后想發火都發不出來。「那現在怎麼收場？」

蕭戈無辜地抬起頭。「不是因為臣的妻子不會說話，衝撞了太后嗎？那還請太后娘娘大人有大量，原諒了素年吧！」

太后疑惑地扭頭去看皇上。什麼意思啊？她怎麼越聽越糊塗了呢？

「咳！」皇上開口了。「是這麼回事，母后您將蕭夫人宣進宮，正巧朕也找了蕭戈有些事情，後來聽說蕭夫人在慈寧宮觸怒了太后，朕才帶著蕭戈過來看看。咳……是莽撞了些，還請母后息怒。」

太后頭有些疼，這會兒正好趁著蕭戈也在，她想著乾脆問清楚算了。

就在這時，陸雪梅忽然有了動作，猛地就朝著一旁的殿柱衝過去！

果然讓自己等到了！素年先在心裡狠誇了自己一下，才伸手猛拽住陸雪梅的衣裙，導致陸雪梅躲閃不及，被拖到了地上。

素年也重心不穩，但她早有準備，更何況蕭戈的速度也不慢，已經過來接住了自己。

這種時候若是沒有以死明志的戲碼，那多無聊啊！素年早就在心裡這麼盤算過了，電視裡都這麼演的，裝模作樣地撞撞柱子，然後悲悲戚戚地以死明志，頓時就能將話題給掩蓋過去。不過很可惜，素年一早就等著了，陸雪梅非但沒能撞到柱子上，此刻還趴在地上！剛剛陸雪梅似乎是臉先著地的，想必這會兒有些淒慘吧？

「陸姑娘，妳可不要想不開呀！就算妳害怕太后娘娘降罪於妳，也不能做這種傻事啊！更何況，太后娘娘心胸寬廣、菩薩心腸，必定也不會為難妳的。」素年抓緊時間先聲奪人，先將罪名給陸雪梅安上了再說，反正她說的也是實話。

陸雪梅猛地抬起頭，額上一片青紫，看來摔得不輕，秀挺的鼻子裡更是流出了一絲紅色。她的雙目赤紅，牢牢地鎖住素年，其中的狠戾攝人心魄。

可素年不會退縮，她才不怕，這個女人處心積慮想要嫁進蕭家，想要站到蕭戈的身邊，開玩笑，自己又不是死的，她可不會平白無故地將蕭戈讓給旁人！

「雪梅……蕭夫人說的可是事實？」太后微微張著嘴，不可置信地盯著坐在地上、滿身狼狽的陸雪梅。

事到如今，陸雪梅還有什麼辦法能扭轉乾坤？除了蕭戈主動開口幫她，陸雪梅已經沒有任何機會了。

「蕭大人！您真的不記得雪梅了嗎？那年在後花園，您和雪梅有一面之緣，您真的忘記了嗎？」陸雪梅沒有回答太后，而是將眼神投到了蕭戈身上。「雪梅從那個時候就一直等著，等著自己長大，等著能跟蕭大人重逢，雪梅的一片真心，蕭大人真的要視而不見嗎？」

素年靜靜地站在蕭戈身邊，她明白的，陸雪梅是想破釜沈舟了，在麗朝兩個主宰者的面前。陸雪梅的勇氣讓素年驚嘆，她對自己所認定的感情奮不顧身地追求著，她相信只要她努力了，就一定可以獲得回報，這樣的性子，也許在現代更能夠讓人接受吧？

可這裡不是，這裡是麗朝，感情方面沒有公平可言的麗朝。男子喜歡上女子，可以追求，可以毫無顧忌地吐露心聲，或許還能被冠上多情的名頭；可女子，她們卻往往身不由己地要嫁給自己並不喜歡的人，然後將心中的那份喜愛慢慢地掩埋。

「陸姑娘，恕蕭某不記得那些。蕭某已有妻室，也曾經發過誓此生不會負她，陸姑娘的心意，蕭戈只能說聲抱歉了。」

面對陸雪梅楚楚可憐的哀求，蕭戈並沒有任何同情。他只記得素年進了慈寧宮，自己心裡一陣壓過一陣的恐慌，只記得在慈寧宮外聽見素年清涼入心、字字句句為他著想的聲音。

此生絕不負她，這不知道是蕭戈第幾次從心底湧出來的悸動，一次，又一次……

陸雪梅眼裡的光芒黯淡了下去，事情究竟是怎樣，也已經不需要再說了。

太后娘娘微微地搖著頭，像是不敢相信一般地看著這個自己認為是天下女子端莊典範的陸雪梅，眼中俱是失望。

忽然，素年疾步往太后的方向而去。

皇上滿臉驚異，卻在看到太后已經歪倒的身子時抽了一口冷氣。「太醫！傳太醫！」

「太后、太后！」素年大聲叫著，一邊拍打她的雙肩。太后已經沒有意識了，素年立刻用手掐住她的人中，然而太后依然沒有睜眼。

暈厥是危急重症之一，若是延誤了急救，後果不堪設想。素年也顧不得皇上還在跟前，讓蕭戈幫忙將太后擺成仰臥位，並且伸手開始解她的衣服。

將太后的領口稍稍鬆開之後，素年抬頭壓頷，使太后的頭往後仰，以防止舌根後墜而造成呼吸不暢。然後素年俯下身去探太后的鼻息，又迅速去查看心跳。太后娘娘是因為情緒太激動而造成的經氣逆亂，氣血運行失常，清竅受擾才會出現暈厥，素年的針灸包沒有帶，身上只有兩、三根用來防身的銀針，但總好過沒有。素年立刻取出來，扎在水溝與中沖，用瀉法不留針；然後是湧泉穴，平補平瀉法；足三里、氣海、關元、百會……

素年額上有汗冒出來，手下卻不曾停歇，終於，太后娘娘的眼睛顫了顫，慢慢地睜開了。

素年呼出一口氣，將起出的銀針收好，太醫也剛巧到了。

蕭戈和素年對望一眼，蕭戈走到皇上身邊詢問他們夫婦二人是不是能告退了，這亂糟糟的，他們在這兒也是添亂。

「不准走，朕瞧著蕭夫人在宮裡挺有安全感的，慧嬪那裡朕已經知會過了，今天就留宿宮中，明日等母后的身子無大礙時再說。」皇上跟蕭戈毫不客氣。剛剛看沈素年一點都不慌亂地給太后急救，皇上覺得她還是待在宮裡，自己心裡也踏實點。

至於陸雪梅，皇上已經讓人帶下去了，免得太后一會兒看了心情又不好。

聽到可以見巧兒，素年的臉上自然地露出了笑容。她有一陣子沒有跟巧兒見面了，也不知道她如今想開了點沒？

蕭戈有些怨念地看著素年一點都不憂傷的表情，只得默默地走回皇上身邊，什麼令敵人聞風喪膽的氣勢、什麼穩重成熟的氣場統統沒有，就自顧自地散發著怨念。他成親半年都不到，皇上怎麼一點都不體恤人呢？

素年見到巧兒的時候，稍稍放了心，巧兒雖然消瘦了不少，可眉目間卻已經沒有了消沈的痕跡，她看到素年開心不已，走過來挽著素年往裡面去。

「小姐，皇上說妳今日會過來我這裡，我還以為是皇上逗我開心的呢，沒想到是真的，巧兒真是太高興了！」巧兒臉上的光彩無法遮掩，她太久沒有見到素年了，心裡早有了說不完的話想要對她傾訴。

素年也很開心，巧兒能恢復成這樣，說明皇上是真的挺疼她的，剛剛巧兒還說以為是逗她，應該是皇上經常會逗她開心吧？

素年照常給巧兒診了脈，巧兒的眼睛睜得大大的，一瞬也不瞬地盯著素年，素年能看到裡面的期待，只是巧兒的身子還是太弱，她一點也不贊同巧兒這麼快又受孕。

「還需要調養，看看妳，都瘦成什麼樣了！當初我可是費盡心思將妳和小翠養得白白壯壯的，現在這麼瘦，對得起我當時的辛苦嗎？」素年伸手捏了一下巧兒的臉，果然沒什麼肉。

「每日都是那些東西，看著也吃不下。小姐，妳都不知道，巧兒有一日晚上夢到了在那個有槐樹的院子裡，小翠姊姊給我們做了一桌子菜，饞得我呀口水直流，可總也吃不到嘴，醒來的時候，我還狠哭了一場呢！枕頭上的水漬也不知道是我的眼淚，還是作夢時流的口水了。」

素年靜靜地聽著，巧兒的眼睛裡透著無盡的懷念，那是她們最單純的歲月，沒有太多顧慮，整日只想著下一頓做些什麼好吃的，小小的院子裡，經常飄蕩著她們無憂無慮的笑聲。但，她們都長大了，也嫁人了，再不是從前沒有任何煩惱的時候了。

「小姐，那個陸雪梅妳別擔心，巧兒知道怎麼做！」說著說著，巧兒的表情橫了起來，她也是才聽說這位陸姑娘竟然敢對小姐的夫君動心思，真是氣死她了！巧兒已經消瘦的臉頰竟然還能氣得顫動起來。

「哎喲，我的慧嬪娘娘，您就別這麼操心我的事了！妳什麼時候見我吃過虧？」不是素年吹，也就蕭戈吧，其餘人她還真沒吃虧過。

巧兒眨眨眼睛想了想，似乎……是這麼回事。「但是小姐，我還在宮裡呢，要是不做點什麼，我心裡多難受啊！」

「別，千萬別！妳要真做了點什麼，那就是我難受了！」素年擺了擺手，示意這事就這麼過去了。「對了，皇上近來對妳可好？肯定是好的，看我問的，真多餘！」素年有點沒趣。

巧兒羞紅了臉。「皇上……對我一直挺好的。」

素年搓了搓手臂，她還在新婚期呢，怎麼都覺得有點受不了？

「皇上還說，已經使人將我的父母和弟弟都接到京城來了。也不知爹娘如何了？兩個弟弟可還聽話？」巧兒說著，眼中就閃出了淚。「小姐，在妳身邊的時候還不覺得，進了宮之後，巧兒經常會想起爹娘、想起家裡，這麼長時間沒有見到，巧兒真是不孝……」

素年給巧兒抹了抹淚。皇上算是對巧兒盡心了，她突然有些黑線，自己今晚留宿宮中，究竟是為了太后娘娘的身子呢，還是皇上果真是為了逗巧兒開心的呢……

第二日，經太醫確認太后娘娘的身子確實已無大礙，素年這才得以出宮回家。才出了宮門，就瞧見蕭戈的身影，素年的心安定沈穩，朝著他走了過去。

「昨夜睡得可好？」蕭戈忽然沒頭沒腦地問道。

素年想了想，宮裡高床軟枕的，又有巧兒作陪，自己這一覺睡得十分香甜，便點了點頭。

蕭戈的臉立刻有些哀怨。「為夫一宿沒睡好呢！」

素年黑線了，所以這是在鬧彆扭嗎？跟誰鬧呢？巧兒嗎？「咳，現在想想，似乎也不是太安穩，有些認床。」

「那作夢了嗎？」

素年又茫然地搖了搖頭。

蕭戈繼續哀怨。「為夫作了一夜關於娘子的夢呢……」

素年要暴走了，什麼意思啊？不過一個晚上沒見而已，他是要表達出多想念的感覺啊？

看到素年神色不大對勁，蕭戈見好就收，正色將素年抱到車上。說一個晚上沒睡好是實話，沒有素年的軟玉溫香在懷裡，蕭戈還真不習慣。明明成親沒有多久，這個習慣似乎已經無法改掉了，蕭戈只得擁著被子假裝一下，才能入睡。

左右今日沒有別的事情，蕭戈就打算好好地補個眠，把素年接到家以後就往屋裡拖。

素年那個無奈啊！她真的睡得不錯啊，這會兒她就是想再睡個回籠覺，一時半會兒也是睡不著的。

刺萍和阿蓮就更是無語了，可也只能眼睜睜地看著小姐被拽進屋，然後仰頭望天，該幹什麼幹什麼。

素年睜著眼睛盯著才換的芙蓉色床幔發呆，蕭戈已經抱著她閉上眼睛了，屋子裡安安靜靜的，只能聽得到他們兩人的呼吸聲。

昨夜跟巧兒在一塊兒，為了不讓巧兒擔心，素年一個字都沒有提關於陸雪梅的事情，連想都不曾想，現在記起來了，素年的心不禁一陣一陣地慌著。

她怎麼就這麼大膽呢？陸雪梅仰仗的，不過是在太后娘娘面前自己不敢多說亂說而已。其實她想得沒錯，太后娘娘看著雖然如同普通的貴氣婦人一般，可她是太后，麗朝的太后娘娘！她的一句話隨便就能讓自己萬劫不復，這是素年這會兒細想起來才能意識到的，而當時，她是真的沒有深想……不，也許，只是因為她知道自己的身後站著蕭戈吧，知道不管自己有沒有闖禍，都會有蕭戈在她身後護著，所以才那麼膽大妄為，在太后面前說了那麼多的話。

蕭戈的面容有些憔悴，素年轉過頭，伸手輕輕地撫摸了一下他的臉，他緊閉著的、如同蝶翼的睫毛下，有著深深的倦容，擔心壞了吧？

素年微微笑了笑，俯下身，羽毛般的一個輕吻落在蕭戈的臉上，然後也閉上了眼睛，有熟悉的氣息在身邊，儘管不睏，素年也很快地沈沈睡去。

覆在她手上的蕭戈的手，無端地緊了緊。

彈劾蕭戈的事件越演越烈，蕭戈卻悠閒自得地在家裡享著清福。他將手裡所有的鋪子、莊子、田地等等全部交給素年去打理，每日只負責美人在懷、遊手好閒。

素年一下子多了一筆她都不耐煩數的鉅款，幸福地感嘆了一陣子之後，就開始愁眉苦臉了。有錢是很好，可她也嫌麻煩啊！

「之前也打理得挺好的，我看，就不用都給我了。」素年跟蕭戈客氣著。

蕭戈躺在躺椅上，蓮香在他身後伺候茶水，面前有刺萍做的杏仁蜂蜜涼糕，清爽不甜膩，蕭戈丟了一塊到嘴裡。「都給妳，都給妳，我瞧著妳管事十分妥當。」

那些管帳的帳房還是用的老人，蕭戈只是讓他們將每月的收益直接彙報給素年即可，那些帳房的鑰匙也都交給了素年，其實並不會增加她太多的負擔。

素年看著那些帳本，心在狂跳，蕭戈原來這麼有錢啊！很好很好，這下子她幾輩子都不用愁了，但問題是自己的人生追求中，不愁吃喝之後還需要暢快安逸，這安逸……好像暫時有些難度啊……

「少奶奶，葉府送來的帖子。」門房有人找過來，月松將帖子拿到素年跟前。

「葉府？葉少樺又整什麼么蛾子？拿來我看看。」素年這會兒心跳還沒有平復下來，蕭戈就乾脆接過去幫她瞧瞧了。

「後日約妳去普陀寺上香，據說那裡的送子娘娘特別靈驗？嗯，要去，這個要去！去回了葉府的人，說少奶奶一定準時赴約！」蕭戈看完後，直接替素年作了決定，然後轉過頭，發現滿院子人都是愣愣的表情。

素年臉色僵硬地將手裡的帳本放下，心這會兒也不狂跳了，她低頭找了半天也沒找到能讓她鑽進去的地縫……

「誰讓你唸那麼大聲了！」素年脹紅著臉，鼓著腮幫子。雖然是在他們的院子裡，但是……但是她還沒到那麼厚臉皮的程度啊！

蕭戈這才注意到素年窘迫的樣子，要看她窘迫是很難得的，除了在床上……「也不是很大聲吧……後日左右我也沒事，不如我送妳們去？妳說先求個男娃娃好呢，還是個女娃娃呢？」

「……蓮香，給夫君添些茶水。」素年忽然開口去喚蓮香，只見她一個激靈，手裡端著的茶壺都有些抓不穩，從壺嘴處溢出了一些水。

蓮香忙不迭地上前添水，卻發現蕭戈茶盞裡的茶湯並沒有怎麼減少。她臉色一白，幾乎不敢抬眼去看素年的臉。

「小丫頭怎麼魂不守舍的？」素年笑吟吟地看著她。「後日去普陀寺，妳就跟著一塊兒去吧。」

「奴、奴婢……」

「就這麼說定了。對了，妳再去給我熬一碗燕窩粥來吧，平日倒還不覺，這會兒竟有些想了……蓮香妳怎麼了？臉怎麼這麼白？是不是身子不舒服？來，我給妳把把脈。」素年向蓮香招了招手。

沒想到蓮香受驚似的，往後退了一步，然後才思及不妥。「奴婢這就去給少奶奶熬粥。」

蕭戈皺著眉頭，看著蓮香匆忙消失的身影。她是蕭老夫人送來的人，自己一早就不想要了，或者乾脆將她攆出去？

「夫君，你別看蓮香這會兒有些冒冒失失的，其實她還不錯，幾乎每日都會給我熬一碗燕窩粥呢，小丫頭熬粥的手藝挺不錯的。」素年看到了蕭戈眼中一閃而逝的情緒，忙溫言說道。

「她給妳熬粥？我怎麼不知道她還會熬粥？」

「因為人家不想討好你唄！」素年眨著眼睛，滿臉的得意。

蕭戈笑了笑，蓮香是為什麼會被送到自己身邊，大家心裡都清楚，要說蓮香在這個家裡最想討好誰，那必然是蕭戈無疑，真不知道素年這種自信從哪裡來的。

熬燕窩粥不需要花太長時間，很快地蓮香就端來了一個小盅，裡面是糯糯的燕窩粥。素年用勺子舀了舀，吹涼了以後送進了嘴裡，然後皺了皺眉。「嗯？怎麼味道跟妳平常熬的不一樣呢？」

「怎、怎麼會？奴婢一直都是這麼熬的啊，許、許是今兒累了，所以失了水準……」蓮香說得有些磕磕巴巴的，臉在陽光下瞧著都有些慘白。

「嗯……倒像是缺了什麼東西……罷了，妳身子確實不舒服嗎？要不要我給妳瞧瞧？」素年皺著眉，將燕窩粥擱到一邊，關心地詢問蓮香。

「不用了！」蓮香立刻跪下。「少奶奶，蓮香只是昨晚沒睡好而已，不礙事的。」

既然如此，素年也不強求，乾脆就讓她去休息了，而蓮香給素年熬的燕窩粥，她吃了那一口之後，就再也沒動過。

蕭戈的視線則是若有所思地注視著那碗粥許久……

第一百二十七章　掛帥出戰

蕭戈果然沒有食言，當真親自送素年和眉煙去普陀寺。

眉煙看到蕭戈的時候，整個人都不好了，將素年拖到一旁。「蕭大人送我們去？」見素年點了點頭，眉煙臉上那個驚恐。「他真的要送我們去?!」

「怎麼了嗎？」素年無法理解眉煙的激動，葉大人走不開，蕭戈送送多正常啊！而且，蕭戈是這麼認為的，他們夫妻兩人一同去普陀寺，足以說明誠意，送子娘娘才會多多眷顧他們。

「不是，蕭大人……呃，不會太過於威風了嗎？這樣送子娘娘不會害怕嗎？」

素年囧了，但想想居然也說得通。那怎麼辦，要不去跟蕭戈說說？可這樣打擊他的積極會不會不大好？

還沒糾結完，他們已經到了普陀寺。

這是京城附近一座香火常年鼎盛的寺廟，只供奉送子娘娘，幾乎每個嫁了人的女子都會來這裡走一趟。

普陀寺坐落在半山腰，從山腳下就有女子虔誠地跪拜著，一路叩首上山。

素年和眉煙小心翼翼地不去打擾到這些誠心的女子，她們當中很少有年輕的，都是有些年紀的，還有年長的老者，估計是在為自己女兒祈求著。

兩人安靜地上山，眉煙的神色已經凝重起來，她很想趕緊為少樺生個孩子，不拘男女，少樺一定都會喜歡的，可自己的肚子不爭氣，她都嫁過來快一年了，卻一點動靜都沒有。

幸好婆婆並不是個喜歡刁難的，他們葉家已經有大嫂和二嫂的孩子繼承香火，因此並沒有說什麼，但眉煙自己著急，所以才會邀素年來這普陀寺，就是希望能得到送子娘娘的庇佑，讓她趕緊得個一男半女。

蕭戈最終還是沒有進寺廟，倒不是因為裡面都是女子的緣故，而是素年委婉地跟他說了眉煙的顧慮。將她們送到寺門口應該也夠有誠意了吧？蕭戈自己點了點頭，讓她們趕緊進去。

送子娘娘是觀音的模樣，手裡抱著一個小娃娃。面前的蒲團上跪著面色虔誠的女子，後面還排著長長的隊伍，是等著跪拜的眾人。

一旁則是博籤的地方，若是能夠求得吉籤，則說明送子娘娘已願意賜子於她，求了籤的女子們或欣喜若狂，或愁容滿面。

素年一邊覺得荒謬，將生孩子的念想寄於求籤拜佛，還不如多調理身子，做好完全準備，一邊又為這些女子想要當母親居然做到如此極致而感動。

拈香跪拜，素年看著眉煙虔誠地雙手合十，緊閉的雙眼在微微顫動，應該是緊張的吧？害怕送子娘娘不眷顧自己，恨不得將全身的誠意都表現出來才好。

好一會兒後，眉煙才起身，然後將素年拉過去。

素年跪在蒲團上，抬眼看著慈眉善目的送子娘娘，和她懷裡靈動稚氣的孩子，慢慢將手合上。她希望她的孩子能在一個安穩的環境裡出生，沒有潛在的危險，沒有任何威脅，所以她並不著急，現在也並不是好的時機。素年在心裡默默地懺悔。孩子，對不起，請再等等，再等等……

從蒲團上站起身，素年發現眉煙正在一旁等著她一塊兒去求籤。「一起吧，我一個人……有些怕呢……」

不過搖一支籤而已，素年笑著牽起眉煙來到了博籤處。

兩個籤筒，素年和眉煙一人一個，嘩啦嘩啦的聲音自兩人手中傳出，聲音陡然一停，從籤筒中一前一後掉出了兩支籤。

眉煙趕緊俯身去撿，素年也低下頭，將她的那支拿在手裡。

「上上籤，是上上籤呢！」眉煙開心得差點跳起來，眉開眼笑的樣子引得許多女子眼中盡是羨慕。

「煩君勿作私心事，此意偏宜說問公，一片明心光皎潔，宛如皎月正天中。這一看就是好說法！」眉煙急不可耐地拿著籤去給師父解。

師父只看了一眼，就扔回籤筒中。「此卦乃皎月當空之象，凡事光明通氣也，姑娘所求之事很快會得到的。」

眉煙雙手交握在胸前，滿身都透著感恩與激動，然後才想起來去問素年，素年手裡的籤已經送回籤筒了。

「也是一支上籤呢，滿意了吧？那我們回去吧。」素年笑吟吟地拉著眉煙往外走。

「那解了嗎？是什麼意思？」

「大概就是順其自然吧，我還年輕著呢。」素年看到了等在那裡的蕭戈，身形修長、面容俊朗，單單是站在那兒都讓人有些挪不開眼。

蕭戈招眼的模樣被來回的人行注目禮，可他卻一點煩躁的感覺都沒有，只是淡淡地站在那兒，安穩如水。

回去的路上，素年聽著眉煙開心地說著這段時間來葉少樺的身子又好了些，她在葉家又站穩了些，情緒跟來的時候完全不一樣，十分放鬆，看來是那支籤給她注入了活力。

素年卻想著自己抽到的那支——欲求勝事可非常，爭奈親姻日暫忙，到頭竟必成中箭，貴人指引貴人鄉。

這支籤跟送子娘娘關係不大，解籤的師父瞧見了，只說是「有意興變，到底安然，若問用事，只近貴人」。

說的有些像蕭府目前的境況。到底安然，是說蕭府會平安地度過這場劫難？可是貴人在哪裡呢？

回到了府裡，蕭戈帶了兩個人到素年的面前。「你們兩人以後就跟在少奶奶的身邊，保護她的安全。」

素年看著面前一男一女兩個長得十分相像的人。「龍鳳胎？」

「回少奶奶，我叫綠荷，這是我哥哥，叫綠意。」龍鳳胎的妹妹比較膽大，眼睛圓溜溜地盯著素年看。

「這是……」素年有些不明所以，她身邊也不缺人服侍，蕭戈怎麼又給她找了兩個？

蕭戈用眼神示意，綠荷和綠意二人也不多說，立刻就在院中比劃了起來。

「天哪天哪天哪……」素年用手捂著嘴。高手啊！小翠和巧兒就不用說了，這兩人就是跟玄毅比起來，似乎也不弱啊……

綠荷和綠意點到為止，然後又規規矩矩地在素年面前站好。素年繞著轉了兩圈，眼中的驚喜完全退不下去，這太棒了！

「你怎麼找到的？」

「這兩人身世清白，只是從小沒了父母，被我一個同僚家裡開的鋪子收留，他知道我想要找這樣的人，所以才推薦給我的。」

素年點點頭，看綠荷和綠意二人也沒有不情不願的表情，當即笑嘻嘻地表態。「以後你們就跟著我混了！」

刺萍和阿蓮聞言，雙雙側過頭去。

蕭戈在家逍遙快活的日子足足過了有兩個多月，之後有一天，他看了一份剛剛送來的情報後，就將素年抱在懷裡，用下巴蹭了蹭她的腦袋。「好日子要到頭了……」

「……」素年黑線，這人會不會說話！「發生了什麼事？」

「邊疆告急，當初沒有趕盡殺絕的馬騰捲土重來了，也不知道怎麼做到的，竟然已經連續破了兩座城池。」

素年直起身子。「那跟你有什麼關係啊？你還在被人彈劾著呢！用不到的時候就怕你權勢過大，非將你壓著，用得到了就讓你披掛上陣，你是召喚神獸啊！」

蕭戈早已習慣素年有些奇怪的說法，不過這「獸」……形容得可真不好。懲罰性地在她嫩嫩的臉上咬了一口，蕭戈重新將她的身子摟住。

「與這些無關。那些奏摺送到皇上案前的時候，我從沒有過一絲擔心，因為我知道皇上不會動我，跟他認識了這麼久，這點把握我還是有的。也因此，在麗朝、在皇上需要我的時候，我也不會退縮。」

素年靠在蕭戈懷裡，打了個顫。感情這麼好？她揪著蕭戈衣服上的一條墨綠色衣帶在手裡繞著，知道的人曉得蕭戈和皇上的感情只是從小玩到大，不知道的，還以為他們之前有什麼呢，然後自己只是蕭戈娶來掩人耳目的，呵呵呵……

素年輕輕地捂著嘴笑了笑，卻看到蕭戈陰森森地將臉伸到她面前。素年一驚，難道她剛剛說出聲音了?!

「是不是掩人耳目的，我們試試就知道……」蕭戈的面色如同被雷劈到一般，他的這個小妻子腦子裡裝的都是些什麼思想啊？「少樺那傢伙都快要當爹了，咱們也要努力努力才行啊！」說完，蕭戈就將素年按倒在床上……

就像蕭戈說的，他接到軍情後沒幾日，皇上那裡下旨召見了他。在對付馬騰方面，蕭戈十分有經驗，更何況在蕭戈之前已經派去了一個曹將軍，結果英勇陣亡，連同邊疆的一座城池也失守了。

朝上關於要不要派蕭戈帶兵迎敵分成了截然不同的兩派：一方說蕭戈經驗豐富，由他領兵必然能給馬騰餘黨迎頭痛擊，以保麗朝江山；而另一方，則認為麗朝又不是沒有其他的將軍了，蕭戈已是傲然橫行、桀驁不馴，若再讓他立功，還不知道他會如何自傲呢！

對於這兩方的爭辯，皇上始終泰然相對，等他們都爭論完了，才慢悠悠地問：「那愛卿們認為如何呢？」

其實誰都知道，迎戰馬騰，沒有比蕭戈更合適的，可他們已經忌憚了蕭戈，如何願意讓他再出風頭？但如果不讓他去，那麼誰去？

「盧愛卿，你去如何？」皇上點了剛剛反駁得最起勁的一位大臣。

「臣……臣惶恐！」

「惶恐啊……那，不如盧愛卿替朕選一位能勝任的？」

「臣……臣……」

「怎麼，盧愛卿既不贊同蕭戈前去，又不願自己前去，也推舉不出一個人選，盧愛卿，你是要為難朕嗎？」

「皇上恕罪！臣認為，方老將軍龍驤虎步、深明大義，定能不負重託！」

皇上的眼光轉到了方將軍身上，還沒開口呢，方將軍就先跪下了。

「皇上，臣已是一把老骨頭了，若是年輕個十幾、二十歲，臣定當披甲掛帥！臣推舉蕭戈將軍，只有他，才能護我麗朝安危。」

皇上的視線又轉回去了。「盧愛卿，你推舉的人推舉了蕭戈，你覺得如何？」

「皇上，這萬萬不可呀！」

皇上也不惱怒。「那這樣吧，你再推舉一位，可如果這位仍舊不願意，那麼盧愛卿，朕只能下旨讓你領兵打仗去了。」

皇上的話讓盧大臣全身都汗濕了，皇上的那雙眼睛盯著自己，嘴邊雖然還有一絲輕微的笑意，可眼睛裡卻是一片冰冷，笑意絲毫沒有抵達其中！

盧大臣心裡知道，皇上不是開玩笑的，若真是那般，皇上真能讓他去邊疆送死！他的眼睛在朝堂上梭巡，卻沒有人願意跟他對視，包括剛剛跟他有著同樣意見的人。

沒人想去送死。他們既不願意渾身浴血、九死一生地去保衛麗朝，又見不得別人拿身家性命換來潑天富貴！皇上的笑容微微變冷，問道：「如何？盧愛卿，你推舉的人是？」

「臣……推舉……蕭戈將軍……」

「如此，就又要辛苦你了。」金碧輝煌的偏殿中，只有皇上和蕭戈二人，皇上的語氣也就十分隨意了。「聖旨一會兒自己領回去，別麻煩公公們了。」

蕭戈不出聲，他這會兒居然莫名其妙地想起了素年喃喃自語說的那些話，連帶著看皇上的眼神都不對勁了。

「怎麼了這是？」皇上有些納悶，心想蕭戈應該不是那麼小心眼的人啊，可怎麼瞧著有些不對勁呢？

「咳！沒什麼，微臣只是有些好奇，皇上應該是……只喜歡女人的吧？」蕭戈還真問出來了。

皇上一愣，那表情，無比驚悚，站在那兒都不會動了，尊貴的九五之尊的臉上，那叫一個精彩。

一旁貼身伺候的小太監默默往後退了一小步。

「不是……朕覺得我們需要好好聊聊……」皇上的聲音明顯在顫抖，結果在看到蕭戈無意識抱肩的舉動之後爆發了。「幹什麼呀、幹什麼呀！朕就是喜歡男人，也不會喜歡你好不好？」

小太監又默默地往後退了一小步……

等皇上知道這事是素年鬧出來的之後，那牙齒咬得是「咯吱咯吱」響，臉上都是猙獰的表情。「她一天到晚都在想什麼亂七八糟的你說？你娶的是什麼媳婦？」

「皇上，微臣領兵不在京城時，還請皇上多加看顧素年。」

「朕去看顧她？朕一個皇上，皇上！幫你去看顧一個女人？還是個懷疑朕跟你有什麼關係的女人?!」皇上火了，就算是從小一起長大的兄弟，這事也別想！

「馬騰此次進犯，不同於以往，他們的兵馬人數較之麗朝大軍微乎其微，可卻以少克多地吞下了麗朝的兩座城池，臣這次前往，已做好了準備，還請皇上許微臣一個承諾。」

蕭戈正色的面容讓皇上矯情不下去了，邊疆的危險是在京城的人想像不到的，生死都在瞬息間，即便蕭戈有過人的本事，面對大軍殘酷的戰爭，也不能倖免。

「朕答應你。」皇上鄭重其事地回答。

蕭戈在他的面前跪下，謝恩。

素年知道蕭戈很快又要領兵出征的時候，心頭一陣恍惚。她並沒有見過真正殺聲震天的戰爭，只是從迎戰偷襲軍營的那一小隊兵馬中，窺視到殘酷與悲傷，她知道，真正的戰爭遠不只這樣。如果可以，她一點都不希望蕭戈上戰場。

那些大臣真沒有用，為啥不反對到底呢？素年知道，她這個想法太自私了。在邊疆的那些麗朝民眾，他們苦苦盼望的只是一個能夠保護他們、將馬騰擊退的將軍，她又如何捨得那些無辜的百姓流離失所，慘遭馬騰毒手？

所以素年只能將心底的焦躁壓下去，點頭微笑表示自己知道了。

邊關告急，蕭戈需要立刻領兵啟程，素年讓刺萍和阿蓮幫著給蕭戈收拾東西，然後看到了一個巨大的包袱。這是……得到了小翠的真傳吧？素年嘆息了，繞著旁邊轉了有兩圈，讓刺萍將包袱打開來看看。

邊關濕冷，這些衣服是要帶的，素年點點頭；還有，這些鞋子是在素年的指導下，將鞋底加厚並做成了防滑的，既實用又舒服，也是要帶的……素年檢查了一遍，發現都是些日常所需的東西，似乎也沒什麼可減的。「對了！」素年忽然想起來一事，跑出房間，很快又拿回一個小匣子，打開一看，裡面整齊地排放著許多小瓷瓶。

「這些是我之前做的，每只瓷瓶上都貼了適用的症狀。還有這個，是我熬製的柳氏藥膏，專治傷筋動骨、跌打損傷，很有效的！這些是驅蟲的，這些是迷藥……嗯……以備不時之需……」素年絮絮叨叨地給蕭戈解釋這些藥的用途，每說一樣都拿出來給蕭戈看一眼，生怕他不記得了。

蕭戈坐在素年對面，看著這個小女人的嘴不停地開開合合，叮囑他要照顧好自己，這種感覺，讓他渾身都像是泡在溫水裡一樣舒暢。

真好。蕭戈想，今生能娶到沈素年，他覺得是他的福氣，自己從沒想過能這麼喜歡一個女子，多相處一天就能更加更加地喜歡，這真是太好了。

不過……

蕭戈站起身，自己開始整理起包袱，等他整理完成後，那包袱幾乎統統都給他留下了。

「行軍打仗，這些帶著都是累贅，邊關軍營不講究這些的。」

素年愣愣地看著被他剔出的東西，看著看著，眼眶就有些發熱。

刺萍從一旁瞧見了，輕輕拉著阿蓮出去，將門關上。

「我其實很想不講道理地讓你別去的。」素年丟人地用袖子擦了擦臉，水潤的嘴巴控制不住地癟著。「就是躺地上撒潑打滾，我也是能做出來的！真的，不騙你……」

蕭戈看到從素年的眼睛裡，不停地有水光泛出，然後被她不講究地用袖子擦掉。

「可我知道我不能。這不是跟誰打架，這是打仗，是戰爭，我不能要求你不顧天下蒼生，所以我忍了，忍得很辛苦，忍到現在終於還是有點忍不住了，你……就當沒看見吧！」

素年用手狠狠地揉著發紅的眼睛，想將那些自動冒出來的眼淚揉回去。

蕭戈伸手拉住她的手，將它緊緊地握住，讓素年的眼淚順著臉頰慢慢地滴落下來。

這瞬間，蕭戈幾乎都想說不去了，只要能讓素年停止哭泣，要他做什麼都可以！

素年的眼睛慢慢地張開了，籠著淚霧，卻出奇的晶亮。「你可別死啊，我還等著呢！」

素年可管不著什麼吉利不吉利了，她在等蕭戈的回答，蕭戈會答應的吧？只要是蕭戈答應的事情，從來不會出錯的。

蕭戈點了點頭，用指腹將她臉上的淚痕抹去。他不會死的，他捨不得……

第一百二十八章　欺負下人

蕭戈離府的那日，京城的百姓都出來為他送行。城門外，皇上御駕親臨，蕭戈威風凜凜地接旨，帶著麗朝的軍隊浩浩蕩蕩地離開了。

素年沒去，蕭戈已經跟她道別過了。她的心裡總奇怪地認為，平平靜靜地別離一般都會順順利利地歸來，聲勢太浩大了，反而會出么蛾子。

「小姐，妳這是哪門子的歪理啊？」刺萍白了她一眼，這種時候正該是小姐站出去的時候，可小姐倒好，就在院子裡跟蕭大人膩膩歪歪，然後就沒了。

「怎麼是歪理呢？」素年抱著一個軟枕，沒精打采地縮在美人榻上。好無聊啊，無聊到連日日進帳的帳本都不想看了。

蕭戈怎麼還不回來啊……

「小姐，葉夫人來了。」阿蓮的聲音之後，眉煙的身形出現了。

眉煙這會兒已經有了六、七個月的身子，雖然不至於笨重，但她就喜歡挺著個肚子到處亂跑。

「快坐下、快坐下！都說了要是想我了，我就去葉府找妳啊！葉大人知道不知道？」素年趕緊上前攙扶著眉煙在椅子上坐下來，這才鬆了口氣。

「蕭夫人您放心，少奶奶跟少爺說過的。」眉煙的丫頭笑咪咪地回答。在蕭夫人這裡，她們這些丫頭可以稍微放肆一些。

眉煙喘了兩口才緩過來。「沒事，不是妳說多走動走動，到時候好生產嗎？我覺得很有道理。」

刺萍給眉煙送上了白水和核桃酥這類健腦的點心。

眉煙瞧著心裡羨慕。「素年啊，還是妳會調教丫頭。」

「少奶奶這是嫌棄奴婢了？」眉煙一旁的丫頭有些吃味地嘟了嘟嘴。

「妳們少奶奶啊，那是身在福中不知福！今兒又到我這兒幹麼來了？」素年朝著眉煙的丫頭們好脾氣地笑笑，眼神轉到了眉煙身後兩個沒見過的面孔上。

誰知，還真給素年猜對了。

眉煙將那兩人喚到跟前。「這是我新收的丫頭，一個叫芷卉，一個叫芷蘭，是少樺特意給我找的，都厲害著呢！」

「嘚瑟！」素年無語了，自從眉煙在自己這兒見到了綠荷和綠意，眼睛就轉不動了，不止一次唸叨著讓葉大人也給她找兩個，這下終於讓她如願以償了。

「妳這裡呢？蕭家老太太沒再找妳麻煩？」眉煙也不炫耀她和少樺的恩愛，畢竟蕭大人這會兒還在邊塞呢！

素年托著個腮幫子，這老太太的心思也太活泛了。蕭戈重新被重用，這一下蕭家的地位又上去了，之前不願意搭理蕭家的白家親戚們像是商量好了一樣，今兒妳來、明兒她來，天天都沒有落空過。蕭老夫人原本對自家的這些姊姊嫂嫂們都寒了心，可禁不住她們紮堆兒地找理由說抱歉，又或者是因為她在蕭家孤立無援的，於是就心軟了。

可這些親戚來就來唄，沒事又要搭上素年，素年又不耐煩應付這些人，於是她乾脆裝病了！

素年是個大夫，她要想裝起病來，那是唯妙唯肖，左右她就是不想見這些人，自己病著了，總不能讓她帶病招待吧？

「可妳不是說，她以妳身子有恙為由，要讓妳把權力交過去嗎？」眉煙可聽說了，這會兒帶著芷卉和芷蘭來，就是要為素年撐腰的。

素年伸手點了點眉煙的額頭。「妳傻呀？我就不交，她能拿我如何？再說了，有綠荷、綠意在，她們可是不敢動手的。」

素年做得也絕，「病」著照樣處理日常事務，對帳、管事一樣不落，讓蕭老夫人暗地裡恨得咬牙，卻也不能做什麼。

眉煙聽了瞇起了眼睛，正偷笑著，卻發現素年的院子裡來人了，是蕭老夫人身邊的人。

「少奶奶，老夫人請您去前廳一趟。」

素年靠在椅子上。「妳去回了老夫人，就說素年身子不適，若是沒有太重要的事情，我就不去了。」

「大膽！長輩有請，竟然推三阻四！身子不適？我看妳好好的嘛！有妳這樣做人兒媳婦的嗎？真該讓語蓉趕緊休了妳！」

院門口傳來一聲喝斥，素年趕緊去看眉煙的情況，這丫頭有孕在身，被驚嚇到可就不好了。

來人瞧見素年在聽到自己的聲音之後，竟然還是無動於衷，甚至眼睛都不往自己這兒轉一轉，頓時怒了，大步就往素年的方向衝。

這時，從斜裡走出兩個身影，綠荷和綠意二人擋住了來勢洶洶的此人。

素年確認眉煙沒有被驚到，這才轉過頭去看，這個……好像是姨母還是舅母來著？

「小姐，是二姨母。」刺萍深知素年不擅長記人，便俯下身子在她耳邊輕輕提示了一句。

「原來是二姨母呀！素年身子不適，不便去前院迎接，還請二姨母原諒。」素年一副跟人家很熟的模樣，隔著綠荷和綠意笑吟吟地打招呼。

只是她的熱情二姨母是感受不到的。「還不讓妳的兩個賤婢讓開！看看妳這裡都是些什麼人？沒有個長輩在身邊提點著，果然不成體統！趕明兒二姨母給妳送幾個懂規矩的過來！」

素年挑了挑眉，二姨母的眼光不大好啊，綠意可是個男孩，雖然年歲小了些，個頭也不是很明顯……這他還能忍？

綠意恪守本分，並沒有說什麼，只是仍然攔著二姨母，不讓她近身。

「給我滾開！」二姨母怒上心來，但也乖覺，竟然揮手朝著看著比較好欺負的綠荷搧過去，「啪」的一聲，一巴掌搧在了綠意的臉上。

原來綠意不願妹妹被人欺負，瞬間將綠荷拉開，自己站了過去。

素年眼睛一瞪，綠荷和綠意來自己身邊的時日尚短，她還沒有來得及普及自己一直推崇的「什麼都能吃，就是不吃虧」的信念，可她也沒想到啊，綠荷和綠意都是有功夫的，她以為他們絕不會被欺負才是。

「二姨母好大的威風。」素年的嘴邊勾起了笑容。

刺萍和阿蓮心領神會，一個上前去將綠意領過來，一個進屋裡去拿備著的傷藥。

「綠荷和綠意是夫君派到我身邊的，怕素年身子弱，所以囑咐了他們不讓人近身，二姨母如此莫非是對夫君心存意見？」素年想了一下，又說：「聽娘說過，似乎二姨父在兵部任職，任什麼職務素年尚不清楚，難道是二姨父讓二姨母來埋汰夫君的？如此的話，待到夫君回來，素年定當轉達您的意思。」

二姨母的氣焰頓時囂張不起來了。她近來如此頻繁地出入蕭家，其實也就是為了能搭上蕭家的名望，現在誰人不知蕭戈深受聖眷？皇上親自送他出征，這種待遇，在麗朝他是獨一份！不只是自己，只要能夠跟蕭家攀得上一點關係的，誰都不會放過這種機會。

但自己一趟一趟地來，卻很少能夠順利見到素年的面，更別提帶著她參加京城女眷們的聚會了，就連蕭老夫人的話素年都不一定願意聽。於是，二姨母火了，她沈素年不過是一個蕭家的媳婦，誰給她這麼大的膽子了？自己是長輩，長輩的話她就應該無條件服從才是！因此二姨母氣沖沖地跑來了素年這裡，還趁著氣勢教訓了素年的下人，但她真不是要跟蕭戈對著來啊！可素年已經不再看她了，此刻她眼睛睜得大大的，正盯著她的丫鬟給剛剛被自己搧了耳光的下人搽藥。

「先冷敷一會兒再搽，阿蓮妳輕點，綠意的臉都腫了……」

「小姐，綠意的臉真不是我搽腫的……綠意你也說句話呀！」

綠意繃著臉，這點小傷在他來看都不能算是傷。以前練拳腳的時候，每日身上都是青紫一片，舊傷還沒有好，又添新傷，哪需要這麼麻煩，又是冷敷又是搽藥的。

二姨母見又沒人注意到自己了，腳步不禁往前動了動，綠荷盡職地將她攔住，看向她的眼光冰冷，二姨母卻不敢再動手了。

「素年丫頭，妳這麼攔著是什麼意思？難不成妳二姨母還會害了妳不成？」二姨母皺著眉，她好歹也和蕭家沾親帶故，素年能讓那個懷著孩子的坐到身邊，偏偏將自己攔住，要讓外人知道，她的臉還往哪兒擱？

素年疑惑地轉過頭。「二姨母剛剛都傷了我這裡的下人了，這個……真不好說……」

「妳！」二姨母憤怒極了，自己幾時受過這種對待？「妳個狐媚胚子！蕭戈怎麼會娶了妳這麼個上不得檯面的東西？妳等著，語蓉那裡已經給蕭戈重新物色了大家閨秀，妳就等著吧！」

素年一點面子都不給，讓二姨母惱羞成怒、口不擇言地說完後，轉身就走。

素年卻一點都沒有被影響的樣子，繼續看阿蓮給綠意上藥。

「素年，她說的……」眉煙剛剛不好說話，她畢竟是個外人。可是，蕭老夫人真的要給蕭戈房裡添人嗎？這……這可怎麼辦才好？

被硬拉著搽完藥的綠意終於重獲自由，他忍著將臉上藥膏抹掉的衝動，又站到一邊。

素年瞧著他臉上完全沒有痛楚，只有淡淡的尷尬，這才放了心，轉回來看著眉煙。「這不是妳要操心的。我上次給妳的那些圖紙妳看了沒有？那種柔軟操有助於妳以後生產的。」

眉煙點點頭，雖然她沒見過有別人這麼做過，但給她圖紙的是素年，她願意無條件地相信。

素年搖頭晃腦地說：「不過每日的時間不宜長，一刻鐘即可，動作要緩慢，力度不能太大，以不出現不適為度。」

「妳怎麼會知道這麼多？」

「我是大夫呀！」素年回答得理所當然。

眉煙回去的時候，提出要將芷卉和芷蘭給素年留下，素年莫名其妙，將綠荷拉過來給她看。「不是我誇口，我對綠荷和綠意可是很滿意的！」

等眉煙回去了，素年才將綠荷和綠意叫到跟前，無比憐惜地看著綠意稍稍消腫的臉。

「嘖嘖，你傻呀？能將綠荷拉到旁邊，你就不能躲啊？」

「少奶奶，哥哥他只是——」綠荷想幫綠意解釋一下，卻被素年揮手打斷。

「我知道，所以才說他傻。你們現在是我的人，走出去那代表的就是我，哪兒能那麼容易被人打了？以後就算情況不允許打回去，那也不要讓自己被打到，知道了？」素年說著，轉頭看向刺萍和阿蓮，還沒說話呢，兩個小丫頭的頭就直點，表示她們也聽見了，素年這才作罷。

「小姐，月娘求見。」蓮香走過來為月娘通報。

這一位，素年是不想拿什麼架子的，於是讓蓮香將人帶進來。

月娘較之從前有些消瘦了，看樣子夫君的離開讓她牽腸掛肚。

「少奶奶，少爺那裡……不知，有沒有什麼消息？」月娘有些躊躇地問出口。

素年讓月娘坐下，刺萍從她的屋裡將蕭戈寄回來的書信拿出來，卻也不直接遞到月娘的手中，而是素年自己接過來，將上面寫的大概情況唸給月娘聽。

其實素年不是在拿喬，只是蕭戈寫的書信……真的不大方便給外人看。

素年也是第一次知道蕭戈竟然有寫情書的潛質，報平安就報平安吧，他不管寫到什麼都能扯到很想念自己上面！所以，素年只能跳著唸，但這麼一唸她才發現，蕭戈幾乎就沒寫啥值得唸的。

素年囫裡個囵，無奈地將手裡的信放下。「夫君一切安好，月姨無須太過惦記。」

月娘抬著頭，眼裡卻是有些不滿意。蕭戈曾經也領兵討伐過馬騰，那個時候形勢比現在更加嚴峻，蕭戈都不曾忘記給自己寄過書信。可這次，月娘左等右等都沒有等到，這才到素年跟前問起。沒想到蕭戈的書信已經寄到了，可是為什麼裡面幾乎沒有提起關於自己的分毫事情？還是說，是素年有意為之，將蕭戈帶給自己的話掠過了？是了，不然素年為什麼不讓她自己看信？她管過家，自然是識字，素年不可能會忘記。

素年看懂了月娘的疑惑，但她真沒厚臉皮到那個程度，什麼「沒有妳溫暖的身子在懷裡，夜不能寐」、什麼「風從臉上滑過就像妳溫柔的撫慰」……句句不忍直視啊！素年多瞧一眼都覺得臉紅心跳。她沒想到蕭戈竟然是個這麼悶騷的人，這信她必須留著，等蕭戈回來了以後讓他當面唸給自己聽！那效果，一定比現在還要震撼。

所以，素年沒勇氣讓第二個人看到這信。謹慎地封好後，素年將信交給刺萍，月娘若是懷疑自己有所隱藏，她也沒有辦法。

「月姨，夫君說了沒事就是沒事，您可別太擔心了，若是擔心壞了身子，夫君是要怪罪素年的。您看看您，越發消瘦了，一會兒呀，我讓蓮香送些補藥去您的院子。」

「如此，便多謝少奶奶了……」

月娘的視線還黏在那封書信上，但也沒有法子，她只能不甘不願地退出去。離開之前，月娘抬起了眼睛，盯著坐在那裡的素年，眼中有冷芒閃過。她看不上沈素年，蕭戈是小姐臨終前託付給她的，她不能夠讓小姐失望。

這麼些年，自己看著蕭戈一點點地長大，長成一個如此出色的男子，這樣的蕭戈，怎麼能被這個沒有身分地位、沒有規矩禮數的野丫頭給帶壞了？月娘不允許。

她已經打聽到了，蕭老夫人那裡正在給蕭戈物色一個新人，雖然她跟白語蓉有著仇恨，但不意味著她不能借助白語蓉的手。只要白語蓉這次選中的是德才兼備的好女子，她也不是不能助白語蓉一臂之力……

第一百二十九章　訂娃娃親

自從二姨母在素年這裡鬧過之後，素年的院子就清靜了下來，素年原本很滿意，覺得這些女子都是人精，很會審時度勢嘛！可沒想到，還沒清靜多長時間呢，又有人鬧過來了，聲勢浩大，為首的，竟然還是二姨母。

這一幫人衝到素年門口的時候，她都有些鬧不懂了。二姨母這是要屢敗屢戰的意思？可素年沒想到，二姨母臉上帶淚，一路哀嚎到院子裡。

「素年丫頭呀，妳可要幫幫姨母，姨母那是隨口亂說的，妳可千萬大人有大量呀！」

素年這會兒正在寫藥粥的方子，冷不丁被二姨母的聲音震到，筆尖滴落了一滴墨漬，將剛寫好的方子暈染了一塊。將筆擱下，心裡可惜地將那張方子給揉了。

素年看著熱鬧，綠荷和綠意已經將人給攔下了，不止他們倆，刺萍和阿蓮也站了出去。這次可沒人敢對素年的下人們怎麼樣了。

素年擦了擦手。「二姨母可真是說話算話，說讓素年等著，這就來了！還得多謝二姨母體恤，沒讓素年等太久。」

「素年丫頭，不是的，妳二姨母不是那個意思！我那日也是見不到妳人，著急了，所以才莽撞了些，可我也是想跟妳多親近親近啊！妳別說，從妳一嫁入蕭家，我就覺得跟妳這個丫頭投緣，但總是見不到妳面，這才有些急了呀！」二姨母揩乾了眼角，表情哀婉。

素年看得一愣一愣的，可以啊，怪不得人家都說後宅女子個個都是可以捧小金人的影后，那真不是說著玩玩的！二姨母今日的表現活脫脫就是一個只想跟自己走近些的柔婉女子，哪還能看到當日氣焰囂張的模樣？

「瞧二姨母說的，素年何嘗不想跟您多親近親近？只是這身子不適，素年慚愧。」綠荷和綠意的表情有些彆扭，一旁的刺萍和阿蓮就鎮定得多了，看著小姐氣色紅潤地說身子不適，再看看二姨母慘白的臉色……她們決定當作看不見。

「素年丫頭，二姨母知道錯了！妳就大人大量地抬抬手，別為難妳二姨父了！」二姨母剛摁乾的眼淚又冒了出來。作孽啊，原本自己在夫家的地位那麼超然，可沒想到只這一次跟素年正面衝突了，夫君在衙門裡就受到了排擠，他使了不少銀子才打聽到，原來是因為自己的妻子衝撞了蕭戈的夫人，還打了人家的侍從！

蕭戈如今的身分又回到了當初如日中天的程度，手裡兵權在握，皇上又三不五時地讓後宮嬪妃召見素年入宮，光是這份榮寵，朝中那些精明的人都已經改了風向。這個時候得罪蕭戈的夫人，那不是找死嗎？於是，夫君回家後將她徹頭徹尾地痛罵了一頓，他如今在衙門裡十分艱難，於是放了話，若是素年不原諒她，那她也就不用再回去了！

「素年丫頭！二姨母當真是無心的，妳就看在我們是親戚的分上，幫幫妳二姨母吧！」

二姨母的眼淚貨真價實，可要說到後悔，那就真沒有了。她只是痛恨，痛恨面前這個不長眼的臭丫頭怎麼就能得了聖上的眷顧？聖上定是看在蕭戈的面子上才對她照顧有加的！狂妄囂張、不知分寸，讓自己在夫家、在蕭家丟了這麼大的人，這筆帳，她記下來了！

素年這才明白眉煙那日走的時候朝她挑眉毛是何涵義。葉大人正是兵部裡的，官職大了二姨父幾個級別不止，不過暗地裡擠兌一個下屬，眉煙當然很有把握能幫素年做到。素年嘆了口氣，她知道麗朝女子的難處，看二姨母今日和當初的巨大差別，也知道她在家中定是受了不少的斥責。可是二姨母眼中不時露出的憤恨眼神實在是……妳含蓄點會死啊？這樣就算我有心幫妳一把，都沒辦法過自己這一關啊！

「二姨母，您是不是誤會了？素年整日待在家中操持家務，很少跟外人接觸，也並不曾為難過二姨母，您……是不是弄錯了？」素年笑容溫婉。二姨母口口聲聲讓自己放過她，讓自己抬抬手，搞得她像是無惡不作的壞人一樣，外面那些跟過來的下人們眼中都出現了些驚異之色了。

「素年丫頭！」二姨母只當素年還在拿捏她，也顧不上形象了，撩了裙子就打算往地上跪！

刺萍眼疾手快地攔住，這人也太那什麼了，她名義上好歹是小姐的二姨母，這要傳出去，人家還以為小姐對她做了什麼事呢！

看到刺萍將人攔住，素年甚是欣慰。二姨母的這番作態在素年眼中十分惡毒，逼得自己姨母下跪，她沈素年得有多恃寵而驕才能做出這樣的事？

素年不是聖母，且她骨子裡沒有那麼多彎彎繞繞的宅鬥血脈，她只知道，這些想要占蕭家的便宜、但在蕭戈出現危難之時卻消失得無影無蹤的人，她一點也不喜歡。

「二姨母，請恕素年無法。二姨母所言，素年實在是雲裡霧裡，根本不知道二姨母今日前來所為何事，還是請二姨母回去吧。」

「素年，妳就是這麼跟二姨母說話的?!」

院門口又來人了，這次可好，竟然是蕭老夫人坐著軟轎出現了。

「娘，您怎麼來了?您的身子理應多休息。」素年勾起笑容，淡淡地看著蕭老夫人。

白語蓉坐在軟轎裡，看著素年娉婷柔雅的身姿，面上帶著笑容，身子站得筆直，臉上閃著耀眼的光澤。自己當初怎麼會覺得這個醫娘軟弱無能的?

「我若是不來，妳二姨母豈不是要被妳給趕出去了?」

「娘，您這話是怎麼說的?二姨母可是素年的長輩，我怎麼會將她趕出去呢?」素年依舊笑著，身子卻站在原地沒動。「是二姨母非要素年原諒她，娘，二姨母上次是打了我的下人沒錯，可素年並沒有計較呀!二姨母也太客氣了。」

素年的無辜表情讓二姨母暗咬牙根，卻也只能低著頭作拭淚狀。

「那妳二姨父為何在衙門裡受人擠兌?」

素年更無辜了。「這種男人的事情，素年如何會知曉?娘，您不會認為素年有那通天的本事，特意讓人去擠兌二姨父吧?您也太看得起素年了。」

素年說的是實話，她原本是真的不知道。她這會兒因為蕭戈、因為皇上，是很出名沒錯，但也不至於能操縱朝政啊，這不扯淡嗎?

蕭老夫人也是語塞，她只聽二姊姊說了二姊夫的事情，並且十分斬釘截鐵地說是素年要報復她，可現在一想，對呀，素年一個後宅女子，蕭戈又不在朝中，這何來報復一說?

二姨母眼淚一擦。「夫君說，兵部有個葉大人對他尤為苛刻，那葉大人的夫人，可不就是我上次在妳院中見到的女子？」

素年恍然大悟地一拍手。「那就對了呀！眉煙是葉大人的妻子，又懷有身孕，許是二姨母那日驚嚇到眉煙，使她動了胎氣，讓葉大人知曉了，才生出了此事。那二姨母，您應該上葉府賠罪去呀，來素年這裡做什麼？」

是呀，來這裡做什麼呢？蕭老夫人的頭也扭了過去。不是認定了是沈素年做的嗎？怎麼又出來個葉夫人呢？

二姨母如何能說得清？素年以為她沒有去葉府嗎？她早就去過了，可人家不見自己啊！葉府的人說怕驚擾了他們夫人，故拒不接見！而且夫君說了，確實是因為得罪了素年，葉大人看不下去，葉大人才會對他疾言厲色，所以她才會想，素年和那葉夫人似乎甚是親密，由她幫自己去說說，應該行得通。

二姨母正想著如何開口呢，那邊素年已經走到蕭老夫人身邊了。

「娘，這事啊，跟我們蕭府無關，我們可不能去蹚這渾水。您忘了，之前夫君被群臣彈劾，其中有一條罪名就是勾結朝中大臣、營私結黨。我們後宅的女眷自然也要少接觸，否則，之前的震動必將重現吶！」

放屁！二姨母在心底狂吼。那葉夫人到蕭家來做客的時候她怎麼不這麼說？葉夫人平日裡經常來蕭家，沈素年也經常會去葉府走動，她怎麼就不說要避嫌了？

蕭老夫人點了點頭，前段日子整日擔驚受怕的，確實難熬了點，她也實在不想再經歷那種日子了。可是二姊……

「語蓉啊……二姊從小待妳不薄，妳不能見死不救啊！我家那位，將這一切都賴在我的身上，我若是無功而返，他能把我生撕了！」這次二姨母的眼淚多了些真誠，她是真怕了。「語蓉，妳可要勸勸素年，讓她跟葉夫人說說，二姊姊什麼時候求過妳啊語蓉……」二姨母在一旁痛哭流涕地拽著蕭老夫人的袖子。

蕭老夫人左右為難。

素年則淡定地站在一旁，怎麼決定，就看蕭老夫人的了。

忽然，阿蓮看到院門口有人在跟她招手，出去探查了以後又跑回來，偷偷摸摸地挨到素年耳邊。「小姐，葉夫人又來找妳玩了……」

素年黑線，真是夠亂的。她挨到阿蓮耳邊說：「妳讓她先回去，說今兒時機不好，過兩日我再找她去。」

阿蓮領命，急忙提著裙子往外跑，髮髻上一串碧綠的玉珠串兒上下晃動著，讓不少丫頭都看直了眼。

「素年丫頭啊，要不……妳還是幫幫妳二姨母去說說？她也不容易……」蕭老夫人終究禁不住姊姊的哀求。

素年爽快地點了點頭。「成，都是親戚，那我就跑這一趟。可是娘，往後若是聖上震怒，素年也無法擔此責任的，到時候……」

「那等會兒！」蕭老夫人立刻出聲。素年的意思是，如果皇上真因為她們跟葉家女眷走得近了而怪罪下來，素年打算將自己供出去？這不行，這絕對不行！蕭老夫人為難地看著二姊姊，又換來她一頓猛哭。

素年頭都被哭疼了，藉口身子不適，先回屋休息去了，走之前說了，若是娘有了什麼定論就來跟她說，不管娘怎麼決定，她這個兒媳婦必然都照做。

傷腦筋的變成了蕭老夫人。

眾人見素年都沒影了，就回了樂壽堂，院子裡終於安靜了下來。

這時，阿蓮也跑回來跟素年回報。「葉夫人說，她可是專程來這裡給小姐妳撐腰的呢！說是蕭大人離開京城之前，就囑託葉大人要照顧小姐的，所以得讓這些人知道，小姐可不是那麼好欺負的！」

素年笑起來，她當然不是那麼好欺負的。不過眉煙這丫頭，挺著個大肚子了還到處亂跑，葉大人竟然也放心？不行，她得找時間過去瞧瞧。

蕭老夫人足足掙扎了兩日，許是禁不住二姨母這麼往死裡哭的架勢，最後顫巍巍地表示，讓素年還是幫幫忙吧。

素年瞧著蕭老夫人憔悴的雙眼，心裡佩服。兩天呀，相當不錯了，要是自己，估計兩個時辰就是極限。

「娘，那素年這就準備去，不過成不成，素年也不敢保證，您……還是先多休息休息吧。」

蕭老夫人微張著嘴，滿臉呆滯。還有不成的？那若是不成了，二姊姊豈不是還要來她這裡哭訴？不行的、不行的！「來人，趕緊去找個大夫來！我身子有些不適，這些日子因為身子不爽利，就暫時不見客了……」

眉煙懷了身子，因此素年備了不少藥材作為禮物。出了蕭府的門，素年卻看到她的馬車前面站著一個人。

「少奶奶。」蕭家的下人見到素年都恭敬地行禮。

那人聽見聲音，趕緊轉過頭來，看到素年之後露出了一個大大的笑容。

這人自己認識，可這名字……素年皺了皺眉，想不起來了。

「蕭夫人，是我，我是莫子騫啊！就是那次跟您一同去萊夷的太醫之一！」

莫子騫十分熱情，但才走過來就被綠意伸手攔住了。

「沒事，讓他過來吧。」

綠意放下手。

莫子騫偷偷摸摸地掃了他一眼，才膽戰心驚地來到素年面前。

「蕭夫人，我是特意來找您的，原本想遞個帖子，正巧打聽到您要出門，呵呵呵……」

莫子騫還是原來那副單純的模樣，話還沒說兩句，就摸著腦袋開始傻笑。

「你找我有什麼事嗎？」

「喔，是這樣的。」莫子騫左右看了看，發現周圍沒什麼人注意，於是膝蓋一軟，「撲通」一聲跪到了地上。「蕭夫人，您能收我為徒嗎？」

素年嚇得一愣，然後腦門上暴起了一根青筋，對著綠意使了個眼色，讓他將人給拖起來。

「哎哎哎……」莫子騫一邊叫著，一邊被綠意從地上拎起。他個頭雖然比綠意還高些，但力氣方面，是一點可比性都沒有。

「莫大人，素年還有些事情要忙，就不耽誤您的時間了。」素年對著他笑了一下，然後就打算上車。

莫子騫在她後面連聲喊著。「蕭夫人，我是認真的，真的！我的天資還算聰穎，人又老實忠厚，喔對了，我還沒成親，本本分分的一個人，您就收了我吧！」

刺萍恨不得上去將莫子騫的嘴給堵上！什麼叫收了他？這人怎麼說話的？

莫子騫趁著綠意不備，掙脫開他的手，繞到了前面。「蕭夫人，子騫對您的針灸之術極為崇拜，子騫希望能多學一點醫術，如此就有更多的把握救人，還請蕭夫人收下我這個徒弟！」

素年聞言回望了一眼莫子騫，他的臉上俱是嚴肅，素年眉眼一垂，俯身鑽進了車廂裡。

一路上，素年腦子裡都在想著莫子騫的話。收徒弟？素年似乎從沒有想過，但她現在開始認真思考了起來，自己是不是當真要收個徒弟呢？

她是柳老的傳人，必然要將柳老的醫術傳承下去，這是她的職責，之前自己居然都沒有意識到。

柳老找徒弟的時候，整整在自己身邊磨了三年，只因為他說自己的心性純淨，不會被世俗牽擾，再有就是自己已有醫術底子，學起柳氏針灸事半功倍。

素年忽然開了竅，對的，她也要開始找尋弟子了，不然萬一他們蕭家真有個什麼事，那柳氏醫術豈不是會斷送在自己手裡？到時候見了師父，他老人家非吃了自己不可！

胡思亂想地來到了葉府，眉煙一早便等著了，還非要到大門這裡等，看得素年眼皮直跳。

「妳就不能安生些坐著等？」

「這不是坐不住嘛！」眉煙雖挺著個肚子，但動作輕盈，走過來的步子裡竟然還帶著跳的，可憐葉府的小丫頭都張著手在後面攔著，看得素年不忍直視。

坐定了之後，眉煙才賊眉鼠眼地問起那白家二姨母的事情。「怎麼樣？她們有沒有悔不當初？」

「太有了，真應該讓妳看看那場面，吵得我頭都疼死了。」

素年揉了揉額角，回想一下都覺得腦仁發疼，急忙端起桌上的茶盞喝了一口，上好的六安瓜片，葉底綠嫩明亮，滋味鮮醇回甘，茶味濃而不苦，香而不澀，是素年唯一能夠分辨得出來、比較喜歡的茶。

眉煙的手輕輕捂著嘴，眼睛睜得大大的。「這麼嚴重？」

「可不是？讓妳家葉大人適可而止吧，我可不願意三天兩頭有人在院子裡面哭，多不吉利。」素年輕嘆了口氣。「我也不指望別的，相安無事足矣。這些人慣會見風使舵，我也懶得管了。」素年來葉府可不是為了白家二姨母的。「來，手伸出來讓我瞧瞧。」

眉煙乖順地將手伸過去，素年指尖輕輕搭在上面給她診脈。

「換一隻手。」素年的指尖抬起，眉煙不明所以，但還是換了一隻手遞過去。

診了一會兒脈之後，素年將手放下，然後不經意地問：「妳和葉大人想要個男孩子呢，還是個女孩子？」

眉煙一愣，抬頭想了想。「少樺想要個女孩子，前些日子少樺去李大人家的時候，說是見到了他們家剛滿周歲的小女娃娃，少樺整整跟我說了有兩日，直誇那小娃娃有多玉雪可愛，嬌滴滴的，也不怕人。」眉煙頓了一下，又說：「少樺還說，若是我們兩人生的女兒，定然如同我一樣……惹人憐愛……」

素年摸了摸手上的雞皮疙瘩，渾身抖得不行。

「不過，我當然想要個兒子，能給少樺傳宗接代的兒子。」

「嗯……姑且先幫葉大人達成心願吧，妳那兒子可以先等等。」素年渾不在意，捧著茶盞繼續喝。

眉煙半天才反應過來，臉頰染了微微的紅暈。「真的嗎？我這胎是女兒？」

素年含蓄地點點頭。這裡沒有超音波，但眉煙的右脈較之左脈滑數有力，應該是女兒錯不了。

聽到並不是自己希望的兒子，眉煙卻一點都沒有不開心，她的手輕輕地撫在自己肚子上，臉上的笑容洋溢著無法形容的溫暖。

素年捧著茶盞看著，這就是要當母親的人的表情，不由自主地流露出來的母愛，讓人瞧著就心生感動。

素年有時候都不禁後悔，她是不是應該也趕緊給蕭戈生一個孩子？一個酷似蕭戈或是酷似自己的孩子，一點點大，小小的，降臨到這個世上，承載著自己和蕭戈共同的血脈，然後盡心地將他撫養長大……

「……素年？」

眉煙的聲音讓素年回了神，她微微睜大了眼睛詢問何事，哪知道，眉煙居然是問她要不要跟肚子裡的寶寶訂個娃娃親？

「妳……說笑的吧？」素年只能說出這麼一句話。天啊，自己這還沒有懷孕呢，跟她訂哪門子娃娃親啊？

「哎呀，就是這麼一說而已，如果妳到時候也生個閨女，那她們就是好姊妹啊，都是一樣的嘛！」眉煙倒是沒考慮那麼多，麗朝訂娃娃親很流行的，關係好的女眷或朋友之間都會先訂個親。橫豎以後還有那麼多年，若是沒有變故那就成親，拉近兩家的關係也是極好的，若真想反悔，也沒有正式的文書，倒也能當作是個玩笑。「就這麼說了吧，素年和蕭大人的孩子定然不差，我得先訂下來才安心呢！」眉煙自說自話地幫素年答應了。

素年低頭看了看自己平坦的小腹，心想，自己的孩子八字還沒一撇呢，都已經不愁婚姻大事了，這要擱前世該多幸福啊，完全沒有剩男剩女的風險。

「這些藥材妳收著，生產分娩我不懂，只能幫上這些忙了。」素年將帶來的藥材遞過去，都是挑益氣補血的拿。沒有產房、沒有無菌的生產過程，被視為是古代女子的鬼門關，稍有差錯便會香消玉殞，素年只能將她能想得到的都盡力地準備了。

眉煙笑著接過來。「那就多謝妳的好意了。」

這些藥材葉府不是沒有，但這是素年的心意，眉煙十分開心。「對了，我聽少樺說，蕭大人那裡似乎進展順利，讓我一定要告訴妳，好叫妳放心。」

素年點點頭。蕭戈那裡的情況，她也略有耳聞，皇上那兒只要一收到情報，都會「不經意」地透露給巧兒知道，然後巧兒立刻就會派人知會自己。

素年明白是皇上的意思，她心裡甚是感激。

「行了，妳好好地養胎。我二姨母那裡就算了吧，讓我也過兩日清靜的日子。」

眉煙有孕在身，素年不便打擾太久，喝了杯茶就打算回去。

眉煙自然不捨，但也知道素年是好意，她如今身子重，動一動就會覺得累，且月分也漸大了，還是小心為妙。

眉煙堅持將素年送到葉府門前。

結果，素年竟然又看到了莫子騫，就站在她馬車前面，瞧見了自己後，他露出一個璀璨的笑臉和一口白牙。

第一百三十章　奇異中毒

素年頭又開始疼了，還沒想好怎麼應付，就聽到眉煙驚呼出聲——

「莫太醫，你怎麼會在這兒？」

莫子騫「嘿嘿嘿」地走過來。「葉夫人，我已經不是太醫了。」

素年一驚，怎麼回事？說起來，今日莫子騫出現在蕭府門前時她就有些疑惑了，他不是太醫嗎？能這麼瀟灑悠閒的？

一問才知道，眉煙之所以跟莫子騫這麼熟，是因為葉少樺將他請到家裡來過幾次，莫子騫為人謙遜熱情，葉少樺倒是挺欣賞他的。不過，莫子騫前些日子已經從太醫院裡被除名了。

「這是怎麼回事？」素年覺得奇怪，太醫院裡還有除名這個說法？他們那裡的人員變動不應該都是治不好病被砍頭才會空缺出來的嗎？

眉煙和莫子騫齊齊地朝著素年擺出無語的表情，她怎麼會有這種奇怪的想法？

「素年妳有所不知，莫太醫被除名實在是因為他運氣不好……」眉煙從葉少樺那裡聽過一些緣由，便迫不及待地跟素年說起來。

原來莫子騫也挺倒楣的，被選去給宮中蘭妃娘娘診平安脈，這蘭妃娘娘在宮中並不受寵，但誰也不敢輕易惹她，因為她是丞相之女，地位非同小可。

身分高人一等的蘭妃竟然不得聖上的歡心，她怎麼也想不通。皇上登基之後還將後宮鬧了一陣子，素年還記得，巧兒說那個在她茶具裡抹了毒的宮女最後自盡了，那宮女從前可是從蘭妃娘娘那裡出來的……

這樣一個妃嬪，可想而知脾氣定然不會好，偏偏遇上莫子騫這個性子耿直的。

莫子騫在太醫院裡本就有些特殊，都不知道他當初為何能進入太醫院，這會兒去了蘭妃娘娘那兒，不少人都在看好戲呢！果不其然，才沒多久，莫子騫那兒就出了問題。

後面這些涉及到醫術，就由莫子騫自己說了。

「……蘭妃娘娘的病症最適用的治法便是針灸，見過蕭夫人之後，我回去細細琢磨過，確定是最好的法子，可我才提出來，就被蘭妃娘娘以藐視皇家為由給拿下了……」

莫子騫十分委屈，他真的只是為了醫治蘭妃娘娘的身子，哪兒知道她就那麼矜貴到碰都不能碰？再說還沒碰呢，就是提了那麼一下！

蘭妃以此為由鬧到了皇上那兒，說是自己金枝玉葉的，莫子騫這個狂徒竟然打算用針扎自己，簡直應該拖出去千刀萬剮。

「然後我就被趕出來了。」莫子騫聳了聳肩，無奈的表情隨即換成了興奮。「可是我想過了，出了宮正好，我一直仰慕蕭夫人的針灸之術，這下倒可以正正規規地拜師了！」撲通！莫子騫還說著話呢，就又跪下了，一點都不含糊。

素年揉了揉太陽穴，衝著綠意一揮手。拖起來、拖起來。

「哎哎哎，小兄弟你輕些啊，我這正拜著師呢！」

素年不想理睬莫子騫了，就當作看不見，扭過頭去跟眉煙道別，連聲囑咐她要當心身子，這才上了馬車離去。

「小姐，真的不管莫太……莫公子嗎？」剌萍有些奇怪，來的路上還聽見小姐說什麼「收徒」之類的話，她以為小姐會收了莫子騫為徒呢！

素年抱著個軟枕，臉幾乎埋進去。「妳以為徒弟是隨隨便便可以收的？當初我師父可是考驗了我三年呢！得知道這人是否心性淳樸，此外還要有仁善的醫者之心才行。」素年說得一本正經，完全扭曲了是柳老求著她拜師的事實。但素年想，柳老一定也是這麼考量的，她也就往臉上貼貼金吧！

一回到蕭府，蕭老夫人那裡就派了人過來問情況，素年只是含糊地說她盡力了，至於葉夫人有沒有消氣，她不是葉夫人，也不好那麼肯定。

蕭老夫人壓根兒沒敢這麼不肯定地告訴她二姊姊，只說素年已經說了情，葉夫人答應了，順便再將她身子不適、需要靜養的消息遞過去，就不管了。

然後輪到了素年頭疼，莫子騫看著就是個有耐心和持之以恆的孩子，事實上他真是如此，從素年去了葉府開始，便日日遞了帖子要拜見素年。

素年也不能總將他拒之門外，可他見到素年的第一件事，必然是要跪下去拜師的。對於這點，素年幾乎抓狂，到後來綠意就直接捉著莫子騫的領子不放了。

「莫公子，你的父母沒教過你男兒膝下有黃金，不能隨隨便便下跪的嗎？」

「我的父母早逝，已經沒什麼印象了……」

「……抱歉。」素年沒想到會是這樣。「那，將你領入太醫院的人呢？」

「那是我師父，他老人家也過世了。」

「抱歉……」素年淚奔，她真不是故意的啊！怪不得他會被趕出來，估計在太醫院中也沒什麼靠山和背景，這小子，似乎比自己的命運還要淒慘。「那你為何非要做大夫呢？我可以借你些銀子，你去開一間小鋪子，京城裡只要開得起來，不拘賣什麼，都足以養得活你自己，到時候再娶一房嬌妻，小日子和和美美的多好？」說著，素年就打算讓阿蓮去帳房取錢。

誰知莫子騫卻堅定地搖了搖頭。「蕭夫人，子騫已經打定了主意做大夫。在子騫孤身一人流落在外，差點餓死在別人家門口的時候，是師父救了我，教會了我醫術，讓我知道能夠救助旁人是件多麼厲害的事情。師父臨終前，我答應過師父要做個好大夫，這輩子除了做大夫，除了醫術，我什麼都不會。」

莫子騫的眼睛裡時常會有不可靠的神情，而現在，他的眼神卻是堅定的，堅定中透著執著，絲毫不容改變的執著，素年看見了。

素年慢慢地用手摩挲著桌上的茶盞。「倘若，我只能教授與你一般的針灸手法，而非醫聖柳老的柳氏針法，你還願意學嗎？」

撲通！

綠意大意了，他以為能說出剛剛那番話的人，應該無法繼續做出不可靠的事情，可沒想到，自己的手才鬆了鬆，莫子騫的人就又跪到了地上。

「願意的，一千一萬個願意！只要能讓子騫的醫術有所提高，子騫心甘情願！」

「拖起來、拖起來！像什麼樣子！」素年一手捂著眼睛，一手揮了揮。「我說的普通針灸手法可不需要拜師，你要再這麼動不動就往地上一跪，可就別怪我直接將你攆出去了！」

聽了這話，莫子騫自己利索地爬了起來，還拍了拍膝蓋。「子騫聽慧嬪娘娘說過，蕭大人最是容易心軟的，我就想著，多跪跪才能讓您心軟呀！嘿嘿嘿，果然是呢！」

素年微張著嘴，目瞪口呆地看著笑嘻嘻的莫子騫，眼神看向一旁。

綠意心領神會，又開始將人往外拖。

「哎哎哎，小兄弟你別這樣啊！蕭夫人都答應教我了，小兄弟你鬆鬆手、鬆鬆手啊……」

莫子騫終於算是如願以償了。素年只是覺得，這個孩子性子耿直，以後就算不將他收為柳氏的傳人，讓他的醫術更精湛些她也是樂意的。

於是，素年除了每日操持家事，隔一日便會在花廳教莫子騫一些針灸之術。

素年的地方挑得刺萍很是滿意，她原本以為小姐向來不在乎別人的眼光，說不定會將莫子騫請到院子裡，可是若真是那樣，莫公子是個男子，定然會讓人說閒話的。

沒想到小姐直接將地點選在了花廳，那裡視野開闊，廳門口人來人往的，裡面卻不會有人打擾，確是個十分妥當的地方。

素年才不在乎別人的想法，清者自清，她管其他人怎麼想呢！可她現在是蕭夫人，是蕭戈的妻子，她就不得不在意。說她沒關係，她可以當作聽不到，可她只要想一想有人在背後說蕭戈什麼什麼的，她就渾身難受。

花廳就花廳吧，左右都一樣。

莫子騫的醫術原本就不錯，穴位也都認識，所以素年主要是教他行針的手法和順序，這些穴位用哪種手法能得到哪種效果、穴位的施針順序會有什麼樣的不同……這不是一蹴而就的，所以素年只是每兩日教授他一次，剩下的時間得讓莫子騫自己去揣摩吸收。

這已經足夠令莫子騫欣喜若狂了，能夠接觸到他之前不曾接觸的醫術，他對素年十分感激，再有就是，素年為了能讓莫子騫專心地學習針灸之術，還準備借給他一些銀子，讓他能夠不去為生計擔憂。

「蕭夫人，您真是個大好人！不過子騫覺得還是算了，一來子騫在太醫院的這些年也積攢下了不少，足夠子騫過日子了；二來……嘿嘿嘿，蕭夫人，您這又讓我進府、又給我銀子的，嘿嘿嘿……」

這回刺萍反應過來了，這個莫子騫就是個二愣子！怪不得他會在太醫院混不下去，因為他壓根兒就不知道什麼話能說、什麼話不能說！

素年倒不覺得什麼，但刺萍忍不了了，也不用綠意，直接上去就將人往外趕。「趕緊走趕緊走！小姐好心想幫你，你倒好，說起胡話來了！」

莫子騫眨了兩下眼睛，才開始躲起來。「刺萍姑娘息怒啊，子騫也是隨口說說的，只是覺得跟蕭夫人的師徒身分有些相反，這才覺得有趣……哎，妳真打呀……」

素年剛剛喝進嘴的茶把自己給嗆住了，莫子騫的意思是說，她又讓他進府、又給他銀子的，像是她才是徒弟？他是這個意思？

「小姐……」阿蓮看著素年突然伏在桌上狂笑起來，有些不明白好笑在哪兒……

不過，阿蓮放心了，自從小姐忙著教莫公子針灸之術之後，小姐發呆的時間似乎變得少了。希望蕭大人趕緊回來吧……

日子一天一天地過著，素年隔一段時間就會收到蕭戈的信，上面一如既往的肉麻兮兮，卻總不見他提邊關的艱苦、馬騰的凶殘。這種報喜不報憂的做法，讓素年心裡很是不安，幸好有皇上那裡的軍情可以彌補一下，素年也就知道蕭戈與馬騰的抗爭還算順利。

不知道蕭戈好不好？有沒有受傷？一定瘦了吧？邊關沒什麼好東西可吃，還要整日精神緊繃著。

每一次收到信，素年都會消沈一陣子，然後越發地後悔著她為什麼沒能懷個孩子？如果有孩子作為寄託，她至少會比現在好上一些。

不過有些奇怪的是，除了一開始月娘有到過她院子裡詢問蕭戈的情況，之後就再也沒出現了。

素年覺得這不大正常，月娘對蕭戈的關心不是作假的，她怎麼能沈得住氣不來打聽蕭戈的消息？

但現在素年也顧不上去深究，因為宮裡來了旨意，召她進宮為妃嬪瞧病。

「宮裡不是有太醫嗎？不是尋常醫者不能入宮嗎？」素年有些不大願意，她在宮裡治病的經驗可沒什麼讓她開心的。

「這個……」莫子騫抓了抓頭。「許是娘娘們的身子太矜貴了，太醫們都是男子，不大方便吧？」

素年撇撇嘴，她才不相信呢！那些宮中之人，一個比一個覺得自己是金枝玉葉，與其讓自己這個醫娘診治，她們應該會更信任德高望重的太醫才是。柳老跟自己說過，除非是太醫都束手無策了，才會鋌而走險找別的方法，這麼說，莫非宮裡有人得了重病？

莫子騫的眼中有一絲異樣，看著素年欲言又止，卻終究沒有說出來。如果真是那樣的話，他心裡倒是已經浮現了一個人。

素年隻身入了宮，等到了宮中才發現，這次想找她瞧病的，是一個自己沒見過卻久聞大名的妃子——蘭妃娘娘。

等她知道了以後，素年就萌生出強烈的糾結感。她對這個蘭妃娘娘一點好感都沒有，巧兒那次落胎到底是不是她做的還不好說呢，讓自己給她瞧病，素年出現了少有的抗拒心。但身為大夫，素年努力將這種感覺壓下去，隨著宮女走進了蘭妃娘娘的宮中。

素年原本還在猜想著，蘭妃娘娘會不會是個陰險狡詐、皮笑肉不笑，表面客客氣氣，實則一肚子壞水的女人。只是，素年發現自己猜錯了。這蘭妃哪兒有那麼深的隱藏？人家壓根兒不屑表面一套、背地裡一套！在殿外的時候，素年就聽到了裡面一陣陣的叫罵聲，幾乎可以稱得上是歇斯底里。

很快地，一個小宮女被人給抬了出來，素年倒抽一口冷氣，捂住了嘴。那小宮女的衣服上都已經浸透了血，人也已經陷入昏迷，看這樣子，是活不成了。

素年的抗拒感更加強烈了！她知道在醫者的眼裡眾生平等，可這蘭妃明顯不把別人的命當成命來看！素年只覺得自己的手都有些輕微顫抖了。

「蕭夫人，蘭妃娘娘讓妳進去。」來通傳的小宮女身子明顯也在微微發抖，說話都有些氣息不穩。

素年定了定心，隨著她慢慢走了進去。

有兩名宮女跪在地上正擦拭著，素年眼尖地瞧見了地上滴落的紅色，趕忙轉開眼，壓制住胸中升騰起來的感覺，給蘭妃娘娘請安。

「起來吧。妳就是醫聖？長得倒是不錯，別是靠著這張臉博來的名聲吧？」

蘭妃娘娘的聲音有些啞，吐字甚至有些微不清楚。

素年謙恭地垂著頭。「小女子不才，只是虛名而已。」

「本宮不管妳是虛名還是實名，妳若是不能治好本宮，就去地府裡做妳的醫聖吧！」蘭妃的口氣中透著高高在上、不可一世。「來吧，給本宮瞧瞧。」

素年抬起頭，這才看清了蘭妃的模樣。

是中毒！素年靠著經驗先判斷了出來。蘭妃長得還算好看，杏仁眼、薄嘴唇，但她的臉色虛脫、眼睛無神，眼下是深深的青黑色，嘴唇儘管搽著口脂，隔這麼遠都能看到裡面有乾裂的痕跡。

剛剛聽著聲音頗有氣勢，其實蘭妃只是窩在榻上，手竟然也是垂在一旁的，顯然是渾身無力的症狀。

素年走上前，想要給蘭妃把脈，蘭妃也十分配合地伸出手，只是眼睛陰森森地盯著素年看。

脈象極其紊亂，散亂模糊，已為病危之象，細數而無力，弱緩無定，似乎……還不是一種毒物所致。

「娘娘，請容臣女查看一下舌苔。」素年只是在走正常流程。

但蘭妃娘娘卻不樂意了，抓起案上的瓷杯就扔過去。

素年一開始就防著，因此側身躲過襲來的杯子。

「妳居然還敢躲？」蘭妃怒極反笑，像是不敢相信一樣。

素年從她笑著張開的嘴裡瞧出了異常，於是也不回答，只是問道：「娘娘牙齒周圍是否出現了疼痛，還不時會出血？口涎分泌是否增多？牙齒有沒有異常？」

蘭妃愣住了，下意識地點了點頭。

「娘娘，臣女還是要查看一下才能確定。」

沈素年準確的描述讓蘭妃鬆了口，她本不願意讓人瞧見她嘴裡的異樣，這些日子以來，她的嘴裡腫脹疼痛，每日都會出血，連牙齒都有鬆動的跡象，還產生了異味。就因為如此，但凡她身邊的人皺一下眉，她都覺得是在嫌棄自己，心頭控制不住地冒火，只有將人往死裡懲罰，瞧著她們動彈不了，心裡才會舒服些。

可她也不敢往皇上的身邊湊了，自己這副模樣，還怎麼去討皇上的開心？

素年查看了一下，蘭妃的牙齦已經開始萎縮，伴有口腔黏膜潰瘍，嘴裡的異味嚴重，素年竟然還嗅到了金屬的味道。

看到素年皺了眉，蘭妃習慣性地又要發怒，沈素年卻比她更快地發問，問她是否感覺口裡有異物感？是否經常覺得噁心？肚子有沒有絞痛症狀？嘔吐物一般呈什麼樣？吞嚥有沒有困難？出恭有沒有異常……這些問題又讓蘭妃忘記了怒火，因為沈素年每問出一個問題，都十分符合她的症狀！

這個醫娘果然有些本事，蘭妃心下放心了許多。自己的症狀也找太醫瞧過，還不止一個太醫，可瞧來瞧去都沒有瞧出個所以然來，還有一個不知死活的年輕太醫，竟然說自己是中毒！真是可笑之極，若是中毒，那她的毒從何而來？

「娘娘，您這是中毒之症，並且，還不止一種毒素。」素年很快得出了結論，跟她猜測的相差無幾。

素年表面平靜，心裡卻用著神一般的自制力在壓抑著胸中的火氣。

初步判斷，蘭妃娘娘中的毒裡至少包含四種：硇砂、硝石、丹砂、麝香。也許還有其他的，素年還沒能判斷出來，只這四種，都有一個共同的特性——孕婦禁用。因為這四種都能夠用來落胎，蘭妃娘娘並未有過身孕，那麼她又為何會接觸到這些？

思及巧兒失了孩子後天崩地裂般的痛苦，素年唯有頻頻吸氣才能緩和胃裡強烈的不適。

「又是中毒？本宮還以為醫聖會有點不一樣的見解，沒想到不過如此！那妳倒是說說，本宮中的是什麼毒？」

「麝香、硇砂、丹砂、硝石……」

沈素年每唸出一種毒物，蘭妃的眼睛就睜得更大一些。這不可能！這怎麼可能？她為什麼會中這些毒？明明是讓貼身婢女去做的，為何她會中毒？

第一百三十一章　教授針法

蘭妃驚慌的眼神，素年一點都沒有錯過，果然是這樣，這些藥物必然不是用作正常用途的。

「解掉，快點幫本宮解掉！」蘭妃大聲叫出來。她還以為是那個太醫胡說，畢竟其他太醫不是說沒什麼大礙嗎？不是說只要調理調理就不會有問題的嗎？怎麼會這樣？怎麼會這樣的？

素年乖順地開了方子。

蘭妃拿過去瞧了。「不對，這跟太醫們開的大同小異，這根本不能解本宮身上的毒！」

素年倒是挺驚訝的，沒想到蘭妃竟然還懂一些藥材？不過也是，怪不得她能夠知道那些東西的用處。

「蘭妃娘娘，臣女和太醫院的大夫們都同樣是大夫，自然會開出相似的方子。臣女雖有醫聖的虛名，但也不過是個大夫而已，只能夠做到對症下藥。」

「不行，這方子沒用的，本宮吃了那麼多湯藥，也不見好轉！妳必須要把本宮身上的毒給解了，否則……本宮聽說慧嬪是從妳身邊出來的？」

素年猛然抬起頭。

蘭妃竟然因為那一雙清冷的眸子而愣住了，半天才反應過來，自己是娘娘，如何能被區區一個醫娘給震住？
「別吃驚，這後宮裡，就沒有本宮不知道的事情。皇上可是很喜歡慧嬪的呢……」
素年垂下眼睛。師父，這樣的人……這樣的人我真的能眼睜睜地看著她去死的……
「娘娘，慧嬪娘娘確實曾經跟臣女有些緣分，不過如今慧嬪娘娘貴為宮中妃嬪，不知娘娘提起此事是何用意？」
「呵，本宮卻是聽說慧嬪和蕭夫人的關係極為密切，妳也不希望慧嬪會有什麼意外，對吧？」蘭妃的眼睛輕輕眯起。「都說蕭夫人是個重情義的，本宮也是如此相信。」
素年想起巧兒哭癱在榻上的樣子。這個蘭妃心術不正，就算自己將她治好，可就能夠保證她不會去害巧兒了？不會的，這是不可能的。巧兒那種直性子的孩子，如何能鬥得過她？況且，蘭妃身後還有她的娘家撐腰，而巧兒，什麼都沒有。
素年正在思索如何是好時，殿外有小太監跑了進來。
「娘娘，慧嬪娘娘求見。」
「呵呵呵……看看，可讓本宮說中了！蕭夫人和慧嬪的關係可真讓人羨慕呢，這才知道本宮將妳請了來，她人就跟過來了。」蘭妃抿著嘴，自從身子不適開始，她就不怎麼喜歡在外人面前張開嘴了。「請慧嬪進來吧，都是皇上的嬪妃，本宮倒是跟慧嬪沒怎麼說過話呢！」
巧兒的身影很快出現在素年面前，今日的巧兒跟素年平日裡見到的不一樣，添了十足的貴氣，散發高高在上、遙不可攀的氣息。

而巧兒從殿外走進來時，竟然都沒有看素年一眼。

「給蘭妃娘娘請安。」巧兒微微蹲身，向蘭妃行了禮。

「這不是慧嬪嗎？說起來，這可是妳第一次來我這裡呢！今兒是吹了什麼風，將妳吹來了？」蘭妃也不在乎她現在的病容並不適合這種高貴妖豔的模樣，反倒是讓她的臉平添了一絲猙獰。

「臣妾平常是怕驚擾了娘娘的清靜，只是這次，臣妾聽說娘娘這裡請來了臣妾的故人，所以才特地來瞧瞧。」

「喲，沒想到慧嬪竟是個如此念舊的人呢！蕭夫人，妳說是不是呀？」

「給慧嬪娘娘請安。」素年給巧兒行了禮，舉動間絲毫不見任何逾越。

巧兒的表情不變，仍舊是之前的高貴模樣。「蕭夫人，不知妳今日進宮所為何事？」這是巧兒第一次在宮中稱呼素年為「蕭夫人」，而不是「小姐」。

「臣女應蘭妃娘娘宣召，進宮為蘭妃娘娘診斷。」

「什麼？妳可真是大膽！後宮嬪妃若是沒有皇上許可，是絕不可以讓太醫院以外的人診治身子的，蕭夫人，是誰給妳這麼大的膽子？」

素年嚇了一跳，她還從沒聽巧兒用這麼大、這麼威嚴的聲音說過話，真是太震撼、太……有些做作了。

素年趕忙跪下。「是臣女魯莽了，還請慧嬪娘娘恕罪。」

「慧嬪，是本宮讓蕭夫人進宮的，妳這是在指責本宮嗎？」蘭妃聽出慧嬪的意思了，不禁眉頭緊皺。「蘭妃娘娘。」巧兒轉過頭。「皇上明令禁止外人給皇室之人診治身子的，您忘了嗎？」

「本宮當然沒忘，本宮是奏明了太后娘娘，獲得了准許之後才讓人將蕭夫人請來的。」

「那麼，是否也得到了皇上允許呢？」巧兒一點都沒有示弱。

蘭妃一時語塞，而後慢慢地眯起了眼睛。「慧嬪，妳究竟想說什麼？」

「蘭妃娘娘，如今麗朝在皇上的聖明統治下國泰民安，咱們雖是後宮之人，可也得讓皇上安心才是。邊疆馬騰殘黨來勢洶洶，這個時候隨意召見外人入宮，若是讓皇上知道了……蘭妃娘娘，您應該明白臣妾的苦心吧？」巧兒的語氣一軟。「臣妾知道娘娘不過是心急了，可咱們麗朝的太醫院名醫匯聚，裡面的太醫個個都是醫中翹楚，娘娘身子若有不適，應該去請太醫們才是，蕭夫人只是一介女流，娘娘未免有些病急亂投醫了。」

巧兒的話裡有埋汰素年醫術的意思在，她雖然臉是對著蘭妃的，可餘光卻不自覺地瞄向了素年，她在害怕。巧兒知道小姐對自己的醫術有多麼看重，可這次不一樣，她急於想將小姐扯出去。

蘭妃娘娘在後宮之中是巧兒極為不願碰上的一個人，就算知道自己之前的落胎也許跟蘭妃有關係，她也不想跟她有任何接觸，甚至是去調查、報復。巧兒瞭解自己的能耐，小姐說過，她不是那些宮中妃嬪的對手，巧兒一直謹記著。可是為了小姐，她一收到消息就趕過來了。巧兒不希望小姐跟蘭妃牽扯上，如果蘭妃是個惡毒的人，以小姐的聰明才智未必鬥不過她，但是巧兒不願意，萬一蘭妃心狠手辣，不講究用什麼下三濫的手法呢？

此時巧兒十分害怕素年會出聲反駁她，她表面上鎮定自若，實則心裡極為慌亂。

然而，素年沒有說話，只安靜地站在一旁，垂著頭，好似沒有聽見一樣。

「慧嬪，妳這是在用皇上壓本宮？」蘭妃已經在努力壓制火氣了。不管慧嬪說的話有多委婉，她的意思不過一個——自己並沒有得到皇上的同意！

「臣妾不敢，臣妾只是擔心娘娘的身子。來人，還不將蕭夫人送出宮！」

「妳——慧嬪，妳好樣兒的！仗著皇上的寵愛，竟然也不將本宮放在眼裡了！本宮這是得到了太后娘娘的允許，莫非，妳也沒把太后放在眼裡？」

「臣妾不敢！還不將人帶走！」巧兒雖然嘴上說著不敢，卻十分勇敢地執意要將素年送出去。她管不了了，太后也好、皇上也好，總之她要先讓小姐安全了再說！

「放肆！本宮看今日誰敢——」

「皇上駕到——」

蘭妃的狠話還沒放完，小太監通傳的聲音就讓她不由自主地停了下來。

素年低著頭，心想，後面是不是還有太后呀？要來，一次來齊了行不行？來一個她要跪一次，地上很涼的啊！

蘭妃和巧兒見到皇上，統統跪下給皇上請安。

「平身。朕今日突然想來蘭妃這裡坐坐，怎麼，很熱鬧嘛！」皇上龍袍一撩，很隨意地坐下，看著下面站著的三個人。

素年遠遠地躲著，渾身散發著無辜，她是被傳召進來的，這不關她的事啊！

「皇上，臣妾身感不適，偶然聽聞蕭夫人是御口親封的醫聖，所以請了她進宮替妾身瞧瞧，可慧嬪卻執意要將人送出去，說是不合規矩。皇上，您給評評理啊！」蘭妃自恃在這裡她的身分比慧嬪貴重，於是往皇上那裡走了兩步，先發制人，語氣裡竟然還透著撒嬌的意味。

只是皇上卻微微往後讓了讓，讓蘭妃的臉色一白。

皇上看了看蘭妃的臉色。「確實有些不妥，找太醫瞧過了沒有？」

「回皇上，太醫也瞧過，可卻說不出個所以然，所以臣妾才想著請蕭夫人來看看的。」

皇上的眼光看向沈素年。「蕭夫人，妳可瞧出了什麼？」

素年只感覺蘭妃盯著自己的眼睛裡面冒出了火光，她是在提醒自己，不該說的話別亂說，可是……「回皇上，臣女已經瞧過，蘭妃娘娘的病症是中毒，臣女開的方子，蘭妃娘娘也並不滿意，請恕臣女無能。」

素年不想辜負巧兒的心意，從皇上進來開始，巧兒的眼睛就沒離開過自己身上，跟她生活了那麼久，素年如何不懂巧兒的心思？她冒著被蘭妃記恨的風險來到這裡，顧不得會得罪太后娘娘，顧不得被冠上恃寵而驕的罪名，也要強硬地將自己送出宮，素年不能讓巧兒的心意付之東流！

「竟是這樣？中毒？蘭妃中的是什麼毒？可能解除？」

「皇上！」蘭妃已經顧不得自己口中的異味會不會讓皇上更介意了，急忙開口。「蕭夫人只是說病得嚴重了點而已，臣妾整日身在後宮，哪兒會中什麼毒呢！」

「蕭夫人？」

素年走過去。「回皇上，蘭妃娘娘所中之毒裡，有麝香、硇砂、丹砂、硝石等，在民間，這些是尋常人家用來落胎的藥，蘭妃娘娘不知為何攝入了過多的劑量，才會如此——」

「沈素年！妳醫術不精，竟然還敢在皇上面前大放厥詞！」蘭妃怒吼了出來，然後猛然轉過身。「皇上，臣妾正要將此女趕出宮中呢！對了，您可以問問慧嬪，剛剛她也說了的，這個沈素年的醫術根本不能跟太醫院的太醫們相提並論！連眾太醫都說不出緣由，她如何能斷定臣妾是中毒？」蘭妃的臉上浮腫，加上慌亂急躁的表情，哪兒還像是後宮佳麗？「皇上，您可以問一問太醫院的太醫們，臣妾所言屬實，太醫們都說並無大礙，只需要休養便能大好！」蘭妃這會兒恨不得將沈素年的嘴給撕了。

皇上點了點頭。「嗯，前些日子不是有個太醫因為對妳不尊，所以給趕出了太醫院嗎？朕那時就詢問過了，確實如同妳所說的一樣。」

「皇上……您這麼關心臣妾的身體，臣妾心裡十分感動！這個沈素年，還請皇上嚴懲！」

素年其實有點不能理解，她本是想賭一賭皇上的心意，自己已經說得夠清楚了，那些藥是用來落胎害人的，而且巧兒應該就是受害者之一。這些藥材用不好的話陰毒無比，說不定能讓後宮的女子無聲無息地再也懷不上孩子，她認為皇上不會容忍。可是，皇上卻幫著蘭妃說話。這讓素年心裡生疑了，在她的印象中，皇上並不是這麼是非不分的人啊……

「來人，將蕭夫人送出宮，以後沒有朕的旨意，不准她入宮！」

皇上像是聽了蘭妃的話一般，當真開口「嚴懲」了素年，可只是不准許入宮。

蘭妃覺得還不夠，正想再裝可憐、裝不適，好加重素年的罪行。

皇上卻小聲地對蘭妃說：「如今蕭戈正在邊疆征戰，只能委屈蘭妃了。」

「皇上……」蘭妃感動得不知道如何是好，皇上是在向她解釋，皇上萬歲之軀竟然在向她解釋！而且皇上是靠近了她才說話的，一點都沒有嫌棄自己的意思！「臣妾不委屈，只要是為了皇上，臣妾做什麼都不委屈！」蘭妃慢慢地將身子挨到皇上懷中，神情得意地飛了記媚眼給慧嬪看。

巧兒壓根兒沒瞧見，她看著素年的身影消失在自己的視線中，這才終於鬆了口氣。不管如何，小姐安全了，而且皇上的話相當於是給了小姐不聽從其餘後宮女子傳召的權利，下次就算是太后娘娘傳召，小姐也不會輕易地陷入這個吃人不眨眼的沼澤中來了。

蘭妃心裡很是暢快，皇上選擇了相信她，雖然沒有嚴懲沈素年，但也不過是看在蕭戈還在出力的面子上罷了。只是可惜了，若是能將慧嬪也拉下水該多好？偏偏自己剛剛才借用了慧嬪之言幫了自己，真是相當遺憾。

「好了，今日妳也累了，太醫既然讓妳好好休養，妳就安心休養著。趕緊將這身子養好了，朕還想聽蘭妃為朕彈奏一曲呢！」

「臣妾……」蘭妃很想說自己現在就能為皇上彈奏，可她終究沒有說出口。只有她自己知道，如今每當彈琴或是刺繡，她的手都會不自覺地顫抖，早已沒有從前的水準了，強行彈奏的話，只會讓皇上失望。「臣妾……恭送皇上……」蘭妃只能跪下，目送著皇上和慧嬪離開。

蘭妃靠在榻上，在沈素年來之前，她真的就如剛剛跟皇上說的那樣，堅決不認為自己是中毒。為自己診斷過的太醫不是一、兩個，她是丞相之女，太醫院裡的太醫就沒有她請不到的。這些太醫們都是一個說辭——她的身子只需要養養，並沒有什麼特別的地方。一個這麼說，兩個、三個也這麼說，蘭妃自然認為沒什麼差錯。

可是，她的身子她自己怎麼可能沒有感覺？那些太醫開出來的湯藥她都喝了，卻沒有什麼改善，不只如此，反而每況愈下，到如今整日有大半的時間都得靠在榻上躺著，每日稍稍動一動都虛弱得不行。所以，她才會動了叫沈素年來看看的主意，而沈素年說出了她現在的症狀，說她中的那幾味毒又是……

蘭妃心裡直慌，她在心裡安慰自己：不會有事的，太醫們不會騙我的！可是……

「明珠！明珠！」蘭妃突然高聲喊著。

從外面疾步走來一個小宮女。「娘娘，什麼事？」

「今天開始，我身邊所有的東西都要嚴加檢查，特別是入口的食物，一點差錯都不能有！」

明珠跪下應著。「是，娘娘，奴婢遵命！」

從宮裡回來後，素年就整日窩在院子裡，管管帳、喝喝茶，橫豎有了皇上的話，她也不用擔心會再被召去宮裡，且蕭老夫人和白家的女眷們也都不來騷擾她了，她樂得清閒。

只是巧兒那兒，素年一直很擔心，不知道蘭妃會不會刁難她？刁難都是輕的了，當然，以蘭妃現在的狀態，也不知道她能不能再作怪？

「子騫，你給蘭妃診過，你覺得她的情況如何？」

素年每兩日給莫子騫的教授一直沒有停過，莫子騫之前不就是因為蘭妃被逐出宮的嘛，所以素年乘機問問。

「蕭夫人，蘭妃娘娘是中毒之症，並且中毒頗深，子騫學藝不精，大抵診斷出了三、四種毒物，只是不知道娘娘是如何中的毒？」莫子騫倒是一點都不迴避，仔細將他的意見說了出來。

「那你怎麼想起來要給她施針？」

「蘭妃娘娘毒物已入肌理，湯藥已然達不到效果，所以我才想著試一試用施針的法子。」莫子騫不好意思地摸了摸頭，笑容傻兮兮的。

刺萍看到那個笑容就覺得頭疼，這個莫子騫，他能不能有一點身為男子的高傲？每日每日笑得憨傻。不是說他醫術也很出色嗎？看看小姐，那叫一個瀟灑！

「蘭妃的病，即便是施針也不會有起色的。」素年纖細的指尖撥動著面前果盤裡的一顆葡萄，言語裡帶著輕慢。

「真的嗎？那要怎麼做才能讓蘭妃的病有起色？」

素年的指尖用力過度，一不小心將葡萄戳破，指尖碰到了黏膩冰涼的汁液。「什麼都不用做，蘭妃娘娘的病，不是我們能夠診治的。」

莫子騫有些失望，他本以為素年會說出什麼令他為之震驚的法子。

「行了，今天就到這兒，你回去多研究研究。還有，不要再在自己的手上戳了，看看你的手，還有一塊好的地方沒有？」

素年說的是手上幾個常用的穴位，莫子騫剛剛從袖子裡不小心滑出來的手上，那幾個穴位旁都有密密的針孔，甚至泛出了青紫。

「嘿嘿嘿，好的好的！」莫子騫又是傻兮兮地笑著，然後將手又收回了袖子裡。

「少奶奶，老夫人找您有事。」一個婆子來到花廳裡，恭敬地請素年去一趟樂壽堂。

「我這就去。說了是什麼事了沒有？」

婆子搖了搖頭，表示不知。

素年起身，示意讓刺萍去送莫子騫出府，她則帶著阿蓮往樂壽堂而去。

說起來，蕭老夫人有一陣子沒來找過自己了，白家的女眷也好一陣子沒上門了，但最近，似乎樂壽堂又熱鬧了起來啊！

第一百三十二章　逼著納妾

踏入樂壽堂，素年聽到裡面的聲音時稍微停頓了一下，她掃了一眼，老熟人啊，除了白家二姨母，還有舅母吧？幾舅母她就分不清了。你說古代人頭上身上穿戴那麼些飾品做什麼呢？她每次都光顧著看這些，人長什麼樣，她很少能記得住的。

「素年，妳來了呀？坐吧！」蕭老夫人和藹地看著她。

素年全身一緊，莫名就覺得寒毛直豎，彷彿回到了剛嫁入蕭家、蕭老夫人還認為她很好忽悠的時候一樣……

素年給蕭老夫人和其餘的長輩請了安，卻並未坐下，只站著，面上露出笑容。「娘，您找素年何事？」

「素年啊，妳最近辛苦了，要操持一大家子的事務，這裡裡外外這麼多瑣碎的事情，累壞了吧？」

「多謝娘體恤，蕭家人口簡單，倒也還好。」素年有些拿不準蕭老夫人突然態度這麼和藹慈祥是想幹麼，只能先順著她的話往下說。

蕭老夫人狀似欣慰地點點頭。「那也著實累著了吧？不過我聽說，近來總有一個男子出入咱們蕭家，有這回事嗎？」

蕭老夫人問的應該是莫子騫，素年也不瞞著。「娘，是有這麼回事，那人名為莫子騫，之前是名太醫，正好有些醫術上的問題來請教素年，素年就在花廳裡接待了他。娘怎麼忽然問起來這事？」

蕭老夫人不答話了，端了一杯茶低頭喝起來。她的身子已經大不如前，杯子端得有些不穩，可她喝得卻十分專注。

「素年丫頭啊，怎麼還有這種事呢？」

阿蓮從進門開始就一直在沈思，這會兒突然扯了扯素年的袖子。「小姐，這好像是三舅母。」阿蓮的記性不如刺萍，但經過她認真地回想，終於記起來了！

素年因為阿蓮的專注而黑線了一下，隨即正色看向三舅母。「不知三舅母此話是何意？素年是皇上御口親封的醫聖，跟大夫探討些醫術上的問題有什麼不妥嗎？」

素年向來不大在乎這些虛名，但有時候，這虛名的威力可是十分巨大，就比如現在，三舅母明顯還有什麼後話想要說，卻一下子不知道要怎麼說了。

想唾棄素年的醫娘身分吧？這可是御賜的，那能跟一般低賤的醫娘相提並論嗎？人家名號都是皇上御賜的了，探討些醫術她們又能說什麼？

「素年丫頭，那大夫我聽說可還未成親呢，總這麼出入蕭家，又是在蕭戈不在京城的這段日子裡，妳就是再有事情要討論，也是不妥的吧？這可不是正經人家的女子能做出來的事。」

素年轉過頭，這話是二姨母說的，可讓素年無奈的是，二姨母有膽子說，卻沒有膽子看著她，眼神無比游移，在屋子裡亂轉，就是不往素年的方向瞧。

「不知道是二姨母還是二姨父的想法呢？」素年也不生氣，只笑咪咪地問。

二姨母臉色一白，不敢作聲了。她知道，她不應該再來惹素年，上次的教訓足夠她受的了，自己在夫家的地位已經有所動搖，要是再來這麼一次，夫君甚至能將她給休了！

可她又想瞧見素年倒楣，所以知道了白語蓉的打算以後，她興致勃勃地又來了，只打算作壁上觀，親眼看著沈素年痛苦糾結。問題是，素年她三舅母太弱了，這還沒說兩句呢就詞窮了，她才耐不住地出了聲。

「二姨母，您還沒回答素年呢！若是二姨父跟二姨母這麼說的，那素年一定好好反省……」素年卻不打算放過她。

「不、不是……就是我……覺得有些不妥而已，妳二姨父並不知曉……」二姨母磕磕巴巴地解釋。

素年的笑容更加甜美了。「原來是這樣啊，既然不是二姨父的意思……二姨母，您姓白，這裡是蕭家，素年在蕭家裡的舉動，似乎跟您沒有什麼太大的關係吧？」

「素年！怎麼跟妳二姨母說話的？」蕭老夫人不裝死了，茶盞終於放了下來，只是臉色跟素年剛來時有著天壤之別。

「娘，您叫素年來就為了這事？莫大夫之前可是太醫，倒是懂一些素年不曾接觸的醫術，且素年每次都在花廳裡接待，光明正大的，娘您不用擔心。」

「是的，妳做事向來穩妥，我一向是知道的。」蕭老夫人竟然順著她的話接了下來。

「不過，妳這樣又要操持家裡，又要忙著精進醫術，娘是擔心妳太累了。」

三舅母立刻附和道：「對對對，誰說不是呢？素年丫頭啊，妳一個人又沒個幫手的，妳娘身子也不好，幫不上忙。還有，妳跟蕭戈小子成親也有些時日了，蕭家就蕭戈一脈單傳，妳這肚子到現在都沒有動靜，我看吶，是時候再讓蕭戈小子收個人了！」

原來是為了這事？素年心裡有了數。她就說呢，二姨母之前就在她院子裡吼過，說是蕭老夫人已經在給蕭戈物色人了，怎麼後來就無聲無息了？原來那並不是二姨母隨口放的狠話而已。「三舅母，怎麼會沒人幫手呢？之前蕭家的這些事務都由月姨一個人操持，若是素年覺得忙不過來了，不是還有月姨嗎？」

「那個下人？」三舅母的言語中充滿了不屑，連眼睛都要往上翻一翻，正要說些埋汰的話時，蕭老夫人卻搶著開口了——

「月娘妳就不用指望了，前些日子她特意來跟我請安，說是身子有些不妥了，以後也許不能幫得上妳，先跟我請罪來著。」

素年心頭疑惑了，月娘會找上蕭老夫人？找上就算了，她會主動放棄蕭家的一切？可若不是月娘說的，蕭老夫人如何會這麼肯定？畢竟這是只要自己去問一問就會知道的事情。

「素年啊，妳三舅母說得也沒錯，月娘都幫不上忙了，我又是這副不中用的樣子，家裡沒個人幫襯著妳，我心裡也難安啊！」蕭老夫人慢悠悠地說，又換上了慈祥的面容。

蕭老夫人覺得月娘會來跟她說這些，真是天助她也，沒想到事情會這麼順利。而且，月娘竟然還隱晦地說了，如果給蕭戈找來的是德行兼備的好人家的姑娘，她也會贊同。

這個要求蕭老夫人覺得很容易辦到，以前是她想左了，滿心想要找個破落戶噁心蕭戈，讓他在家裡不舒服，可現在她覺得，用不著這樣的，以蕭戈現在的地位，多的是人家想要跟蕭家聯姻，就是做妾他們也願意。

一個妾室，上頭有個正房，那還不抓緊巴結自己這個婆婆？掌控起來定然要比沈素年這個野丫頭容易得多！沈素年不過是長得狐媚了些，看看，就連月娘都看不過眼了！

只要能找個容色不遜於素年的，又真正端莊知禮識大體的，不愁蕭戈看不上。到那時，這個沈素年只能空有一個正頭妻子的名號，這個蕭家，遲早能回自己的手裡！

蕭老夫人越想越覺得開心，她如今嘴巴笑起來時的角度有些怪異，雖然素年當初盡力將她救了回來，但還是不可能一點後遺症都沒有。

「娘，素年昨日還去了葉府一趟呢！」

「嗯？」突然提這做啥？

素年笑得沒了脾氣。「還有大前日，素年去蕭家鋪子裡轉了一圈，買了些有趣的玩意兒。素年並沒覺得蕭家的事務有多繁瑣，大抵，是素年比較聰慧吧！」

蕭老夫人呆滯了，見過不謙虛的，卻沒見過如此不謙虛的！誇獎自己聰慧這種事情，由她自己說出來真的好嗎？

素年卻一點都不覺得不自然，依舊是笑咪咪的表情。「夫君當初迎娶素年時，就誇過素年聰明伶俐，管家這點事若是就覺得忙不過來了，那素年可就辜負夫君的期待了呢！」

「即便如此，妳到如今都沒能為蕭家開枝散葉，蕭戈年歲也不小了，更是動不動就上戰場，說句不吉利的，若是他真的有個不好了，妳難道要眼睜睜地看著蕭家斷子絕孫嗎？」

蕭老夫人這話就嚴重了，素年還真有些不好反駁。她是後悔的，從蕭戈離開了以後，一天比一天後悔。蕭戈在邊疆的危險是她無法想像的，誰也不知道是不是就能真的安然回來，若是不能呢？素年都不敢去想這個可能，只要一想，無盡的後悔就能將她給吞噬了。

看著素年沒有立刻反駁，臉上的神情更是有些複雜，蕭老夫人以為她捏住了素年的命門。「如何？只是再抬個人進門，妳仍然是蕭戈的正妻，多一個人為蕭家開枝散葉，妳也應該覺得高興才是。」蕭老夫人的語氣又緩了下來。「素年啊，娘知道妳是個好的，咱們蕭家人丁並不興旺，娘也想盡早抱了孫子，這樣等到了地下，才能有顏面去見蕭家的列祖列宗啊……」說著，蕭老夫人竟然有些哽咽。

「語蓉，真是難為妳了……」三舅母表情沈痛地安慰蕭老夫人，然後眼神一轉。「看看，妳娘都這樣了，妳還不趕緊應下來！」

素年就稀奇了，是讓蕭戈納妾，又不是讓她納妾，都來逼她是什麼意思？這妾又不是給自己納來玩的！「娘，這事還是等夫君回來以後，讓他自己決定吧。」

「胡鬧！後宅之事如何需要蕭戈來操心？不過納一個妾而已！素年丫頭，我瞧著妳可不是個善妒的女子，這妒性可是十分要不得的！」

「娘，素年就跟您說實話吧！」素年的眼睛瞇了起來，眼睛在蕭老夫人、三舅母和後來一直都沒再說話的二姨母身上一一掃過。她不是個耐性很好的人，尤其是在這種煩死人的事情上。「您也不用費心思去找什麼理由說辭了，素年只一句話，素年不同意夫君納妾！但若是夫君自己親口提出的，素年絕無二話。若娘覺得素年是個善妒的女子，那您大可以作主休了素年，不過，素年和夫君的親事是皇上御賜的，可能您也作不了這個主。所以，為了您的身子著想，素年覺得，您還是直接找夫君商談吧，只要說動了他，素年是不會有意見的。」

素年一口氣說完，還好心地以眼神提示了蕭老夫人身邊的婆子——注意著啊，說不定，又需要妳出力掐人中了……

蕭老夫人果然是不好了，呼吸頓時有些不暢。

一旁的婆子早候著了，伸手就往她的鼻子下面掐。

估計是蕭老夫人的抗擊能力提升了，婆子只掐了一下就讓她給揮開來，睜著眼，怒氣沖沖地瞪著素年。

「妳這個女人，竟然如此不知羞恥？為人妻室心存妒意，妳是要我蕭家斷子絕孫啊！」

「娘，您這話說得就不對了，素年和夫君成親時日並不長，況且夫君已經離家數月，素年就是想懷上孩子也不可能的呀，是不是？娘您這不是在無理取鬧嘛！」

反正該說的素年都說了，她不指望這些人會體諒她，她也不想體諒她們的想法，她就無賴了！自己的婚事是皇上下旨的，蕭老夫人也沒那個能力休了她，而蕭戈那兒，素年暫時還是很有信心的。

「給相公納妾是天經地義，怎麼到妳這兒就不行了？語蓉，妳也別跟她說那麼多了，我看著那海家姑娘很不錯，妳就作了這個主！我倒不信了，做婆婆的給自己的兒子納個妾，還要看兒媳婦的臉色不成?!」三舅母火了。沒見過這種態度的，不壓一壓她，還以為她真的不得了了呢！

素年向後退了一步，微微蹲身行了禮。「如此，幾位長輩們就慢慢商議吧，素年先下去了。只是，那位海家妹妹進門的時候，就不必通知素年了，素年是不會喝她敬的茶的。」說完，素年自顧自地退出去了。

「這、這……這成何體統？傷風敗俗啊！」一眼瞅著素年的身影瞧不到了，一直啞巴了的二姨母這才拍著大腿，大聲感嘆出來。「語蓉啊，不是二姊姊說妳，看看她那囂張的樣子，妳這個婆婆做得可真憋屈！」

蕭老夫人哪還用她來評價？脹得通紅的臉色足以說明她心裡的怨恨！太目中無人了，不過納個妾，怎麼就不行了？哪個大戶人家不三妻四妾的？還以為真能遇到「但求一心人，白首不相離」的好事？

「就是！語蓉，妳別管她，就將海姑娘抬進門！她端著架子不喝茶，等到蕭戈回來了，不是我誇口，海家姑娘那容色、那身段、那氣質，保准蕭戈小子瞧上一眼就忘不掉！」

「真有這麼好？」

「當然！海家這位姑娘是海家三房嫡出的二丫頭，長得眉清目秀、柔婉可人，而且琴棋書畫樣樣不錯，比妳這位兒媳呀，可是不知道強上多少倍，海家的門檻都被上門說媒的硬生生磨平了呢！」

「是呢，我也聽說了。」二姨母接過口。「海大人是想將二姑娘放在身邊多留些日子的，這次可是聽說了是蕭戈他才鬆的口。」

蕭老夫人的眉頭又開始皺了。「可這樣……不是助長了蕭戈的氣焰嗎？」

「這妳就不懂了，雖然海家二姑娘是海大人的掌上明珠，但她是進來做妾的，這才是關鍵。不管她的身分有多高貴，在蕭家，她就越不過沈素年去，到時候，可不是只能來求助於妳？」三舅母循循善誘。這個海家二姑娘可是她精心挑選的，海家二房的一個庶子娶了她妹妹的一個女兒，這麼沾親帶故的一來，她在中間便能夠為自己的家裡多添些助力，到時候，夫君還不多仰仗她一些？

「那如果蕭戈不同意怎麼辦？沈素年又是這麼個態度……」

眼見蕭老夫人還有些猶豫，三舅母不禁在心裡撇撇嘴。「語蓉啊，妳可要為妳自己想一想，若是不這麼做，妳就打算一輩子都這麼窩囊了？」

「當然不！」蕭老夫人忽然叫出來，眼睛裡迸發出明亮的光。她可不是為了這樣才嫁入蕭家，蕭然的情意自己沒有得到，那至少要得到了蕭家，她才能夠原諒自己。

「這不就行了？」二姨母捂著嘴笑了笑。「海家二姑娘我也見過，妳就放心吧。蕭戈從前是不近女色，但現在已經成了親，哪還有貓兒不愛腥味的……」

蕭老夫人的神色漸漸堅定了。「好，那妳去和海家說了，挑了吉利的日子後，就將海家的姑娘接進門！」

「哎！」三舅母笑咪咪地應下了。

「小姐，我們不回院子嗎？」阿蓮看著素年走的方向並不是回去的路。

「月姨身子不適，我去瞧瞧。」

阿蓮有些欲言又止地跟在後面，她剛剛在樂壽堂都聽到了，那些人要給蕭大人納妾，小姐這會兒一定很不開心吧？

「小姐，妳放心，蕭大人不會同意的！」醞釀了半天，阿蓮終於想出了一句穩妥的安慰。

素年側過頭笑了笑，看到阿蓮臉上的擔憂。「我知道夫君不會同意的，可是很麻煩。阿蓮啊，妳說為什麼男子就可以娶三妻四妾，女子就不能也納幾個小白臉呢？」

阿蓮的腳步停住了，跟素年的距離越來越遠。

素年發現後也停了下來。「怎麼了？」

「小姐……」阿蓮都要哭了。「以後妳這種說笑的話可別隨便說了，讓人聽見了會不好的！」

「我沒有說笑啊……」素年很認真的，她心中男女平等，憑什麼男人可以今兒睡一個，明兒換著睡另一個，女子就不行？

阿蓮急得眼都紅了，白嫩嫩的小臉蛋上滿是急切，讓跟在她們後面的綠荷和綠意特別同情。

綠荷和綠意跟著素年也不過數月，原本他們在蕭戈說要滴水不漏地保護好素年的時候，還有些不理解為什麼，可這麼些日子下來，兩人總算是明白了個大概。

豪門後宅裡的勾心鬥角他們也有所耳聞，但鬥得這麼沒水準、這麼簡單粗暴的，他們也是第一次見。素年壓根兒不想花那個心思，她就直接將她所擁有的優勢擺出來——她受到蕭大人的敬重，親事又不是蕭老夫人說休就能休的，身邊還有他們兩人保護，想動手也動不了。然後，素年就萬事大吉了，就算是鬥完了……

老實說，素年就連對著一個簡單的模型練習最基本的針法時，綠荷和綠意二人都覺得她要比面對蕭老夫人上心得多。

而在面對他們這些下人的時候，素年又是另一種態度，完全的放鬆，一點都不願意遮掩，就好像現在。

綠意僵著臉，他相信剛剛素年說的真是她的心裡話……

若是刺萍還好些，阿蓮……綠意難得地起了同情的心態。

素年笑笑，轉身繼續往前走，身後「咚咚咚」的腳步聲追了上來。

阿蓮滿臉嚴肅地說：「小姐，這話妳也就只能在我們面前說，別的地方絕對不能說的！」

「好。」素年回答得特別敷衍。

阿蓮一愣，又追了上去。「是絕對絕對不能說！」

「好，我知道了。」

阿蓮這才放下心來，小姐說話都是算話的，既然她答應了，那應該就沒事了。不過……小姐剛剛是真心的嗎？她是真的那麼想的？這也太驚世駭俗了！

月娘知道素年來她這裡，便出了院子來迎接她。

「月姨，您身子不舒服就歇著。」素年將月娘拉著坐下。「聽娘說，月姨您身子不適？」

月娘嘆了口氣。「老了，不中用了，這些日子也不知怎麼了，動一動都覺得疲憊，也許，是小姐想奴婢了……」

「月姨，那我給您瞧瞧吧。」素年說著，就伸手想去給月娘把脈。

月娘趕忙將手收回去。「這怎麼使得？少奶奶，月娘沒事的，只是不能為少奶奶分擔些，心裡過意不去。」

「月姨可千萬別這麼說，蕭家能有今天，月姨厥功至偉呢！」月娘不願意讓她診脈，素年也不勉強，收回手，依舊笑呵呵的。

月娘謙虛地搖搖頭，然後忽然微微睜大了眼睛。「不過，月娘聽老夫人說，說是要多一位姑娘來為少奶奶分擔事務，這真是太好了，這麼一來，少奶奶總算不用這麼辛苦了。」

月娘的臉上是極為真切的安心和感嘆，一眼看上去，滿滿的都是在為素年著想。

然而，素年臉上的笑容，卻慢慢地褪卻了。

她嘗試過了，一次又一次，她希望能讓月娘接受她，夫君如此敬重的人，她也一併敬重著，可素年發現，她所做的一切，一點都沒有起到效果。

月娘察覺到素年的改變，有些疑惑地喚了一聲。「少奶奶？」

「月姨，您覺得府裡多一位姑娘是件好事嗎？」素年的口氣有些淡然。

月娘卻絲毫沒有覺得異常。「那是當然的，能多一個人輔助少奶奶，少奶奶就多輕鬆一些，還能多一個人服侍少爺。蕭府裡也冷清了這麼些年了，多些人氣也是好的。」

「可素年不希望。」

月娘一愣，像是很困惑地看向素年。

「不只素年不希望，夫君應該也是不希望的。」

「怎麼會？少爺如何會不喜歡？少奶奶，月娘雖然人微言輕，但還是要說一句，女子妒性太大可不好啊，會嚇跑男子的。」

「喔？」素年挑了挑眉。「聽夫君說，月姨並未成親，如何這麼瞭解男子的想法？」

月娘的面色一凝，臉上表情終於也變了。

「月姨，素年可是有什麼地方做得不好，讓您不滿？」素年並不看月娘，垂著眼睛，語氣平淡。

「少奶奶這是怎麼說的？月娘一個下人──」

「又或者是素年的身分並沒有那麼高貴，所以月姨看不上，覺得委屈夫君了？」

月娘不說話了。

素年抬起臉，盯著她的眼睛，慢慢地笑出聲。「您覺得夫君應該值得一個更加好、更加高貴的女子是嗎？也是啊，夫君那樣的，就是給配個公主都不過分，怎麼就娶了我這麼個整天跟藥草、銀針為伍的醫娘呢？」素年看到月娘的瞳孔猛縮了一下，顯然自己說的話，擊中了她的心思。素年才覺得委屈呢，她是自己急吼吼貼上來要嫁的嗎？月娘想給蕭戈找個好的，那也要蕭戈願意才行啊！「月姨，素年先告退了。關於給夫君納妾之事，素年不想再提。」素年起身，打算離開。

「少奶奶可是怕了海家姑娘進門，少爺就不會像現在這樣寵著您了？」月娘的態度忽然變了，不同於之前在素年面前的卑躬屈膝，眉眼之間多了一分倨傲。

素年轉過頭，竟然還能笑得出來。「月姨多慮了，您該擔心的是，若夫君知曉這件事裡有月姨摻和其中，夫君是不是還會一如既往地敬重於您？」

「少爺必定不會怪罪月娘的！」月娘的口氣十分堅定。「月娘所做的一切都是為了少爺，只有如同海家姑娘那樣的身分，才夠資格站在少爺的身邊！不過少奶奶您也請放心，少爺向來有擔當，定然也不會對您做什麼，您以後還是蕭家的少奶奶，好吃好喝地享受著，也應該滿足了。」

素年揉了揉額角，她雖然並不介意，但被一個人這麼強烈地針對並瞧不起，這種感覺也不是多麼令人愉快。「多謝月姨提點了。」素年繼續往外走，走了兩步又停下來，沒有回頭地說了一句。「對了，以後月姨不必再去找蓮香了，那丫頭讓我調到了別處。」

素年離開後，月娘臉上的驚恐卻仍未消失。為什麼素年會提到蓮香?!她知道了什麼？

第一百三十三章　海家姑娘

素年差不多都知道了。蓮香被月娘買通，月娘讓她以為只要素年生不出孩子，月娘便能夠讓她常伴蕭戈左右。自己從前每日喝的燕窩粥裡都被下了藥。

但，這些其實素年一開始就知道了。

她是大夫，沒有人比大夫對藥物的味道更敏感。雖然氣味不重，素年卻是第一時間就察覺到了。於是，她偷偷留下一點驗了，是減小她受孕機率的藥，藥效十分溫和，應該是個古方，倒是不會傷了她的身子。可素年恐懼了，給她端上來的吃食裡竟然有人下了藥，如果是毒藥呢？如果是要她的命呢？

素年不動聲色，一碗一碗地喝著，卻在背地裡讓刺萍和阿蓮盯著蓮香的一舉一動。她要找出蓮香身後的人究竟是誰，否則光抓了蓮香還不行，後患無窮。

只是素年沒想到，竟然是月娘，是這個蕭戈從一開始就告訴自己，他十分敬重、十分感謝的月娘。

素年知道結果之後，一度不知道該如何處理，她不想讓蕭戈傷心，她知道，如果跟蕭戈說了，他一定不會懷疑自己，可是那樣的話，他和月娘的感情就會因此破裂。

素年沒有那麼好心地同情月娘，她又不是聖母，素年想的是，如果由她來告訴蕭戈，蕭戈現在一定會勃然大怒，對月娘也會產生不好的情緒，可是等以後呢？

時間會抹滅一個人的缺點，只將她的付出、她的奉獻全部放大，到那時，蕭戈會不會怪罪自己這麼斤斤計較？畢竟這些藥也沒有實際地傷到她的身子。

素年不想冒這個險，說到底，她還是對蕭戈沒有信心、對自己沒信心。反正她也並不打算這麼早生孩子，乾脆將計就計，佯裝什麼都沒有發現，卻不時地給蕭戈一點提示。如果蕭戈自己發現了，那她就只是一個受害者而已。

素年有時候都會唾棄自己，什麼時候這麼沒膽了，做事情需要這麼瞻前顧後、眾多顧慮了？

她甚至曾抱著美好的期待，若自己對月娘好一些，她說不定會對自己改觀、會接受自己，那麼就皆大歡喜了。只是，這種想法，素年自己都覺得幼稚。

但是現在，素年不想再裝了。她無比懊悔，當初為什麼要考慮那麼多，喝下一碗又一碗無法受孕的燕窩粥？如果她再勇敢些、再強大些，這會兒說不定已經懷上了孩子。

因此，她也沒工夫跟蓮香說什麼，不久前便直接將人送去了莊子上。

只是蕭府這樣內憂外患的，她就算生了孩子就能安安穩穩的嗎？

「啊啊啊啊——」

阿蓮驚恐地看著素年煩躁不安地跺腳。從月娘的院子裡出來後，小姐就一副糾結的模樣，走走停停，時而皺著張臉，時而怨念地嘆氣，這會兒終於爆發出來，竟對著一朵開得正燦爛的花狂吼！阿蓮很盡職地圍著四周轉了轉，確定周圍沒有別的人了，這才走回來，悄悄地說：「小姐，妳放心地叫吧，阿蓮幫妳守著。」

多麼貼心的小丫頭啊，她還有什麼好煩躁的？「走了走了，回去了！」素年嘆了口氣，反正已經這樣了，等到蕭戈回來，她一定主動坦白地去跟他說清楚，請求從寬處理……

府裡要多一位新主子的傳言，終於是傳散開了。

素年每日處理事務的時候，底下管事嬤嬤們的眼睛都在不由自主地觀察她的面色。

素年也不多說，如常地處理完後，笑吟吟地讓她們看個夠，然後才施施然地離去。

「少奶奶怎麼一點都不急？」

「少奶奶那是強顏歡笑！誰家姑娘遇到這事能有不急的？指不定躲在屋子裡偷偷哭呢！」

「誰說不是呢？少奶奶可是個好的，這嫁入蕭家還沒滿一年呢，唉……」

眾人對這事各有看法，聚著說了會兒話之後，也各自都散了。

素年這裡一點動靜都沒有，蕭老夫人那裡自然也不急。她已經收到了海家的答覆，雖然蕭戈目前不在京城，但若是老夫人執意，他們也不介意讓姑娘現在就先進門。

這當然是好的，先抬進門，到時候蕭戈就算心裡不願，事已至此，他也總不好壞了人家姑娘的名聲吧？海大人在朝堂上可是相當能說得上話的！

於是，蕭老夫人定了個吉日，一抬小轎就將姑娘接入了蕭府。

素年這裡會知道，還是刺萍告訴她的。她後來是真不在意了，既然長輩們喜歡玩，就由著她們鬧騰，左右只是多一個姑娘來陪老夫人消遣，她認為沒什麼。

將海凝芙接入蕭府的這天，老夫人那裡就派人來請素年了，素年這會兒正跟莫子騫商討問題呢，壓根兒就沒放在心上，揮揮手讓刺萍將人打發了。

「你這個下針的順序不對，就算是要解毒，那也是配中脘、內關、足三里，湧泉、頰車只針對已經昏迷或牙關緊閉的時候。不過你研究這個幹麼？你不會是想著給蘭妃針灸吧？」素年用懷疑的眼神斜睨著莫子騫。好好的非要來問她解毒的穴位和順序，症狀竟也跟蘭妃的相差無幾。

莫子騫不好意思地摸了摸頭。「就是問問，當初給蘭妃診脈的時候，子騫只在心中試想了一下以施針治療，但那時並未如願，所以有些遺憾。」

「那你不用遺憾了，蘭妃的症狀這會兒說不定更加嚴重了，就是施針輔以湯藥，也不一定能有起色。」素年對蘭妃沒有任何好感，她只希望蘭妃不要病成變態，想要拖別人下水才好。

巧兒時常會讓人帶關於蕭戈的消息過來，素年知道這是在皇上的默許下，所以她也不怕，每次都讓人給巧兒帶回去不少解毒丸啊、防身秘笈什麼的。

蕭戈那裡打了勝仗，這是最近一次的消息，應該很快就能夠凱旋而歸了。素年那時知道以後，還開心地吃了兩碗飯。等蕭戈回來，她一定要好好索取精神損失賠償，蕭府裡都是些什麼亂七八糟的，也不知道他這些年是如何過來的？

「小姐，老夫人帶著海家姑娘過來了。」阿蓮匆匆跑進來，挨到素年的耳邊輕語。

素年點點頭表示知道了，將攤在桌上的針灸包和小型假人都收起來。以老夫人的脾氣，一會兒說不準會摔摔打打，碰壞了這些她可是會發飆的。

這裡才讓阿蓮收好，老夫人的轎輦就到了花廳門口。婆子、丫頭們攙扶著蕭老夫人走進來，在她的身後，一名身穿淺粉色如意雲紋裙、梳著望仙髻，一支海棠滴翠珠子碧玉簪簪在頭上、面色嬌羞的姑娘，亦步亦趨地跟著進來。

素年注意到那姑娘的手腕上套著一只白玉纏絲雙扣鐲，這鐲子之前可是一直套在老太太手上，看來，蕭老夫人倒是挺滿意這個海家姑娘的。

「娘，您怎麼來了？今兒日頭毒辣，您身子不好，理應休養著才是。」素年站起身，微微行了禮，笑吟吟地迎了上去。

蕭老夫人如今真是不行了，走兩步都覺得喘得慌，在椅子上坐下來休息了一會兒才緩過來。「我怎麼能不來？我是請不動妳了，若是我不來，估計我死了妳都不會主動去瞧我一瞧！」

「娘，您要這麼說，素年可就委屈了。前幾日您說身子不舒服，素年二話不說，放下手裡的事務就過去給您瞧瞧，每日樂壽堂裡的藥材也都是我親自過目的，保准沒有一絲錯，這蕭府的人可都是看在眼裡的呢！」

「看看，我說一句妳能頂十句！這樣的兒媳婦，我可是無福消受！」

素年面色不變。「那可怎麼辦呢？素年是蕭家的媳婦已成定局，只能慢慢地讓娘適應了。」

蕭老夫人一拍桌子。「妳懂得孝順就好，這位，海家的姑娘凝芙，是我作主給蕭戈納進門的，我很是喜歡，以後讓她到我跟前服侍著，妳想怎麼樣就怎麼樣吧！」說著，蕭老夫人便讓海凝芙給素年見禮。

素年站著沒動。「這就是海家妹妹呀？果然溫婉可人，怪不得娘這麼喜歡，就連我瞧著，都覺得親切呢！」

蕭老夫人臉上出現異樣，這麼順利？沒想到這些日子素年竟然自己想通了，那真是再好不過了！

可是，海凝芙遞過去的茶，素年卻是接都沒接。「既然是娘屬意的，海姑娘自然是給娘奉茶去，素年可擔不起呢！」

小小的花廳裡，氣氛一下子就緊張了起來。

莫子騫不是蕭家的人，剛剛蕭老夫人來的時候他來不及離開，這會兒只能縮在角落裡，不過，莫子騫可是為素年叫屈的。這也太欺負人了！這個蕭老太太一看就是在刁難素年，哪有蕭大人不在京城就自作主張給他納妾的？

「妳！妳這個不孝的媳婦！妳知道自己在說什麼嗎？」蕭老太太的脖子暴起了青筋。

素年看得觸目驚心。「娘，那素年就說句孝順的，您最好不要那麼激動，您的身子可禁不起了，若是之前的病症再發出來，即便素年會些醫術，可能也是救不過來的。」素年說這話的時候，眼睛裡竟然還帶著笑。

蕭老夫人看著，心一下子涼了下來。她還以為素年是想通了，其實沒錯，素年是想通了，她是決定豁出去了！反正她就是打定了主意不認海凝芙，自己就算將人抬回來了又如何？左右蕭戈不在府裡，人家海姑娘定然是清清白白的，也不會遭人非議，反正這一切還是得等到蕭戈回來才可以處理。

「素年姊姊，凝芙知道姊姊心裡不願，可凝芙並沒想過要跟姊姊爭什麼，只是跟老夫人投緣，想要在老夫人身邊服侍。姊姊放心，姊姊永遠都是夫君身邊最看重的人。」海凝芙這會兒還跪著呢，手裡端著的茶也沒肯交給其他人。

海凝芙的一番溫言軟語，讓蕭老夫人瞧著就心生憐惜，看看，這才是真正懂事的！

「海姑娘可千萬別這麼說，素年孤苦伶仃隻身一人，可不記得有妳這麼個嬌滴滴的妹妹呢！不過海姑娘的一番孝心天地可鑑，就是素年聽了都心裡感動，那不如這樣吧，妹妹既然是為了娘才入的蕭府，乾脆就做了娘的義女吧！」

海凝芙一愣，眼中的溫婉柔情定格了。

「這主意不錯吧？如此一來，便可以名正言順地服侍在娘的身邊了，素年也定然待海姑娘如同親妹妹一般！妳說如何？」

「我……」海凝芙傻了眼，轉過頭去看蕭老夫人，但老夫人這會兒還沒從剛剛的情緒中緩過來，喘著粗氣，面色脹紅，一副快要暈厥過去的模樣。誰會為了這麼個老嫗來到蕭府？

海凝芙輕輕咬著貝齒。「素年姊姊……」

「說了別這麼叫我，這進門茶還沒喝呢，海姑娘的臉皮也太厚了些，太不把自己當外人了吧！」素年的美目一瞪，語氣刻薄起來。她不耐煩繞過來繞過去，左右自己在她們的心中已經是十惡不赦的壞女人了，她也沒必要裝模作樣，乾脆就惡到底算了。

海凝芙幾時曾被人這麼說過？饒是她心思繁複，也忍不住紅了眼睛，下嘴唇被咬出了一道紅痕，閉著嘴不說話了。

「凝芙丫頭妳起來！」蕭老夫人睜開了眼睛，但顯然她自己的氣息都不大穩。「這個蕭家如今是翻了天了，我這個做娘的竟然一點主都作不了！好好好，我們走，等蕭戈小子回來，我定然要他奏明皇上，妳這個妒婦不孝不謙，我們蕭家要不起！」說完，蕭老夫人讓身邊的婆子架著她走出去。

素年站在後面，看著她的步履明顯比來時更加不穩，不禁搖了搖頭。「中風之症甚是凶險，可不是每次都能救得回來，嘖嘖……」

回過頭，素年發現她的幾個身邊人裡，刺萍和綠荷倒是還算鎮定；阿蓮的淚珠子已經在眼眶裡打轉，顯然沒見過這種場面；綠意則一如既往面無表情，眼裡對阿蓮卻是多了幾分同情。

然後就是莫子騫，此人一副義憤填膺的模樣，臉上都是氣呼呼的。這也是個奇人，情緒如此直白坦率，想什麼都放在臉上。

「你這樣是怎麼在太醫院裡混了那些日子的？早該被踢出來的呀！」素年沒忍住，很是好奇地問出口。

莫子騫怔了怔。「從前有師父在……不是，蕭夫人，您打算怎麼辦呀？這可怎麼辦才好？」

「那要不這樣吧，這些日子你就住在蕭府裡別走了，到時候，我們就說成是海姑娘藉著嫁入蕭家，實則與你私會！我覺得你也不虧，橫豎你也沒成親，海姑娘又如此貌美，倒是還便宜你了呢！如何？」素年覺得自己真是才思敏捷，這麼有才的想法她這麼短的時間就想到了，還覺得甚是可行。

莫子騫卻是已經驚呆了，張著嘴巴傻乎乎的樣子，讓刺萍看著都覺得可笑。

「小姐，妳就別添亂了，現在怎麼辦呢？」

「怎麼辦？看著辦唄！反正蕭戈不在，也不可能圓房，到時候等蕭戈回來，我們怎麼辦就看他的意思吧！」

「那如果……」刺萍皺著眉，沒有說完。

素年卻懂她的意思。如果蕭戈接受了呢？如果他並不反對呢？素年竟然沒想過對策。她做事從來都會給自己留條後路的，這種情況，怎麼著也要多攢些錢，若是真出現這樣的情況，她絕對會敲詐一筆走人的。

但這次，素年卻沒這麼想，彷彿篤定蕭戈不會讓她失望一樣。

海凝芙就在蕭家住下了，無名無分的。素年一律以客人的規格招待她，蕭老夫人自然不幹啊，她可是已經把海凝芙當作兒媳婦來看的。

可即便她不樂意卻也做不了什麼，蕭戈將他所有的家底都交給了素年，所有鑰匙、對牌都在素年手裡，只要素年不放話，蕭老夫人就是鬧死了也沒轍。

「凝芙啊，就暫時委屈妳了，不過妳放心，這等惡婦，等蕭戈回來，我定要她好看！」

「老夫人，凝芙不委屈，凝芙心甘情願的。」海凝芙微紅著臉，給蕭老夫人捶捏著腿。

蕭老夫人美得不行，這才是她理想中的兒媳啊！「怎麼還叫老夫人呢？」

海凝芙手下一頓，臉更紅了，低聲地叫了一聲。「娘。」

「哎！」蕭老夫人笑著應了下來。「妳這麼乖巧懂事，又識大體，等蕭戈回來看見了，不知道會多喜歡呢！到時候，我再看看那個惡婦如何囂張得起來！」

這回海凝芙的臉是貨真價實地羞紅了。她海凝芙可不是什麼人都看得上的，皇上親自將蕭戈送出城的那天，蕭戈騎著高頭駿馬在街道上走過，器宇軒昂、英姿勃發，渾身沈穩冷靜的氣質讓在樓邊坐著的海凝芙芳心顫動。

就是他，只有這種出類拔萃的人才有資格成為她海凝芙的夫君！

雖然蕭戈已經成親了，還是皇上御賜的親事，海凝芙卻沒有放棄。成親了又如何？寵妾滅妻的先例又不是沒有。海凝芙對自己有信心，她有美麗的容色，能做到善解人意、體貼入微，才情學識在京城也頗有名氣，父親更是在朝中有一定地位。

她相信憑著自己的條件，天下男子就沒有不為她傾倒的，只要她能有機會接近蕭戈。

這不，機會就來了，她順利地進入了蕭家。從蕭老太太的言語之間能看出她對沈素年極不滿意，自己不費吹灰之力就將人籠絡了來，現在只要等蕭戈回來，她就能如願了！

海凝芙的臉頰帶著淡淡粉色，低下頭，捶得更加用心了。

第一百三十四章 眉煙生產

納妾之事彷彿對素年沒有任何影響，原本大家以為素年是強撐著，只是不在人前顯露出傷感，可後來大家才明白，素年是真的沒放在心上！

她該幹什麼還幹什麼，去葉家串門子、跟莫子騫研究醫術、閒來無事還去街上逛逛，買來一些稀奇的小玩意兒，然後帶回來讓刺萍分給眾人。

「這個我只在北漠見過，什麼時候京城裡也有得買了？」素年驚異地看著手裡的一個小物件，她還記得在北漠也買過一個，是外族的一種樂器，造型十分古怪。「唉，不知道小翠在北漠怎麼樣了……」素年嘆了口氣，她十分想念這個小丫頭啊！

「小姐，粥熬好了，妳趁熱喝！」阿蓮這時走了進來，手裡端著一個盅。裡面是她剛熬好的燕窩粥。

蓮香的事情素年沒讓阿蓮知道，這丫頭膽子太小，怕嚇著她，只跟她說蓮香去了別的莊子上，她就真信了。

阿蓮接手了蓮香的工作，每日給素年熬燕窩粥。她一開始還擔心素年吃不習慣自己熬的，有些侷促地站在一旁等著素年的評價。

素年能說什麼呢？阿蓮這個孩子雖然膽子不大，卻十分感激自己當初選了她，對自己那是掏心掏肺，所以儘管見到燕窩粥有些膩味，卻還是都吃下去了。

結果阿蓮就好像受到了鼓勵一樣，小臉蛋笑得十分燦爛，接著每日都會給素年熬粥。漸漸地，素年都習慣了，阿蓮在用她自己的方式對她好，她心裡都知道。

「小姐，府裡的人都說呢，說小姐待他們都很好，他們會站在妳這邊的！」阿蓮興奮地將自己聽到的說給素年聽。

素年一邊用勺子舀粥喝，一邊不以為意地聽著。那是在阿蓮的面前，誰知道在蕭老夫人和海凝芙面前，他們又是哪種說辭？

「少奶奶，葉府來人，說是葉夫人要生產了！」有丫頭進來大聲通報。

素年眨巴眨巴著眼睛，眉煙要生了？

來這裡通報的小丫頭喘著氣。「少奶奶，葉府派人來請您過去一趟。」

「請我？」素年沒反應過來。要生了趕緊去請穩婆啊，來請她有什麼用？

葉府的人隨後被請進了素年的院子，臉色焦急，一來就急忙往地上跪。「蕭夫人，妳快去瞧瞧我們夫人吧！穩婆說夫人的胎位不對，這麼長時間了孩子都沒有下來，若是再這樣下去，夫人和孩子都要保不住啊！」

素年「蹭」地站起來，也顧不上其他的，讓刺萍去拿了針灸包後，就跟著葉府的人出門了。胎位不對，怎麼會胎位不對？素年想著眉煙在孕期時神采奕奕的樣子。據說已經疼了好幾個時辰，穩婆出來換手的時候都搖著頭，說葉夫人已經沒了力氣……可千萬要堅持住啊！

素年心急如焚，馬車到了以後直接就從車上跳下去，那可是兩條人命啊！

葉少樺在眉煙屋外來回走動，他的嘴唇抿成了一條直線，拳頭一直都是攥緊的狀態。眉煙在裡面痛苦的呻吟每一聲都好似在他心上劃一刀，怎麼還沒好？怎麼還沒好……

素年的身影出現在院門口時，葉少樺風一樣地衝了過去，眼睛裡都是通紅的血絲。

「我知道、我知道，我會盡力的！」素年怕耽誤時間，朝著葉少樺點了點頭，腳步絲毫沒有停留地往屋子裡走。

素年慶幸這次帶了刺萍出來，屋子裡的血腥氣味讓素年都乾嘔了幾下，刺萍更是慘白著臉，身子輕顫著，能穩住身形已是不錯了。

素年打起精神往裡走，見到了躺在床上的眉煙，小臉已經近乎透明地歪在一旁，雙腿屈著，穩婆時而按壓著她的肚子讓她用力，時而在她的下身撥弄著。

眉煙的臉上、頸子上都是汗水，頭髮一綹一綹地貼在上面，極為虛弱。

睜開一點眼睛，眉煙看到了素年，她的眼裡倏地溢出淚水。救孩子！她無聲地拜託著，眼睛迅速迷濛起來。素年最知道她有多期待這個孩子，每一天孩子在她肚子裡的反應，她都會跟素年分享。我可以什麼都不要，包括生命，請一定要將孩子救下來……

素年竟然讀懂了眉煙的意思。「不准哭！除非妳想讓妳的孩子提前死掉！」

素年這點常識還是有的，哭泣會讓眉煙更容易出血，孩子也會因此缺氧，造成腦部損傷。

眉煙下意識地收住了眼淚，看著素年動作迅速地將針灸包鋪開、取針，一針扎在自己手上的虎口處。不知道是不是心理作用，眉煙居然真的感覺有些勁了。看到素年沈穩的表情，眉煙心裡一下子好像有了底一樣，彷彿有素年在，她和孩子就不會有事了！

哪有那麼容易？素年的頭皮也在冒著冷汗。她沒接生過，她不懂，只知道有幾個穴位可以產生催產的作用，但她不能表現出不確定，她必須給眉煙信心，只有眉煙有信心了，才可能出現奇跡。

葉府的丫頭們熬來參湯，素年跟穩婆稍微溝通了一下，她會施針提高宮縮，由穩婆來控制節奏。

「眉煙，這是個小女孩，跟妳一樣粉粉嫩嫩的小姑娘，她還沒來得及睜開眼睛看一看，還沒來得及讓妳和葉大人抱一抱，妳別丟人了啊，怎麼也是做母親的人了，可以的吧？」

素年看著眉煙，看著她忍住不哭地點著頭，嘴唇咬出一片血色。

「我可以，拜託了。」

合谷、三陰交、足三里，素年先扎下這三針，合谷和足三里施以撚轉提插之補法，中等量刺激；三陰交則用瀉法，強烈刺激，盡量引導針感向上放射，然後留針。

「少奶奶，用力啊！」穩婆摸出了眉煙的宮縮正在加強，忙扯著喉嚨提示。

眉煙也沒讓素年失望，疼痛什麼的完全顧不上了，她要看一看自己的女兒，哪怕看一眼再斷氣都可以！

血水一盆盆地換著，看得素年觸目驚心。「別叫喚，力氣會失掉，穩婆說用力再用力。別怕，沒事的，我在呢！」素年一邊說著，一邊用一根三、四寸的毫針，刺入眉煙臀部的秩邊穴，刺進去兩寸半分左右，撚轉結合小提插用瀉法；然後曲骨、橫骨，直刺一寸。

「看到了、看到了！少奶奶，再使把勁啊，頭快出來了！」

素年除了施針，幫不上其他的忙，只能在一旁給眉煙加油，抓著眉煙的手，給她力量。看著眉煙痛苦地在床上掙扎，原先嬌嫩的下唇讓她咬得一片紅腫，素年只想哭出來。只有見過女子分娩，才能感受得到生命的珍貴，這句話不是矯情的感嘆，是她真實的想法。

「我……的……我的孩……子……」

素年聽到眉煙在用力時嘴裡發出的聲音，那更像是一種無意識的低喃，這是她力量的泉源，讓她能夠耗盡全部血肉，也要將孩子平安地生出來。

「出來了、出來了！」穩婆一陣激動，從下面抱起一個嬰孩。

素年急忙過去，果不其然，嬰兒在眉煙肚子裡的時間太長了，面色已經不好了。

「放平！快放平！」素年幾乎是用吼的，眉煙掙扎著想要坐起身來看，但她實在太累了，眼睛已經控制不住地要閉上。

素年瞥了一眼，手用力地拍在她臉上，留下一個巴掌的痕跡。「別睡！先把藥喝了！」

眉煙被一巴掌拍得清醒了點，她微微睜開眼睛，看到素年正在親吻躺在絨布裡的小嬰兒。對了，孩子出生以後不是都會哭的嗎？為什麼她的孩子沒有哭？

眉煙掙扎了起來。「怎麼了？我的女兒怎麼了？」

「少奶奶您別動，您別動啊！」穩婆急了，只得扶著她，也同樣詫異地看著素年用手指輕輕地、有規律地按壓孩子的胸口。

眉煙知道素年在救自己的孩子，她不應該發出聲音打擾她，可眉煙忍不住。她的孩子才那麼一點點大，卻全身掛著血污無聲無息地躺在那裡！眉煙幾乎要崩潰了，她好想用自己的生命去換孩子的，一千一萬個願意！

素年已經顧不上讓眉煙別哭了，她將孩子口鼻裡的污物吸出來，然後給她做人工呼吸。她太小了！小到素年都不敢輕易去碰觸，心跳也已經摸不出來，素年只能用兩隻手指在她稚嫩的胸口輕按著。

活過來啊！一定要活過來啊！這是素年做過的最小心翼翼的心肺復甦，她在心裡祈禱著，千萬要活過來，否則，眉煙一定會瘋掉的。

好孩子，加油啊，為了妳的娘親，辛辛苦苦將妳生出來的娘親，加油啊！

當素年的指尖感受到輕微的震動時，那一刻，她的眼淚迅速掉了出來，滴在孩子滿是血污的身上……

「恭喜大人，是個千金！母女平安！」有人去外面給葉少樺報了喜訊。

寂靜了片刻，外面忽然爆發出一聲劇烈的吼聲。「啊——」

素年嚇了一跳，才明白是葉少樺壓抑已久的情緒，這會兒終於是忍不住了。

眉煙喝了湯藥後，已經支撐不住地昏過去了，孩子也被帶去了別的地方照顧。

素年走出來，鼻尖的血腥氣一時半會兒還消散不了。

「素年，真是謝謝妳，真是太謝謝妳了！」穩婆將大致的情況告訴了葉少樺，他也不知道應該怎麼感謝素年，只能一遍又一遍地道謝。

葉少樺的眼睛裡泛著紅色，素年鬆了口氣，感覺全身都是僵硬的，她搖了搖頭。「是眉煙十分堅強，你要好好謝謝她。」

「我會的、我會的！」

葉少樺迫不及待地想要進去看看眉煙，卻被葉府的嬤嬤攔住，說是不合規矩。

素年瞧著，嘴邊彎起了笑容，慢慢地離開了葉府。

素年覺得全身似乎虛脫了一般，好像在葉府，她將自己的力氣都借給了眉煙，這會兒軟塌塌的，一點都不想動了。

「少奶奶，海姑娘在院子等了一個上午了。」院子裡的小丫頭見素年回來了，偷偷跑出來給她報信。

素年懶懶地伸手在小丫頭粉嫩的臉蛋上摸了一把，表示自己知道了。

小丫頭紅著臉接受調戲，她們都習慣了。

院子門口，海凝芙規規矩矩地站著，許是站的時間長了，人有些搖搖晃晃的，見到素年走了過來，臉上卻立刻揚起了溫婉的笑容。「夫人，您回來了。」海凝芙上次被素年當眾諷刺臉皮厚之後，就改口稱素年為夫人，然後幾乎是天天要來給素年請安。

素年煩不勝煩，她跟自己有什麼關係啊，總堅持著要來給自己請安？因此就經常避而不見，或者直接讓她回去，態度自然也沒有多和善。

但海凝芙卻執意如此，就算見不到人，她也堅持每日過來一趟。

人都有同情弱者的心態，即便海凝芙的身分不明不白，但怎麼回事大家都心知肚明，這會兒她伏低做小的姿態、嬌嬌柔柔的態度，倒還真是讓不少人心生憐惜。

面對海凝芙的弱勢，素年是實實在在過了一把恃強凌弱的癮，不僅沒有手下留情，趕起人來、說起話時，是一點情面不留，完全是惡人的嘴臉，完了之後她還感覺自己萌萌噠，不禁自個兒誇讚道：「怎麼樣，還是很有氣勢的吧？」而刺萍和阿蓮等人只能默默無言地眼神游移。

但素年今日是真累了，她沒什麼力氣去敷衍海凝芙，於是飄飄然地從她旁邊經過，什麼話都沒有說。

等她人已經進去了以後，海凝芙只聽到裡面輕輕地傳來一聲——

「就跟她說我人不在。」

不管之前多麼冷嘲熱諷，海凝芙覺得自己都能忍耐得下去，但現在沈素年當自己是瞎的嗎?!即便再有心機，海凝芙也沒能忍耐得住，臉色鐵青地轉頭離去，掌心給掐出一道一道紅痕，心裡恨極了沈素年！她已經開始想像著等蕭戈回來，自己獲寵之後應該如何整治她？只有這麼想著，海凝芙才能繼續壓制著自己的情緒，在蕭家待下去。

海凝芙在蕭家雖然處處受到素年限制，但意外地在白家女眷當中卻很受歡迎，自從她來到了蕭家，白家女眷就三不五時地出現，對著海凝芙一陣好誇，然後次次都要叫素年過去作陪。

素年冷哼一聲。「我又不是整日閒的，去告訴她們，蕭家家大業大，素年沒那個時間！」素年對其他長輩並不是這個態度，她向來尊老愛幼，但她也不是被虐狂，明知道那些人會對著她說什麼，還自己送上去讓她們消遣啊？

白家的女眷們也拿她沒有辦法，只得湊在一塊兒，用她們能想出的最惡毒的語言輪番譴責，然後給海凝芙灌輸「以後等妳得勢了，就怎麼怎麼樣」。

「小姐，妳這畫的是什麼圖樣？」阿蓮站在一旁，瞧見素年描出了一個……應該算是動物吧？頭和身子一般大，兩隻眼睛就是兩個黑點，圓滾滾的小腳，圓滾滾的小手，臉上幾根鬍鬚，在一隻耳朵上還有一個裝飾性的圖案。

素年隨口回答。「就是一隻可愛的貓，有意思吧？」

阿蓮起初覺得奇怪，看多了還真覺得挺好看的。

「給眉煙的小丫頭做兩件衣服，怎麼說也是跟我訂了娃娃親的，我也算是半個娘親了吧？」但是素年畫完了圖就惆悵了，她其實都不大記得要如何繡了，迷茫的眼神看向阿蓮。

阿蓮心領神會，立即捲起袖子請纓。

素年甚感欣慰，在一旁給她配好絲線，告訴她要裁剪出什麼樣子，做完後大概是什麼樣的。

阿蓮在這方面才能出眾，當即飛針走線起來。素年抱著個罐子，裡面是雪糖山楂，酸酸甜甜，十分可口，素年不時地塞一顆到阿蓮的嘴裡，然後就在一旁看著她繡花，倒也清閒。

「小姐，月娘來了。」刺萍走過來，臉上神色複雜。

她知道月娘對小姐做的事情，也知道自上次之後，月娘已經很久沒有在小姐面前出現過了，這次她來，不知道要做什麼？

「嗯，請進來吧。」素年毫不在意，反正都說開了，她也沒什麼好顧忌的了。本以為月娘會從此避著自己呢，沒想到她還會主動來這裡。

月娘果然跟素年之前見到的樣子不同了，素年對她依然禮數周全，將人請進來坐下之後就繼續抱著罐子瞧阿蓮做繡活。月娘不開口，素年就當沒這麼個人。

阿蓮專心致志著，雪糖山楂塞到她嘴邊時，她會無意識地用嘴去接，但免不了嘴角邊沾上雪糖，素年瞧著有趣，便故意逗她，結果阿蓮完全沒注意到。素年笑著用絲帕給她擦乾淨嘴，然後便不搗亂了。

月娘坐在一旁，眼睛裡閃了閃。「少奶奶，月娘有句話不知當講不當講？」

「那就別說了。」素年迅速地回答，一點猶豫都沒有。通常會這麼開頭的，一般都說不出來好話。

月娘語塞，她早知道這個少奶奶有些異於常人，只是沒想到竟真是如此。「月娘知道逾越了，但為了少爺，月娘不得不說。少奶奶，那海姑娘在蕭家不明不白的，這樣始終不大好……」

「我也這麼覺得，無奈娘跟海姑娘挺投緣的，不然，我早將她送回去了。海家怎麼會捨得這麼個嬌滴滴的姑娘離家這麼長的時間？」素年滿臉困惑，完全無法理解的樣子。

「少奶奶！」月娘覺得自己說得太隱晦了，這個沈素年也太會裝傻充愣了吧？「海姑娘是老夫人作主抬回來的，怎麼能再送回去呢？妳這樣讓海家姑娘以後如何做人？」

素年看著月娘有些氣憤的臉，戲謔的笑容慢慢地收起來，也換上了嚴肅的神態。「海姑娘抬回來這事，除了老夫人以外，誰同意了嗎？我這個當家主母同意了沒？夫君這個蕭家的主人同意了沒？月姨，枉費夫君對您一片信任，他的心思您難道不懂嗎？您以為，夫君會跟娘妥協嗎？您以為，夫君會認這個海姑娘嗎？您跟夫君這麼些年了，竟然一點都不清楚夫君的脾氣？月姨，您可真是讓我失望！」

月娘的臉上一片雪白，她怎麼可能不知道蕭戈的脾氣？可是……可是這個海姑娘，她瞧著也不錯啊！就算蕭戈不會認同白語蓉的做法，但這麼個好姑娘，又知書達禮、又是名門望族出身，蕭戈怎麼可能會不喜歡？

「不過娘那麼喜歡，就讓海姑娘先住著吧，到時等夫君回來處理。月姨，我跟您保證，若是夫君說他喜歡，說他要納了海姑娘，素年一個反對的字都不會說，如何？」

素年的笑容有些敷衍，她實在懶得跟月娘說什麼了，乾脆繼續看阿蓮刺繡。

阿蓮小姑娘的專注力非常不錯，仍舊聚精會神地飛針走線，素年又塞了一顆山楂過去。

月娘坐了片刻就離開了，她不知道素年最後說的話算不算數，但看素年這麼善妒的樣子，說不定會背地裡跟蕭戈糾纏……月娘決定了，她要一早就守到少爺，告訴他沈素年有多麼不識大體，海姑娘有多麼溫柔嫻淑！少爺應該很快就會回來了，她可不能讓少爺錯失了如此良緣！

第一百三十五章　海家反悔

日子過得很快，素年身邊再沒人來沒事找事了，就連海凝芙都消停下來，不再到自己院子裡找不痛快了。

素年每日指導阿蓮繡花，勸莫子騫別老扎自己，還去了一趟葉府，看望了還在月子中的眉煙。

眉煙已經恢復了大半，只是身子還虛著。素年覺得，流了那麼多的血，這會兒能這樣已經是棒棒噠，說明葉府對她照顧得極為盡心。

「真是多謝妳了，若沒有妳，我大概已經隨著乖囡去了。」眉煙是真心實意地感激素年，感謝她能讓她和乖囡活了下來。

「孩子呢？抱來讓我瞧瞧。」素年對此並不在意，倒是想見這個死裡逃生的孩子，那日光顧著搶救了，到底長個啥樣她都沒看清楚。

奶娘去將孩子抱來，素年流著哈喇子看了半晌，愣是沒敢伸手將孩子接過。

真的太小、太可愛了……軟乎乎的一小團，眼睛半眯著，一點點大的小嘴不時地嚼著，也不知道在咂吧什麼，小臉蛋嫩得能滴出水來，湊得近了，還能嗅到她身上的奶香味。

素年都不知道自己的表情猥瑣到了什麼程度，還是刺萍發現人家奶娘的神態不對勁了，扭過臉才看到小姐的眼睛眯著，嘴巴咧成了一個詭異的角度，猥瑣至極啊！

「小姐……」刺萍無奈地喚了一聲。「妳不是還準備了禮物嗎？」

「喔，對了對了，這是我……其實是阿蓮繡的啦，但是是我畫的樣子，妳看看喜不喜歡？」素年將縫製的小衣服送到眉煙那裡後，又對著小嬰兒流口水去了。

素年送出去的是兩套連身的包屁股小衣服，方便寶寶穿脫，用了最輕柔的布料，連中間的扣子都用上好的棉布裹了，一點都不硌人，圖案一個是凱蒂貓的，一個是史努比的，也不知道眉煙能不能欣賞得來？

素年最後是被刺萍拖走的，誰叫她就巴在小寶寶旁邊走不動路了，猛盯著瞧，也不覺得無聊，小寶寶做一個表情她都要大驚小怪半天，長吁短嘆著狂吼，讓刺萍覺得十分丟人……

葉少樺從衙門裡回來之後，習慣性地先去看他的乖女兒，卻發現女兒身上穿了一件奇怪的衣服。

「是素年送來的，你沒瞧見，素年恨不得把囡囡抱回去，喜歡得不得了呢！」

葉少樺小心翼翼地將囡囡從奶娘手裡接過來，動作無比僵硬。孩子軟軟的，好像自己動一動就能弄疼了她一樣，可他甘之如飴，每日都要僵硬地抱上一小會兒。

「囡囡跟她有緣，喜歡也是正常的。不過如果她這麼喜歡孩子，蕭戈就要回來了，到時候自己生一個唄！我的乖囡才不捨得離開爹呢，對吧？」葉少樺愛憐地勾著脖子想要親親女兒，結果女兒不給面子地哭了……

巧兒說，蕭戈已經在回京的路上了，這個消息讓素年十分開心，不只她開心，蕭府裡的所有人都開心，整個府裡都洋溢著一種喜慶的氣氛。

不過巧兒還說，蘭妃，怕是不好了。

蘭妃在素年離宮之後，越發小心翼翼，可她的身子卻仍舊一天一天虛弱下去，太醫院裡的太醫們輪番被她叫去，只是每個人的說辭都差不多——娘娘身子並無大礙，只是脾胃虛弱，飲食不當，腎氣虧虛所致，只要稍加調養，定當恢復。

然而藥喝了那麼多卻不見一點起色，反倒整日整日都只能在床榻上度過，蘭妃怕了，她害怕自己就這麼病死。她想到了沈素年，想到了沈素年說的，自己是中毒。

於是，蘭妃想要再請沈素年進宮給自己瞧瞧。

不想太后那裡皇上早去說過了，說是蘭妃在殿裡說沈素年是庸醫，這會兒蕭戈正在帶兵打仗呢，蕭戈的夫人卻要受這等罪名？沈素年是蕭戈的妻子，又是皇上親口御封的醫聖，蘭妃這麼不識大體，太后心中已是不悅，這會兒她竟又要傳喚沈素年進宮為她診治，這要將他們皇家置於何地？於是讓人去告訴蘭妃，沈素年是斷然不可能再為她醫治了，讓她好生休養著，別想這麼多么蛾子。

太后的態度讓蘭妃感到絕望，她不知道應該怎麼辦才好，那些藥喝了一點用都沒有，她還能怎麼辦？

巧兒說，蘭妃已經形容枯槁，她的父親也去太醫院問過情況，都是說她思慮過甚、氣血雙虧。即便心裡不相信，覺得蹊蹺，他也別無他法。

素年能肯定蘭妃是中毒，可現在全太醫院都說她沒事，這怎麼可能？太醫院可不是隨便就可以進去的，醫術那是毋庸置疑，她不相信會沒有一個人看出蘭妃是中毒，除非……他們是刻意為之。誰有能力讓整個太醫院的人都睜著眼睛說瞎話？這個答案都不用花心思去想，只有皇上。素年全身冒起一層冷汗，蘭妃那麼小心的一個人，她怎麼可能會不小心中這些毒？如果不是不小心，那就是有人下毒。

皇上那日在蘭妃那兒輕易地給自己定了罪，自己沒有皇上的召喚不得入宮，太醫院又是那樣的一致說辭……素年嘆出一口氣，蘭妃怕是真的活不成了。

終於有一日，皇上那裡下旨了，讓素年進宮再去給蘭妃瞧瞧。外人看著，都是感動於皇上對蘭妃的憐惜之情，就連太后都覺得皇上太仁善了，不惜放棄皇家的面子也要讓沈素年再次進宮。

然而，看到蘭妃的素年卻知道，她來有什麼用？就是華佗再世，蘭妃也已經沒有挽救的可能了。當初素年見到蘭妃的時候，她雖容貌憔悴，卻也能看出是個美人，而現在的蘭妃卻連個人都不像了。素年站在那裡半天都沒有上前，不需要了，她不過是皇上請進宮來，用來堵住丞相之口的理由而已。

「朕不是先皇，朕也沒有那麼仁慈，朕的後宮之中，不允許有這等歹毒的惡人存在。」皇上的聲音從素年身後傳來。

素年發現，屋裡還有兩名宮女在，她們的臉上卻沒有任何驚慌失措的表情，其中有一名，素年記得她一直都是在蘭妃身邊的，應該是最親近、最信任的人，可她此刻臉上卻是一片平靜。蘭妃就是這麼中毒的吧？素年不知道心裡是什麼感覺。

「朕前前後後一共失去了三個皇兒，都是蘭妃所為。另有一名妃子自盡，因為她再不可能懷上孩子了，對於一個失去孩子的女子來說，那是致命的。朕都不敢想像，若是當初巧兒也同樣不能再懷上孩子的話，她如今會是什麼模樣？」

皇上越過了素年，慢慢走到蘭妃床前，蘭妃的眼睛已經看不真切了，卻還在轉動。

「所以，朕讓妳嚐一嚐，這些用在別人身上的藥，用在自己身上時會是個什麼滋味？」

蘭妃的身子劇烈抖動起來，她說不出話，只能發出短促的音節。

「不有趣嗎？應該不會啊，這些都是妳喜歡用的藥，怎麼會不有趣呢？朕只要一想到朕那些還沒有成形的皇兒受到這等毒藥的侵蝕，然後痛苦地死去，朕就恨不得將妳的肉一點一點割下來祭奠他們！」

素年下意識地往後退了一步，皇上身上散發出來的悲痛和忿恨讓她心生懼意。原來皇上並不是無所謂，他也恨，跟所有的父親一樣，他對孩子也是有滿滿的愛和期待。

但他是皇上，他首先要顧及的是國家的安定、朝廷的安定。

素年離開了皇宮，心情十分低落。沒想到皇上是個如此記仇的人，剛剛她差點就要將自己隨身帶著的暖玉還回去了！蕭戈告訴過她這塊暖玉的來由，皇上應該不會跟她計較吧……

蕭府門口停著兩輛馬車，素年特意看了一眼，上面掛著海家的牌子。管家見到素年的時候面上有些慌亂，素年心想，難道是海家來給海凝芙作主來了？

素年冷哼一聲，她倒要看看，海家會是個什麼說法！

正雄赳赳、氣昂昂地往裡走時，管家跟在她後面急道——

「少奶奶，海家來人要將海姑娘接回去，老夫人不肯，裡面正鬧著呢！」

素年腳步一停，阿蓮「砰」地一聲撞到了素年，臉頓時皺了起來，撞到鼻子了……

「這是怎麼回事？」素年一邊問，一邊回頭給阿蓮揉了揉小鼻子。

管家趕緊將他知道的說出來，原來今天素年出門後海家就來人了，說是海姑娘在蕭家叨擾多日，承蒙老夫人喜歡，但海凝芙如今也大了，蕭大人又很快要回京，繼續在蕭家做客的話會有損她的名聲，所以他們特地來將人接回去。

別說海凝芙懵了，蕭老夫人也是丈二金剛摸不著頭腦！不是說好了給蕭戈做妾的嗎？怎麼這會兒就有損名聲了呢？

海凝芙也是千萬個不從，鬧到素年都從宮裡回來了，這還沒有鬧完呢！

素年的表情特別夢幻，蕭老夫人和海凝芙還等著蕭戈回來得寵了以後好整治自己呢，這又是鬧哪齣啊？

「走，看看去！對了，得先回院子，這一頭金燦燦的，沈死了！」素年搖了搖進宮前特意往腦袋上插的珠花，帶著阿蓮先回去換裝。

等換成了輕便的衣服後，阿蓮表示自己不大喜歡看熱鬧，因此素年就由刺萍陪著，往樂壽堂裡去。

樂壽堂原本是個清淨地，這會兒卻是熙熙攘攘，還沒走到裡面呢，就聽到老夫人高亢的聲音傳來——

「你們海家說好了的！凝芙現在可是我蕭家的媳婦兒！」

「蕭老夫人您這話說的，凝芙小姐可是我們海家的嫡出小姐，嫡出的！我家大人怎麼可能捨得讓她來做妾室？」說話的是海家的薛嬤嬤，她到目前為止都是客客氣氣的。她知道今日要將人接走並不容易，但再不容易，她也必須將海凝芙帶出蕭家！

「薛嬤嬤，我不要，我已經是蕭家的人了……」

「凝芙小姐，您如何能說出這樣的話？大人和夫人平日裡對您百般依順，您捨得讓他們傷心嗎？您一個清清白白的姑娘家，如何卻說已經是別人家的人了？」

這薛嬤嬤在面對海凝芙時氣勢也不減，看樣子她在海家的地位並不低。

素年沒進去，看熱鬧嘛，就要站在周邊。海家的態度值得深思，素年一手摸著下巴，饒有興致地觀察著事態發展。

結果，原本那些看熱鬧的一看到素年來了，急忙作鳥獸散，素年主僕孤零零的身影頓時被海家嬤嬤一眼給瞧見了。

「蕭夫人！您來得正好，老奴還想著要到您面前去磕個頭，感謝您這段日子對我家小姐的照顧呢！」薛嬤嬤人也乾脆，說跪就跪，「砰砰砰」三個響頭磕得是一點都不含糊。

刺萍立刻上前將人攙扶起來。

素年哭笑不得。「嬤嬤您這是做什麼？凝芙姑娘和我娘投緣，您客氣了。」

「不不不，我們大人說了，小姐生性驕縱，一定給府上添了不少麻煩，讓老奴一定要好好感謝您！」

「應該的、應該的。」

素年身後的刺萍看到了蕭老夫人和海凝芙的模樣，都恨不得上去替她們挖兩個坑給她們跳，那臉上的表情實在太精彩了，她完全形容不來。

蕭老夫人抖了半天，才爆發出一聲怒吼。「凝芙已經進了我蕭家的門！你們海家敢帶她走試試看！」

素年望天，又是這種聽起來很可怕，實際上卻什麼也威脅不到的威脅。

剛剛還笑容滿面的薛嬤嬤驀地皺著眉頭看向素年。「蕭夫人，蕭老夫人所言是否屬實？您已經喝了我們家小姐的進門茶了嗎？我家小姐清清白白的一個姑娘，蕭夫人，您當真這麼做了？」

「沒有沒有，你們儘管帶走！」素年也無比認真。

薛嬤嬤得到了答案，這才轉過頭看向蕭老夫人。「老夫人，您剛剛誣衊我家小姐的清白，若是讓我家老爺知道了，他定然不會善罷甘休的！誰都知道凝芙小姐是老爺的掌上明珠，蕭老夫人如此污她清白是何用意？就是說到皇上面前，我們海家也是不怕的！」

薛嬤嬤義正辭嚴、大義凜然的樣子，讓蕭老夫人才爆發出來的一點氣勢又消退了下去，她焦躁地看了海凝芙一眼，希望她能將海家的下人壓制住。

海凝芙當然不希望離開，她不明白為什麼突然就成了這樣？父親當初對於自己能到蕭府做妾也是極為高興，說是能跟蕭戈結親家，就是做妾也值得啊！

眼看著蕭戈就要回來了，她就要能夠見到人了，能夠擄獲蕭戈的心了，父親卻又讓薛嬤嬤來將自己接回去，甚至不承認她和蕭家的關係！這是怎麼了？

「薛嬤嬤，當初我入蕭家的時候，兩家是有文書的，我們海家如何能夠言而無信？」

「對的對的，我是有文書的！鵲枝，妳快去拿出來！」蕭老夫人這才想起來，趕緊讓小丫頭去拿。

但小丫頭卻沒有動，反而哆哆嗦嗦地跪下了。「老夫人，前兩日海姑娘身邊的侍女來找奴婢，說是海姑娘想要看一看文書，奴婢……奴婢就給她了……」

蕭老夫人睜大了眼睛，不敢置信地看著海凝芙。

海凝芙卻也是滿臉震驚。「我沒有！妳胡說！」

「海姑娘，就是妳身邊的含笑，就是她來讓我拿的！」鵲枝指名道姓地點出來。

一直服侍在海凝芙身邊的含笑此刻並不在。

「含笑……含笑說這幾日她娘親身子不適，我就讓她回海府了……老夫人，我還跟您說過的呢！」海凝芙急了。含笑是她身邊得用的丫頭，這幾日跟自己告假，說是她娘病了，想回去看看，海凝芙記得自己讓她回去時，還博得了蕭老夫人的讚賞，說自己心腸善良，可怎麼……

蕭老夫人的眼神變了，怎麼好好的文書就讓人拿走了？怎麼偏偏這個時候那丫頭不在？海家來人態度強硬，明顯是有恃無恐，那封文書一定早就落到了海家人手裡！

「凝芙丫頭，妳不想來蕭家為妾妳倒是直說啊！海家就教出妳這麼行事了？」蕭老夫人已經認定是海凝芙後悔了、不願意了，才做出悄悄將文書偷走的事情。

「老夫人？老夫人我沒有，我沒有讓含笑去拿過文書！老夫人您相信我！」海凝芙搖著頭，跪在蕭老夫人的身前拚命解釋。她才不會！她處心積慮想嫁入蕭家，怎麼可能自己偷拿走文書？一定是有人指使的！是沈素年，對了，一定是她！是她買通了含笑，然後又買通海家……海凝芙的理智告訴她，這不可能。也許沈素年真有本事能買通含笑，可是海家……薛嬤嬤是海家得用的老嬤嬤了，若不是爹娘的意思，她也不可能會來這裡！

薛嬤嬤上前將海凝芙攙扶起來，用絲帕給她擦了擦臉。「小姐，老奴知道您跟蕭老夫人一見如故，這會兒會捨不得也是有的，可是小姐您就不想念老爺和夫人嗎？」

「可我已經嫁人了，出嫁從夫……」

「小姐！」薛嬤嬤的這一聲，驚得樂壽堂裡鴉雀無聲。「小姐，您怎麼能這麼抹黑自己的清白？夫人雖然已經給您訂了一門親事，但您還沒有嫁過去，可不能說這種胡話！」

海凝芙徹底懵了，訂了一門親事？難道不是蕭戈嗎？那怎麼能行呢？怎麼能行呢……

昏昏沈沈的海凝芙都忘記了要掙扎，被薛嬤嬤拉著往外走，有素年在，蕭家的下人也沒人敢上去攔著。

蕭老夫人怒氣攻心，又有要暈厥的趨勢，素年上去用隨身的銀針將她的手指扎破放血，這才讓她的神智清明些。

但此時海凝芙已經消失在樂壽堂裡了。

年。

「是不是妳……是不是妳讓海家的人這麼做的?!」蕭老夫人啞著聲音，怒目瞪視著素年。

「娘，您太看得起素年了，您覺得以我的身分能讓海家人這麼做嗎？海家的女兒，是隨隨便便讓我想趕出去就能趕出去的嗎？」素年將銀針收好，嘆了口氣。「娘您還記不記得，蕭戈曾經跟您說過，您此生只會有素年一個媳婦？」

「是……蕭戈？」蕭老夫人頹然地癱坐在椅子上。是了，也只有蕭戈能讓海家人改變主意，能悄無聲息地抹滅自己所做的一切……

素年走出樂壽堂。說是蕭戈，她其實也是猜的，可除了蕭戈，她也猜不出別的人，而且她才走出樂壽堂，就有人匆匆忙忙來報，說是蕭大人回府了。

他回來了？可是為什麼這麼無聲無息的？立了大功回京，怎麼可能這樣靜悄悄的？

素年的腳步加快，一路小跑回院子裡，卻沒有發現蕭戈的人影。

「人呢？」

「小姐，大人……大人被月娘叫走了……」阿蓮噘著嘴。小姐難得這麼激動，大人離開家裡這麼長時間，這才回來，第一個想見的一定是小姐啊，月娘怎麼這麼不懂禮數呢！

聽說是月娘將蕭戈叫走，素年反而不著急了，她都能想像得出來月娘會跟蕭戈說什麼。月娘曾經那麼堅定地跟自己說，蕭戈會認同她的，素年想看看，自己堅持的和月娘堅持的，到底哪一個，才是真正的蕭戈。

第一百三十六章　事跡敗露

月娘的院子裡，蕭戈站在那裡，滿臉蕭瑟，臉上也皆是疲憊，跟他從府裡離開的時候幾乎變了個模樣，不修邊幅的滄桑讓月娘十分心疼。

但她現在顧不得心疼，臉上是全然焦急的神色。「大人，您快去追追啊！海家姑娘才離開，應該還沒走遠，那可是您的妾室，您追過去的話，海家定然不會說什麼的！」

蕭戈沒有動，卻是淡淡地問：「月姨，我什麼時候突然多了個妾室？」

「是老夫人……但是月娘瞧過那個海姑娘，端莊典雅，一副大家閨秀的模樣，是個好姑娘，所以、所以月娘覺得……」

「月姨覺得，只有海家的姑娘才能配得上我？」蕭戈開口幫她說完。

月娘察覺到蕭戈話裡的異樣，不解地抬起頭，看著這個自己從小看到大的孩子。

蕭戈在生氣。月娘不可能感覺不到，但她不明白，為什麼蕭戈會生氣？

「月娘知道你不喜歡那個女人的安排，但海姑娘不同，她會成為你身邊的人。月娘看得出，海姑娘對你也是一片情意，定然不會聽從那個女人的指示。」

蕭戈沒有說話，他坐了下來。「月姨，素年是我的妻子，只有她是我的妻子，沒有別人，我跟您說過的。」

「我知道，可是只是一個妾室，少奶奶難道如此容不得人嗎？」

「不是她容不得，是我容不得。月姨，您知道為什麼海家的人才走，我就回到府裡了嗎？因為我就在外面等著，我看著海家的馬車離開了才進府。我不會給海家任何藉口，讓隨便一個女子進到我房裡，不管那個女子是不是像您說的那麼好。」

月娘如同在聽天方夜譚一樣。

「海家的人也是我叫來的，我威脅海大人，讓他趕緊將他女兒接走，否則我也不知道會發生什麼事。文書也是我讓人拿出來的。」

「可是……為什麼？」月娘喃喃自語。

「因為我不想要納妾，我的妻子只有一個，那就是沈素年。」

月娘忽然想起蕭戈不在的這些日子，不管她們做了什麼，沈素年的臉上似乎從來沒有出現過慌亂的表情，彷彿篤定她們做的這一切都不會成功，都不會破壞她和蕭戈的感情。

可月娘不懂，沈素年不過是一個醫娘，她堅持行醫，堅持這份低賤的行業，哪怕她曾經也是官家小姐，哪怕她身上有醫聖、有郡主的名頭，可在她們眼裡她依舊只是個醫娘！

這樣的沈素年，憑什麼讓蕭戈如此執著？

「月娘不明白，少奶奶到底哪點好，讓少爺您這麼看重她？」月娘低著頭，喃喃自語著。

蕭戈臉上的線條立刻柔軟下來，他見過渾身長刺、對他極為防備的素年，也見過她毫無防備地靠在自己懷裡的樣子；他見過對自己的信念執著堅持的素年，也見過她好像小獸一樣保護她想保護的人的樣子。蕭戈眼裡的素年，彷彿什麼事情都不能將她打倒，小小的身體裡擁有無限的力量，雖然看著懶散，卻奇異地有讓人挪不開眼睛的獨特魅力，讓自己無論什麼時候見到她，心情都會奇跡一樣地轉好。這對蕭戈來說，就足夠了。

月娘不需要聽到蕭戈的回答了，這是她從小看到大的孩子，他在想什麼，自己完全能從他的臉上看出來。可是，月娘就是覺得不值得！蕭戈是小姐唯一的孩子，是小姐在臨終前託付給自己的，她那個時候就下定決心，拚死也要將蕭戈保護好。

她不想讓蕭戈不高興，可那個沈素年，月娘覺得她真的配不上蕭戈！蕭戈要喜歡她也不是不行，但是，總得有個身分高貴的吧？蕭戈以後的孩子，怎麼可以有一個當醫娘的娘親？

「少爺，您喜歡少奶奶這是好事，但只有少奶奶一個人，少爺的房裡就單薄了。蕭家可就您這一條血脈，您總得為蕭家開枝散葉啊！月娘瞧著少奶奶並不是好生養的，若是她生不出孩子……少爺，您總得給蕭家延續香火吧？」月娘放軟了口氣，她知道蕭戈是個負責任、有擔當的人，也一直對自己的爹娘很是敬重，便苦口婆心地希望他能為蕭家考慮。若是房裡只有一個女子，那怎麼能行？

誰知道，蕭戈的眼神卻變了，讓月娘都看得心驚。這麼多年來，蕭戈從沒有用這種眼神看過自己，從來沒有過！那是傷心失望的神情，還帶著……痛徹心腑？

「月姨，如果沒有您的燕窩粥，我說不定已經有孩子了。」

蕭戈的一句話，將月娘打入了冰窟，她渾身顫抖著，耳朵裡一陣一陣的嗡鳴聲。蕭戈知道了？他知道了?!

素年百無聊賴地趴在桌上，一隻手在桌面上畫圈圈。雖然吧，素年對蕭戈還是很有信心的，可她也會控制不住地亂想，想著蕭戈會不會被月娘說動了呢？會不會為了讓月娘安心，追出去找海姑娘了呢？

「唔……」素年發出了意義不明的哼唧聲。

刺萍在一旁看得有趣，小姐很少會這麼焦慮不安的。

「小姐小姐，餓了吧？我剛熬了粥，妳先墊一墊肚子。」阿蓮端著一個小盅，快步走進來。

別說，素年還真餓了。吃了早飯之後就沒吃東西，這都什麼時辰了，又是進宮、又是海家來人，這會兒肚子裡早已空空如也。阿蓮熬粥的手藝越來越好，軟糯的燕窩粥讓素年胃裡暖融融的，驅逐了她焦慮的情緒。

素年吃飯的時候表情特別享受，讓煮飯的人有十足的成就感，阿蓮笑咪咪地站在一旁，看著素年一口一口地將粥喝掉。

「素年在吃什麼？」

「燕窩粥啊！」阿蓮順口回答，卻不承想一個黑影從她身邊急速掠過，一把將素年要送進嘴裡的勺子給奪了下來。

素年一口咬了個空，眨巴眨巴了眼睛，抬起頭，看到了一雙墨亮的眼睛。

蕭戈的相貌從來都很讓素年欣賞，稜角分明、劍眉星眸，天生就有將帥之風，只不過現在，鬍子拉碴、皮膚粗糙，可這雙眼睛，仍然讓她著迷。

「我餓啊……」素年舔了舔舌頭，她還沒吃飽呢！

「以後不要吃燕窩粥了。」蕭戈將小盅掃到一邊去，大馬金刀地坐下來。

素年一僵，眼睛瞥到一旁阿蓮泫然欲泣的表情，又將小盅拉了過來。「沒事，這是阿蓮熬的，手藝可好了！你要不要嚐嚐？」

蕭戈抬眼看著素年，看著她美目盼兮、眉眼帶笑的模樣，漂亮的眼睛裡全然是澄清的神色，亮亮的，似能看到人的心底。

蕭戈按捺不住，直接將素年抱過來，緊緊地抱住，頭埋在她的頸窩裡不動彈了。

刺萍和阿蓮見狀，都輕輕地退出去，將門給帶上。

「對不起……」

素年聽到耳邊傳來蕭戈壓抑的聲音，她知道他在說什麼，不過一碗燕窩粥竟讓他反應這麼大，蕭戈應該知道了吧？

蕭家沒有蕭戈不知道的事情，只要他想查。但是月娘……蕭戈從來沒有想過，有一天，他會查到月娘的頭上去。這個從小就一直護著他，寧願終身不嫁也要幫他守住蕭家的女子，蕭戈從不認為她會做出讓自己傷心的事情。

可是素年……想到她曾經吃下那麼多被下了藥的燕窩粥，蕭戈的心裡就一陣一陣地絞著疼。他不相信素年沒有發現，如果不是素年的提示，也許自己仍然被蒙在鼓裡。想到這些，蕭戈的手臂就猛烈收縮，幸好，素年還好好的，幸好，她並沒有事……

「……我要吐了。」素年剛剛才喝了粥，蕭戈抱這麼緊，她的胃壓得有些難受。

蕭戈鬆開手臂。

素年站起來，站在蕭戈面前，伸手捧著他的臉，上上下下地看了一番。「瘦了，也黑了，雖然黑些也不難看……」說著，「吧唧」一聲在蕭戈臉上親了一下。「先去洗洗吧！哎對了，你怎麼悄無聲息地就回來了？出征的時候那麼大排場，這會兒打贏了，皇上不會沒有表示吧？」

蕭戈摸了摸臉，彷彿還能感受到素年軟軟的嘴唇。「我跟皇上報備過了，明日正式入京。」

「嘿嘿嘿……想我了？」素年瞬間賊眉鼠眼了起來，小手還異常不老實地在蕭戈胸口畫圈圈，眉毛只挑了一邊，十足的調戲模樣。

蕭戈只覺得渾身一震，他算是領教了素年多麼有膽子，自己一走大半年，還是新婚後沒多久，在軍營裡待了這麼久，她竟然有膽子挑逗？

素年其實只是呆，這方面沒經驗，畢竟她在蕭府裡調戲水嫩嫩的小丫頭們都調戲習慣了，可她的圈圈才畫到一半就後悔了，蕭戈的眼睛越發漆黑如墨，這種表情只代表了一件事——她要倒楣了！

「那、那個……這麼路途遙遠的，先歇歇……不、不是，你先一個人歇歇……」素年的賊爪子以光速縮回來，有些語焉不詳，眼睛到處亂轉，就是不跟蕭戈對視。

蕭戈端起桌上她剛剛吃了半碗的燕窩粥，一口喝盡，然後開始脫衣服。

「你幹麼呀?!」素年驚慌地叫起來。

蕭戈脫到一半，看了她一眼。「沐浴，是要脫衣服的。」

素年吞了吞口水，喔，沐浴的確是要脫衣服的，她有些大驚小怪了。「那你……你先洗著，呵呵呵……我去吃點東西，呵呵呵……剛剛沒有吃飽……」

「順便讓她們多做一點，我也要補充些體力，不然會累的。」蕭戈在素年的背後加了一句。

素年「砰」地把門甩上！靠在門外，素年的心跳依然十分劇烈，雙頰紅紅的，嬌豔如芙蓉花般，她低頭看著自己的手，恨不得剁了它！

「小姐……」

阿蓮的聲音輕飄飄地傳過來，素年抬頭一看，阿蓮、刺萍，還有院子裡的其他丫頭們，都或明或暗地注意著自己。

「咳，端點吃的來吧……多做點。」

一大碗香濃軟糯的紅燒肉、一碟清爽翠綠的翡翠豆腐、炒得醬紅酸甜極開胃的魚香肉絲，還有一大盅熬得雪白的鯽魚湯。東西不多，但勝在味道可口，又都是他們愛吃的。

蕭戈一口氣添了三碗飯，看得素年目瞪口呆。「軍營裡……是不是特缺吃的？這你要跟皇上好好說道說道，打仗怎麼能不讓吃飽飯呢！」

蕭戈放下了飯碗。

他的頭髮還是濕的，沐浴更衣之後清爽了許多，人確實比之前清瘦了些，但更加的精神，往那兒一坐，寬闊的身形十分有安全感，素年瞧著都想往他身上撲……小口小口地吃著東西，素年自我反省著，為啥她會有這種衝動？真是不好。

這頓飯差不多是素年吃過最慢的一次了，然而蕭戈卻從頭到尾都很淡定，反正他不急，時間還長著呢。看著素年糾結的小樣子，蕭戈心裡竟然異常的安定、踏實。

吃得再慢，也有吃完的時候。

刺萍進來收拾時，都能感覺到小姐強烈的慌亂，抓著自己猛說話，都恨不得說到天荒地老才好。刺萍輕輕咳了一聲，素年才不情不願地鬆開手，讓她出去了。

蕭戈臉上有明顯的笑意，一瞬也不瞬地盯著素年嬌美的容顏。他的小妻子怎麼就這麼讓他喜歡呢？張開手，蕭戈示意素年過去。

蕭戈是混戰場的，這種姿勢，表示著他此刻毫無防備，願意將胸膛展露出來。素年看著蕭戈臉上有淺淺的笑意，心裡小鹿又開始亂撞了，怎麼能笑得那麼好看啊？等素年反應過來的時候，她已經撲過去了……

蕭戈的胸膛寬厚結實，心跳聲沈穩有力，素年剛剛的慌亂慢慢地平靜了下來。蕭戈其實也沒有做什麼，就一直抱著她，讓她貼在他胸口，靜靜地坐著。

素年曾經想過，在她剛剛來到麗朝的時候，她希望能有許多錢，能夠安安穩穩地過日子她就滿足了。現在，她有很多錢了，不吹牛，揮霍上幾輩子估計都夠了，可是她有時候會覺得，自己嫁入蕭家，是不是跟她想要的安穩日子相差甚遠了呢？

這會兒，素年聽著蕭戈胸口一下一下的心跳聲，竟前所未有地覺得安心。蕭戈不會讓她獨自面對困難，他總是不著痕跡，又最大限度地為她擺平一切，自己從來不是孤軍奮戰，甚至，她幾乎都沒有花費過太大的心思。有蕭戈在的地方，自己就能安定下來，素年自己都覺得這個想法矯情，酸得不行，但這是事實。

素年閉上眼睛，眼前一片漆黑，卻更能夠聽得清蕭戈心跳聲裡包含的情緒。

忽然，蕭戈的心跳開始加快了，素年疑惑地睜開眼睛，只來得及看到蕭戈低下頭、靠近自己的英俊帥氣的臉……

素年從昏睡中醒來，只感到渾身都像是泡在熱水中。她睜開眼，果然是在浴桶中，本想感嘆一下蕭戈的體貼，但看清楚了周遭她才發現……請問蕭戈為啥也在浴桶裡面?!

「醒了？妳的身子太弱了。我不是給妳找了兩個會功夫的嗎？妳有空跟他們學兩招，強身健體。」蕭戈抱著素年，以防止她滑下去。

素年頓時就掙扎了起來，這人還有沒有節制了？手往哪兒摸呢！

「別動，我好不容易才克制住的……」

素年淚流滿面，他克制個毛線啊克制！可她真就不敢動了，要是蕭戈不是騙她的呢？要是剛剛的已經算是克制了呢？那他要是不克制起來……素年光想一想，就又想昏倒了。

用柔軟的布巾將素年擦乾後，把她抱到床上，素年的眼睛已經完全睜不開了，碰到了被子，埋頭就往裡面鑽，也不管鑽的方向是不是對的。

蕭戈將她撈過來，素年睡覺時喜歡抱著東西，為此阿蓮還特意給她做了個奇形怪狀的枕頭擱在床上，這會兒，蕭戈讓素年抱著自己，給她蓋好了被子。

輕輕地摸著素年的頭髮，蕭戈睜著眼睛，他這會兒精神很好，素年小小的身子如同小動物一樣掛在自己身上，讓他出奇的滿足。

月姨不喜歡素年，這是蕭戈沒有想到的，後來他才知道月姨是看不上素年的身分，然而即便如此蕭戈也從沒有想過要讓素年放棄醫術。

放棄醫術的素年，就不是真正的沈素年了。蕭戈不願意讓素年做出什麼改變，只要這樣就好。至於月姨那裡，他已經說明白了，自己很感激她，若是沒有月姨，也就沒有今天的蕭戈，可是他只會娶素年一個，這件事是不會變的。哪怕素年當真生不出孩子來，他也不會改變自己的想法。

蕭戈的堅定讓月娘心驚，她是知道蕭戈的，他說到就能做到，從來不會危言聳聽，如果素年真的無法生育，那蕭戈真的做得出來讓蕭家斷送香火。

月娘膽怯了，若真是這樣，她死了以後要以何種顏面去見小姐？

月娘不是個狠毒之人，她給素年用的藥並不會真正地傷了她的身子，她只是習慣凡事都站在蕭戈的角度考慮，什麼都想給他最好的，但現在月娘知道，蕭戈已經不是從前那個事事都聽從自己安排的孩子了。

蕭戈在素年光潔的額頭印下一個吻，看著她恬淡的睡顏，只希望素年這樣便好，其餘的一切，他自會處理。

第一百三十七章 當眾調戲

這一覺睡得並不踏實，素年夢到自己在參加環湖三千米賽跑，她跑呀跑呀跑呀，結果跑了個最後一名，累得最後只能在地上打滾。

等她睜了眼，發現床上只有她一個人。莫非自己昨兒個當真穿越回去跑步了？不然身子怎麼這麼痠痛呢？她還夢到蕭戈回來了，吃了三碗飯呢！他到底回來了沒有啊？

刺萍推開門，就看到素年茫然地坐在床上，呆呆的樣子尤其可愛。

「小姐，蕭大人讓我不要叫妳，說妳……嗯……辛苦了……」刺萍的眼神游移，假裝看不到素年被子滑落後露出的光裸肩上的那些痕跡。

「是挺辛苦的！」素年的記憶都回來了，咬牙切齒地重複著。這麼一鬧，她肚子又餓了……

蕭戈今日正式回京，這會兒大街上正熱鬧著呢！蕭戈凱旋而歸，是麗朝的榮耀，京城裡的姑娘們都早早地占據了有利的地方，想要一睹英雄的風采。

素年起身後吃了些東西。

阿蓮一邊收拾，一邊期期艾艾地說：「小姐，今兒蕭大人回京呢……」

「嗯，我知道。」

「聽說可熱鬧了，好多人去看呢……」

「是呀，肯定有不少人會去，挺威風的吧。」

「……」

「妳究竟想說什麼？」

阿蓮將手裡的東西放下來。「小姐，蕭大人說，他特意給妳留了一個好位子。」

素年抬頭看天，時辰不早了，應該也來不及了吧？

「蕭大人還說了，他特意讓欽天監算了一個晚些的時辰，小姐一定能趕得上的。」

「他還說什麼了妳一塊兒說完吧！」素年無語了，蕭戈還挺閒的嘛！

阿蓮認真地想了想。「蕭大人說，他今天……會很好看的……」

……素年有點想挖個地縫鑽下去，敢情蕭戈是知道自己對他的外表沒有免疫力？可也奇怪，素年跟蕭戈認識的時間不短，許多年了，也只有最近兩年，她才突然迷上了蕭戈的容貌，怎麼看怎麼好看。果然情人眼裡出西施嗎？素年也不知道這麼用對不對，只是，一想到自己花癡的模樣蕭戈都知道……

「走，去吧，可不能便宜其他的姑娘了！」素年豪情萬丈，知道就知道了唄，愛美之心人皆有之，自己就喜歡了，怎麼著？

阿蓮立刻歡喜地跑去收拾，然後挑出數件華麗的衣裙開始選。

素年靠在那兒，搖搖頭說：「隨便穿穿就好，阿蓮啊，不是我說妳，妳要跟刺萍多學學，她就不會挑這些太繁瑣的東西……」素年轉眼一看，只見刺萍手裡拿著一支金累絲嵌紅寶石雙鸞點翠步搖，正愣愣地看著自己。「放下，快把那個放下！」素年急了，那支步搖，上面的紅寶石顆顆都有拇指大，用料又足，死沈死沈的，素年絕對不願意戴它！

「小姐，您可是蕭夫人，大人凱旋而歸，您怎麼能不盛裝打扮？」刺萍雖將步搖放下了，轉手卻又拿起一支金鑲珠寶半翅碧玉蝶簪。

「現在什麼時辰了，磨磨蹭蹭會來不及的。」

「那就這件了！」阿蓮也利索，手裡拿的是一件軟銀輕羅百合裙、一件碧霞雲紋罩衣，還有宮緞素雪束腰，清靈脫俗。

刺萍也知道素年不喜繁瑣，只好給素年選了一支鑲珍珠碧玉雕鳳步搖，一支白玉玲瓏簪，腰間是一枚碧玉藤花玉珮。

蕭戈給素年預留的是一家地勢最好、視野最佳、角度最廣的酒樓，並且是二樓臨窗的位子。周圍早已被人占了，只空下那一塊地方，引得眾人頻頻側目。素年到的時候，引起了不小的轟動，等大家認出來是蕭夫人以後，立刻就有女眷湊上來套近乎。

素年大方得體、溫婉靈動的模樣讓不少人心裡對她的印象改觀。蕭戈娶了個醫娘，這可是大家都知道的事，但今日一見，卻與傳聞不相符合。

當然也有不少是面上微笑著過來說話，心裡卻是相當不屑。樣子做得好看又如何？還不是提不上檯面？據說前些日子蕭大人納了個妾，可昨日又聽說讓海家接走了，嘖嘖，真不是個賢慧的妻子！

別人什麼眼光素年一律不在乎，笑容客套又溫和，對她笑臉相迎的人，她也一律以笑臉回應，一直到身邊出現騷動，蕭戈出現了。

軍隊都駐紮在營城外，只主帥入城面聖。蕭戈帶著一小隊人馬器宇軒昂地在街上行進著，高頭大馬、鎧甲披身，後面隊伍裡拿著的長槍上，似乎都閃著噬人的寒光。

蕭戈長髮束冠，並沒有穿戴頭盔，臉色堅毅冷酷，一如既往的不苟言笑，卻讓不少女眷都羞紅了臉。

這是他們麗朝的英雄，即便他沒有如玉的溫潤面容，沒有溫和的笑容，但他是英雄。

這些保衛了麗朝的將士，個個都值得他們歡呼。歡呼聲一路沿街響起，源源不斷，這是麗朝的百姓們對守護了他們的人表示的感謝與崇敬。

街道兩旁有無數鮮花朝著隊伍扔去，被花砸到的士兵覺得很開心，也很想表達他們的開心，但將軍仍然板著張臉，他們也不好太過分，只能面無表情地散發他們的喜悅。

自己的努力和奉獻被認可，再沒有比這個更值得高興的事情了，怎麼將軍還是之前那副冰冰冷冷的樣子呢？明明昨日已經獲准回京跟將軍夫人團聚了，莫非……鬧彆扭了？

蕭戈抿著嘴，十分冷酷的樣子，眼神卻在快到一個街道轉角時不由自主地轉向一旁的酒樓。不知道她來了沒有？眼睛望過去，只見一個清麗的身影映入眼簾，蕭戈驚奇地看見別家女眷都含蓄地坐著，只有素年，只有沈素年，完全不理會那些規矩，正靠著欄杆站著，朝自己揮著手示意！蕭戈不用看都知道，素年的小丫頭和別的女眷臉上的表情會有多精彩，蕭戈卻已經顧不上了，他的眼中只能看到素年的身影。她發覺自己的視線之後便將手放下來，朝著自己露出一個燦爛的笑容，明亮又豔麗！

「看，他看到我了！」素年很得意地跟已經呆若木雞的刺萍和阿蓮炫耀。來這麼一趟，當然是要讓他看見了，不然太虧了！

刺萍和阿蓮已經不會反應了，木然地點點頭。是嗎？蕭大人看到了呀？那真是可喜可賀啊……

素年十分驕傲，那是她的夫君呢，受到了全京城百姓愛戴的夫君，她與有榮焉啊！看到蕭戈轉向自己，素年異常開心，順便拋了個飛吻過去，然後得意地看到蕭戈臉上出現了一絲僵硬。

蕭戈瞧見素年偷笑的得意小模樣，再看到周圍人略顯驚恐的表情，臉上竟然有些發燙。素年在全京城面前對自己示愛，他竟然……從腳心升起了舒暢的感覺！緊抿著的唇鬆開了，蕭戈側著臉看著素年，嘴角慢慢拉開，扯出一個異常溫柔的笑容。

歡呼聲有了一瞬間的停頓，然後爆發出前所未有的狂潮。蕭將軍笑了！他竟然能笑得那麼溫柔深情！他笑起來竟然那麼攝人心魄！啊啊啊啊！

跟在蕭戈身邊的隊伍也嚇了一大跳，甚至有些人的腳步都凌亂了。將軍那麼不苟言笑的人，也能有這樣的笑容？

隊伍慢慢走遠後，素年又坐了回去，恢復成原先恬靜端莊的樣子，慢慢地品著茶。她左右的女眷都默不作聲，看向素年的表情好似在看一個怪物。

但素年不以為然，不過一個飛吻罷了，這些孩子是沒見過前世她看到的那些狂熱粉絲，為了吸引偶像的注意，那是什麼都能做得出來，飛吻什麼的壓根兒都拿不出手啊！

「小姐……我們可以回去了吧……」這個顫抖的聲音是刺萍發出來的。刺萍覺得自己的承受能力已經很強大了，可沒想到，她還是高估了自己。至於阿蓮……那可憐的孩子已經說不出話了。

素年點點頭，站起身，儀態從容地慢慢走出去。她不是大家閨秀她承認，她也許一輩子都不能跟這些中規中矩的女眷們成為朋友，但她也不想逼迫自己改變，反正她從來都是恣意妄為的。

蕭戈面聖之後，皇上賞賜了許多財物，官位是沒法兒再升了，那就用金銀珠寶來填補，這讓許多人眼紅不已，大量的賞賜讓蕭家一下子又成為了京城裡的焦點。

「這次還給妳帶了個熟人回來。」蕭戈領了個人回府。

素年一看，竟然是墨宋，當初跟刺萍、阿蓮一塊兒被她買來，隨著魏西留在軍隊裡的。墨宋從前的倔強刺頭感減弱了許多，人也長高了一大截，很銳利的感覺，但仍然不大好相處的樣子。

「你也回來了？魏大哥呢？他有沒有跟著一起回來？」素年還挺想念魏西的，也不知道他在軍隊裡過得好不好？

墨宋的臉上倏地閃過悲傷。

素年愣住了，她有相當不好的預感。

「魏西……戰死在沙場。」蕭戈開了口。「這次圍剿馬騰殘黨，若是沒有魏西拚死拖延時間，絕不會如此順利。」

素年心中一痛，有些呼吸不暢。怎麼會？那是血屠刀魏西啊！他那麼厲害的一個人，怎麼可能會戰死？

「他是為了救我而死的。」墨宋緊繃的嘴張開。「本來憑他的本事，他可以堅持到最後，但是他為了救我……」

墨宋是被蕭戈拎回來的，當他趕到的時候，這小子幾乎要瘋了一樣，在他的面前躺著魏西浴血的身體。有那麼一瞬，蕭戈竟然以為躺在地上的，是自己的父親。

蕭戈將墨宋制住，他看到墨宋眼睛裡布滿了血絲，誰都無法控制住，彷彿一放手他就能衝到敵人的陣營裡去大開殺戒一般。

所以，蕭戈將墨宋帶回來了。魏西的死是想要救他，不是想讓他發瘋的。

蕭戈在院子裡說了一個故事，是他的父親蕭然和他一個在北漠認識的摯友的故事。故事說完後，脾氣執拗倔強的墨宋臉上掛著兩行淚，下唇被牙齒緊緊地咬住，滲出了血絲。

「魏西最終回到了軍隊，他不想無意義地浪費自己的生命，我希望你也一樣。這次請功，我將屬於魏西的軍功都算到了你的身上，希望你不要讓我失望、讓魏西失望。」

墨宋離開之後，素年沈默了很久，然後忽然開口。「魏西跟你的父親是好友，但我叫他魏大哥……」

……蕭戈望天，他還是有些跟不上素年的思路啊……

墨宋在蕭家暫住，他的賞賜也送到了蕭家，封官都尉，賞銀千兩，田地、宅子若干。

墨宋孤零零一個人，這些東西沒個人拾掇，因此素年找了個庫房，一股腦兒地都扔進去，將鑰匙塞到墨宋手裡。看著墨宋不情不願的樣子，素年就想著，反正他年歲也不小了，乾脆娶個老婆成個家吧？

別看墨宋是半路出家，看上他的人家真的挺多，年紀輕輕就已經做到了都尉，有錢有權、有發展空間，上面也沒個長輩束縛著，嫁過去就是做當家主母，於是素年才放出一點點風聲，來蕭家打聽消息的就接連前來，還都是挺不錯的人家。

素年來者不拒，將這些來打聽的人家都記了下來，打算慢慢挑選。

墨宋對此一點興趣都沒有，反倒是跟綠意、綠荷每日切磋得十分起勁。

墨宋在魏西的調教下功夫了得，綠荷和綠意兩人一起上才堪堪跟他打了個平手。可他打完了以後還不過癮，非要向蕭戈挑釁，蕭戈不理他，墨宋從前的拗勁便又出來了。

「吃飯了……」阿蓮弱弱的聲音在人群中響起，眼睛圓溜溜地盯著墨宋，這人都不餓嗎？

墨宋轉過頭，臉上蠻橫的表情還沒有消下去。

但阿蓮可是曾經盯著蕭戈的臉訓練過的，只眨巴了兩下眼睛。「今天有鹽酥雞呢，很好吃的喔！」

墨宋沒轍了，低調地收拾起殺氣，乖乖跟著阿蓮去吃東西……

素年在後面無聲地捶著桌子狂笑，阿蓮氣場是弱沒錯，但小姑娘的膽子練出來了，再配上怯弱無害的表情，真真是所向無敵啊！

蕭戈挑了一日，帶著素年去葉家拜訪，才進門，葉少樺就無比嘚瑟地將他女兒抱出來炫耀，從鼻子炫耀到眼角，從啃手指嘚瑟到流口水。「看，跟我多像！」

蕭戈沒忍住，瞪了他一眼，瞪得葉少樺抱著女兒往後退了兩步才停住。「你幹麼？羨慕你們也生一個唄！」

蕭戈的臉更陰了。「聽說，你娘子跟素年給孩子訂了娃娃親？那我以後可是她的公爹，你就不考慮從現在開始巴結巴結我？」

葉少樺的臉苦了下來，將孩子抱得緊緊的。「想都別想！我家乖囡可是天底下最溫柔可愛的女孩子，我可捨不得！」

「呵呵呵……」蕭戈笑得陰森森的。

素年不理他們，到屋裡去找眉煙說話了。眉煙的身子養得不錯，臉色已不是之前見到的失血過多的慘白了。

「我都聽說了，妳在街上對蕭大人示愛了？哎呀，妳都不知道我有多後悔，早知道一定也過去瞧瞧的！」眉煙一見到素年就笑著調侃她。光是他們葉家的女眷，都足足驚嘆了好幾日了。

素年大方地走過去坐下，先給她切了脈，確定沒有異常以後才笑了笑。「那是我夫君，我示愛怎麼了？再說了，妳是沒看到，我夫君那會兒真是太英姿颯爽了，我忍不住啊！」

素年如此坦率，眉煙也調侃不下去了，只說素年送來的那兩件小衣服著實不錯，她已經讓人照著樣子又做了幾件。「妳是如何想到的？比一般的肚兜背心好用得多呢！」

「只是隨便做做的，關鍵是阿蓮的手藝好。」

「那也是妳能想得出來呀！素年啊，妳跟蕭大人成親也有些時日了，怎麼……還沒有動靜呢？我這裡有兩副藥，要不……妳試試？」

眉煙其實有些擔心素年，蕭家只有蕭戈一條血脈，自己在葉家儘管不用承擔傳宗接代的重任，那個時候都急得不得了了，那素年呢？蕭家那個難搞的老夫人怎麼會容忍著？

素年拍了拍眉煙的手。「不急，順其自然。我的孩子跟我的緣分自有天定，我會好好地等著他來的。」

見素年確實一點也不急躁，眉煙才放了心。兩人又聊了一會兒，素年才起身走出屋子，卻發現葉大人的臉上滿是惆悵，似乎又被打擊了一樣。

所以說，素年對於葉少樺和蕭戈能成為摯友始終不明白，他打又打不過蕭戈，說竟然也說不過，就這情況，兩人關係還挺鐵的，不可謂不是奇跡啊！

從葉家出來後蕭戈異常沈默，他抱著素年靠在車廂上，也不知道在想什麼，半天後，才幽幽地冒出一句——

「如果我們也生個女兒，定然比少樺的女兒還要漂亮！」

……這是在嫉妒嗎？素年無奈了。蕭戈完全是賭氣的口吻讓素年覺得甚是可愛，蕭戈一定也很想要個孩子吧？

回到家以後，樂壽堂裡又來人了。這段時間，樂壽堂幾乎天天派人過來，起先蕭戈還過去了兩趟，但蕭老夫人句句都提到海家、納妾這些事情，蕭戈有些不耐煩，便不大願意再去。

「這會兒還有些時間，過去瞧瞧吧，回去剛好吃飯。」素年笑著，主動拉著蕭戈的手往樂壽堂走。

樂壽堂裡還有別的人在，是兩個老頭子，白鬚鬍子，精神都挺不錯的，只是在看到蕭戈進來了以後，都閉上嘴不吭聲了。

蕭戈見到這兩人時，表情一點變化都沒有，素年也只能乖乖地跟在後面。

「這是蕭家的兩位長老，素年妳嫁入蕭家不久，還沒有見過吧？」蕭老夫人難得沒有見到蕭戈就咆哮，語氣倒是很平和。

素年抬眼看了看，福身給他們見禮。怎麼蕭家還有長老的嗎？她從沒有聽說過。不是說蕭家在京城裡就蕭戈這一房，這兩個長老是什麼地方冒出來的？

面對素年的行禮，兩個老頭也沒有多淡定，反倒有些不安地看了一眼蕭戈，見他沒有反應，這才舒了一口氣。

長老們的眼神素年都看在眼裡，心知這兩個長老在蕭戈面前也是不怎麼能擺架子的，她心裡便穩了不少。行完禮之後，素年就退到蕭戈身邊。蕭老夫人將蕭家兩位長老請過來，應該不是只為了讓自己見一見的。

蕭老夫人也沒有辜負素年的期待，舊事重提。「今日，兩位長老在這裡，我也能有個地方說理了。蕭家這房，如今就蕭戈一脈單傳，素年丫頭嫁進來也差不多一年了，可到現在肚子都沒個動靜，我這把老骨頭為了蕭家，捨了這張老臉去給蕭戈求了一門妾室，希望能為蕭家開枝散葉，可我這個兒媳婦，愣是壓著不喝進門茶，結果這門好親事也被攪黃了！」

素年挑了挑眉，老夫人說的也是實話。

「可是，我也不能眼睜睜地看著我們蕭家斷了後啊！不孝有三，無後為大，一個生不出孩子的媳婦，我想我就是休了，到哪兒也都能說得過去！否則，蕭家的列祖列宗那裡，我如何交代得過去？」蕭老夫人的精神亢奮了起來。「不過，老婆子我也是個明事理的人，不休了她也可以，但總要再抬幾個進門，這樣才能廣施恩露，讓我們蕭家趕緊有個後啊！」

蕭老夫人覺得自己今天表現得極好，有理有據、義正辭嚴。生不出孩子是個大忌，哪怕蕭戈再喜歡沈素年，這也是她致命的缺陷！七出裡，無子可是不用什麼理由就能休妻的，她倒要看看，蕭戈還能有什麼話好反駁！

蕭家的長老們有些為難地看向蕭戈，其實他們在蕭家的地位並不高，來到京城的這麼些年，也都是靠著蕭家才能安定下來。他們也知道蕭戈和白語蓉之間的關係，可是這次，確實是讓白語蓉占了理。

嗯……素年想了想，蕭老夫人句句都拿她說事，她總得反駁一下吧？結果她才準備開口，蕭戈就微微抬手攔住。

「誰告訴妳素年生不出孩子的？」

「她嫁入蕭家已經快一年了，難道還不足以說明？」

蕭戈冷笑了一下。「那是我故意讓她遲些懷上的。這大半年來我都在外面，若是素年懷著孩子隻身一人留在這裡，我不放心。」

「真是好笑，有什麼好不放心的？」蕭老夫人覺得蕭戈這是強詞奪理。

「有什麼不放心？妳不是最清楚的嗎？」

蕭戈的眼睛一瞬也不瞬地盯著蕭老夫人，盯得她嘴唇都顫抖起來。「你是……在防備我？」

「妳還算有些自知之明。」蕭戈也不否認，居然當眾點了點頭。

蕭老夫人的臉色無比難看，她沒想到蕭戈就是在蕭家長老面前也完全不掩飾對她的厭惡！

蕭家長老恨不得當自己不存在，這種事情，他們不樂意參與其中啊！

可是蕭老夫人將他們請來，並不是讓他們看戲的。這會兒，蕭老夫人的眼裡立刻就有水光，低著頭，滿是委屈。「長老，蕭戈這孩子從小就對我有誤解，這會兒，更是認定我會害他的孩子一樣……天地良心，我對蕭家一片真情，如何就落得……這般對待！」

素年大開眼界，她還從不知道蕭老夫人會這一招。但她的身體影響了她的發揮，有半邊身子極其僵硬，因此動作不自然、不協調，完全沒有「梨花帶雨」的美感。

「這個……涉及到你們的家務事，我們也不好多干涉。不過，只要蕭戈媳婦趕緊生出個胖小子來，不就沒事了嗎？哈哈哈……」長老之一被蕭老夫人看得沒轍了，只能硬著頭皮可有可無地說了這一句，卻沒想到說的話似乎極為中聽，蕭戈竟然還朝著他點了點頭！

長老驚悚了，能得到蕭戈的肯定，那簡直就是奇跡啊！蕭戈的父親蕭然當初因被逐出蕭家，孤身一人來到京城闖蕩，得到了貴人相助，才將他這一支發展成現在的模樣，因此蕭戈自然對他們這些蕭家的人沒什麼好態度，這會兒蕭戈的態度讓兩位長老莫名地振奮了起來。

「蕭然媳婦兒，妳也是太愛操心了，兒孫自有兒孫福，再說了，依我看，蕭戈媳婦兒的模樣就是個多子多孫的福氣樣，怎麼可能生不出孩子？」

「就是！蕭戈小子如今在京城裡的地位，不是我說，想進蕭家門的都排著隊來了。這事不妨再等等吧，若到時候當真如同妳說的那樣，也不遲的。我看……再等個三、五年瞧瞧吧？」

三、五年？蕭老夫人不哭了，三、五年，她還能不能等到那個時候？這兩個長老可是自己請來的，自己也已經許諾了，若是能將蕭家拿到手，會給他們分一部分。

只是，蕭老夫人低估了蕭戈的震懾力。

長老們之前也覺得蕭老夫人的想法不錯才會過來，可等他們看到蕭戈了以後，才發現那只是一個美好的希望而已，蕭戈壓根兒都不用做什麼，只要往那兒一站，他們就立即放棄了。

「不行，這不行！三、五年？太長了！蕭戈如今帶兵打仗，端的是危險重重，若是有一個不好，到時候蕭家可怎麼辦？」

「這個妳就放心吧，皇上已經讓我移交兵權了，若無意外，以後不會輕易上戰場。」

蕭老夫人瞪大眼睛，怎麼能這樣？她準備了半天，還費盡心思地說服了蕭家長老，費了大勁兒才將人哄過來，怎能就這麼不了了之？

「若沒事，我們就先回去了。」蕭戈看看時辰也差不多了，便帶著素年打算退出樂壽堂。

那兩個長老也順勢站起來，要跟著一塊兒走。

素年走出樂壽堂的時候，耳朵裡能聽到蕭老夫人又開始扔杯子的聲音。

自己似乎一句話都沒有說過呢，素年暗暗反省，除了給兩位蕭家長老見禮外，就是一直站在一旁，無所事事地看戲，好像……有些不大厚道啊！

第一百三十八章　一根筷子

院子裡，墨宋又和綠意比劃起來了。蕭戈給墨宋在前院裡安排了院子，但墨宋住不慣，也閒不住，總三不五時地跑來這裡找打，索性蕭戈和素年也不是個太講究的，於是也不大管他。

院子裡，眼看著綠意落了下風，綠荷也上去幫忙，三人戰成一團，等素年和蕭戈出現的時候，他們剛好停手。綠意和綠荷都有些氣喘，而墨宋卻沒什麼反應，反而意猶未盡，看到蕭戈以後眼睛一亮，朝他招了招手。

蕭戈看了看墨宋，沒有動。

墨宋勾起了一邊嘴角，眼神中挑釁意味十足，全身都散發著欠打的氣息。

蕭戈想了想，決定成全他，扭了扭脖子。

素年聽到「咔咔」的聲音。她還真沒見過蕭戈的身手，當即決定圍觀，可才看了一小會兒，她就覺得此地不宜久留。以墨宋那個骨子裡有些彆扭的個性，讓這麼多人瞧見他受欺負……不大好吧？蕭戈和墨宋打得很歡，素年搖了搖頭，不忍直視地進了屋子。

阿蓮已經擺好了飯正等著，過不了一會兒，蕭戈神清氣爽地進來了，綠荷和綠意跟在他身後，只是不見墨宋的人影。墨宋在蕭家是客人，這些日子他也習慣跟著素年他們吃飯了。

阿蓮看著門，左等右等沒有動靜，於是「咚咚咚」地跑出去瞧瞧。

素年立刻跟在她後面跑向門邊，探出去一隻眼睛偷偷地瞧。

墨宋獨自一人在院子裡站著，背對著門，素年看不見他的表情，只能從他將一旁樹上的枝葉狠狠地拽下來的動作猜出他心情極為不好。

也是，是他自己挑釁的，卻讓蕭戈好一頓收拾，換誰心情都不好。

但是阿蓮無所畏懼地跑了過去，素年都不知道小丫頭到底有沒有看出墨宋情緒不佳，反正就看見阿蓮跑到墨宋的身邊，歪著頭不知道說了什麼。然後墨宋將手裡的葉子狠狠地扔到地上，大步想往院門口走，阿蓮立刻勇敢地上前攔住，面上還有些不解。

「大概是問他，為什麼不吃飯吧？」素年開始自己腦補了。

墨宋似乎有些不耐煩，想要繞過阿蓮繼續走，但阿蓮也不是輕言放棄的姑娘，繼續攔著。

素年縮回頭，走到桌邊重新坐下。「有沒有要賭一下的？看看阿蓮能不能成功地將人帶回來？」

鴉雀無聲。

素年也不在意，豪邁地一拍桌子。「我賭阿蓮能成功，賭一根筷子！」

「小姐，妳賭得好大啊……」刺萍忍不住吐槽，見過開賭盤的，沒見過開成這樣的。

「那我賭墨宋不回來吧，剛剛出手沒控制好，重了些。」蕭戈很捧場地放上一枚玉珮，比起素年的筷子頓時光芒萬丈。

「來來來，大家一起猜猜看！反正也不用賭得太大，看我，一根筷子都能拿得出手！」

……刺萍望天，說得多自豪一樣。她押了一只荷包，同樣看好阿蓮。

而綠意和綠荷則押了墨宋的彆扭更勝一籌。

幾人的眼睛頓時炯炯有神地盯著門口。

墨宋踏進來的時候嚇了一跳，腳下意識地就往回收。

阿蓮跟在他後面，沒料到他收住腳，「砰」地就撞了上去，將墨宋推了進去。

墨宋站穩身子，臉上還有些不情不願，只是阿蓮的表情十分無辜，還弱弱地跟他眨了眨眼睛，墨宋也不好說什麼。

但是，當墨宋看到了桌子上擺著的那一堆東西，再看到素年賊兮兮地笑著往自己身前撈時，他的臉就綠了。他跟素年認識也不是一、兩天了，墨宋覺得，他完全能猜出這些人都做了什麼！墨宋耐不住了，但又不能掀桌子，因此繃著臉轉身就想走，不想再看到這群人了！

「還沒吃飯呢！」阿蓮沒有動，站在門中間擋著。阿蓮長得不是特別漂亮，但是眼睛大，特別純真的模樣。

面對阿蓮疑惑的眼神，墨宋抖得不知道怎麼辦才好。

「先吃飯、先吃飯！哎呀，今天運氣真好，一根筷子贏了這麼多！」素年毫無自覺地收拾她贏到的東西，然後往刺萍手裡塞了一半。

砰！

素年再回頭，只能看到墨宋離開的身影。「這又是怎麼了？這孩子，脾氣真不好。」

蕭戈笑了笑，墨宋的性子冷傲，如何能忍受素年拿一根筷子出來跟大家打賭？

飯後，阿蓮提著食籃給墨宋送吃的去了。

素年在她身後摸著下巴，這段日子，這兩人挺和諧的呀……

「大人，前院有人找您。」月松過來稟報蕭戈。

「說了是誰了沒有？」

「叫莫子騫。」

「誰？」素年坐好。莫子騫？這人在蕭戈回來之後有段日子沒出現了，估計是想要避嫌吧，但這會兒怎麼找上蕭戈了？

素年呱唧呱唧地將莫子騫前段時候來找她討論醫術的事說了，她也摸不準莫子騫找蕭戈會說什麼，先讓他知道一下較妥當。

蕭戈瞥了素年一眼後，起身去了前院。

素年坐在那兒托著頭，她最近，總是有些不好的預感啊……

莫子騫也是個人才，他覺得自己跟蕭夫人正大光明，卻因為之前從萊夷回來的路上被蕭大人各種排擠，莫名地有些底氣不足，所以這段日子都沒有上門，可他累積了許多問題，再不問的話他會憋死的，因此今日鼓足了勇氣上門，卻是先找了蕭戈報備一下。

蕭戈坐那兒，只喝著茶，一小口一小口，看得莫子騫緊張地直嚥口水。行與不行，倒是說句話呀！

「莫大人如今也不小了，也該是時候打算成家了吧？」蕭戈沒頭沒腦地開口。

莫子騫愣了愣，怎麼忽然說到這事了？但他還是不好意思地搖了搖頭。「子騫只有一個師父，但現在也已過世，成家什麼的，子騫暫時沒有考慮。」

「這如何能不考慮呢？莫大人年紀輕輕就有一手好醫術，將來前途不可限量，不如我幫你說說？京城裡有不少好人家呢！」

「不不不，不敢勞煩蕭大人，子騫如今已從太醫院除名，如何能耽誤別家姑娘？蕭大人，您別取笑我了。」

既然如此，蕭戈也不強求。莫子騫此人光明磊落，性子也坦率，就是有時候做事有些思慮不周，蕭戈倒是也挺看好他的。

得到蕭戈的允許，莫子騫十分興奮，恨不得現在就衝進去找到素年，讓他的疑問一股腦兒地得到解答。

但蕭戈說，今日有些遲了，他只好耐下性子，先回去了。

蕭戈自從回到京城之後就賦閒了下來，素年聽他說，是將軍權移交了出去，而且是他主動移交的。

「我很看好墨宋，等他能夠撐得住了，我就跟皇上告老還鄉，咱們回青善縣過清閒的日子。」蕭戈靜靜地抱著素年。

「告老還鄉？」素年靠在他的胸口發呆，有這個年紀就告老還鄉的嗎？

「皇上不會在意這些的。最重要的是，我不在的話，他也會輕鬆些。」

素年知道皇上和蕭戈的感情。蕭戈知道皇上不會對他防備，可蕭戈也不希望他為難，蕭戈這麼一個重臣，屢次打了勝仗，地位無人能撼動，對麗朝始終是一個不安定的因素，畢竟誰也無法預測他會不會突然出現野心。素年知道的歷史上的重臣，有不少都是被慢慢架空權力，安上罪名後消失，只有這樣，皇上心裡才會真正放心。

「嗯，青善縣就不錯，物產豐富，風氣淳樸。等住煩了我們還可以換地方，麗朝國土如此遼闊，到處走走也是不錯的選擇。」

蕭戈奇怪地看她一眼。「妳能到處走走？」

「……走慢一點應該可以吧？」

可是，儘管蕭戈很自覺地交出了兵權，依然受到了不少質疑。

輕鬆賦閒在家裡幾日後，蕭戈開始忙碌了起來。

「所以，你要加油啊！」

墨宋莫名其妙地看著素年一臉語重心長的模樣，皺了皺眉沒當一回事。然後很快地，他也忙碌了起來。墨宋現在也是個官，每日也是要去衙門的，作為一個在圍剿馬騰殘黨戰役中有卓越貢獻的人，墨宋和蕭戈的待遇有些差距。

墨宋收到了無數的讚美，讓他自己都有些聽不下去了，而真正出謀劃策又率兵將馬騰逼迫清剿，沒有放跑一個漏網之魚的蕭戈，卻很少被提及。因為太敏感了。

蕭老夫人那裡又開始想辦法生事了，請了白家姑娘來蕭府做客，都是些嬌滴滴的少女們，希望蕭戈能看對眼，然後順勢收下來。

素年無語凝噎，老夫人怎麼不看看現在的局勢呢？她真覺得讓白家姑娘嫁入蕭家是個明智的選擇嗎？

「表嫂。」素年在院子裡配藥，聽到有人在喚她，抬頭一看，就先嘆了口氣。

這個姑娘叫白采露，當初自己嫁入蕭家的第二天就在樂壽堂見過她，那個時候的白采露對她有明顯的排斥，素年覺得還滿真實的。可最近白采露被蕭老夫人請過來小住，然後時不時就會來她的院子裡，臉上，就是像現在這樣，掛著十分甜膩的笑容。

「采露來了？」素年也笑了笑，然後低下頭繼續手上的動作。

素年在研磨地龍，另外還有川烏、草烏、沒藥、乳香、膽星等，這些研成細末之後，混合研勻，再以酒調麵糊為丸，如梧桐子大。這是給蕭戈做的，邊關濕冷，他又是個將就將就行的，被風寒濕氣侵蝕都不在意，這種丹丸空腹用冷酒送下，能祛風除濕，溫通經絡。

「表嫂，妳這是在做什麼？」采露一邊用帕子掩住口鼻，一邊輕聲問道，不自覺皺起的秀眉透出一絲不屑。這好像是……蟲子？

「做些藥。采露若覺得無聊，可去西邊的海棠園裡走走，這會兒花開得正盛，定然美不勝收。」素年低著頭，主動給白采露找樂子。

采露卻在一旁坐下。「采露不覺得無聊，來陪表嫂說說話。」

素年笑了笑，算是回應。

說實在的，她和白采露真沒什麼好聊的，每次白采露來她這裡，兩人無言以對的時間比較多，想想也滿尷尬的。可白采露下次仍然還來，一點都沒有被打擊到。

這會兒，素年專心地研磨粉末，白采露就在一邊看，時不時聊兩句可有可無的廢話。

「小姐，蕭大人回來了。」刺萍走到素年身邊。

「嗯，知道了。」

「大人說，妳這裡有客人，他就先在前院待著，等客人走了，就讓我去告訴月松。」

素年抬了頭，看到白采露臉上迅速明亮又迅速黯淡的表情，實在同情不起來。

這裡的人還沒有近親不能結婚的觀念，但在素年看來，白采露和蕭戈算起來是表兄妹，按理說是不能結婚的，還來湊什麼熱鬧？

「采露啊，妳最好不要坐在那兒，那是下風口，這些藥物雖然都極為尋常，但混在一塊兒卻是有毒的。」

白采露「蹭」地站起來，極驚恐地盯著素年桌上鋪得滿滿的藥材。怪不得她胸口開始發悶，怪不得她有些呼吸不上來！這個沈素年一定是故意的，不然為什麼不早說？難道是想毒死自己？

素年看著白采露怒氣沖沖離開的身影，心想，這姑娘是不是有點傻？這也信？要是有毒她敢這麼用手碰嗎？不管如何，短時間之內，相信白采露應該不會出現在她院子裡了。

從衙門裡回來的蕭戈並沒有什麼異樣，那些對他表面敬畏、私下疏遠的舉動，對他一點影響都沒有。

倒是葉少樺那裡，他女兒過百日宴，交代了蕭戈一定要到場，不只要到，禮還不能輕了，說是「誰讓你以後可能是我家乖囡的公爹呢」。

小姑娘的大名定下了，叫葉歡顏，是希望她能一生都歡顏笑語。素年十分喜歡這個娃娃，便開了庫房，在裡面仔細尋找起來。

一副赤金盤螭嵌玉瓔珞圈、一對嬰兒戴的白銀纏絲鈴鐲、一塊開了光的羊脂玉雙扣珮。除了那些金玉，素年還新做了兩套小衣服，嫩嫩的水紅、柔柔的淺粉，眉煙的女兒皮膚白，穿這些顏色格外好看。

「婆婆給媳婦的見面禮，也不過如此了……」蕭戈無比感嘆，然後打定主意，他也不能落後太長時間，得加油才行！

可是，最近素年有些不讓碰，說是身子不舒服。蕭戈知道醫者不自醫，想要請人回來給她瞧瞧，素年卻又不讓，說只要休息休息就好。

蕭戈看她的臉色還行，也就沒有堅持，不過這樣也不是個辦法，下次等莫子騫來的時候，蕭戈打算私下請他乘機把把脈。

第一百三十九章　有了身子

葉少樺女兒的百日宴請了好些人，他在朝廷裡人緣不錯，這次喜得千金，葉府的場面著實很大，惹得葉家其他房都有些紅了眼。不過是個姑娘，又不是白胖小子，何必搞這麼隆重？

蕭戈和素年到的時候已經有不少賓客在場了，聽到蕭戈夫婦到，許多官員眼中都閃過異樣，他們沒想到葉少樺竟然在這個時候還請了蕭戈過來。當然，明面上大家都是客客氣氣的。

素年去了內屋找眉煙，眉煙正被一群粉翠釵環、香脂豔粉的夫人們圍著說話。見到素年，眉煙十分開心，忙招手讓她過去，但那些女眷們的神情可就不如她們的夫君自然了，紛紛僵硬了起來。

素年在京中女眷裡已頗有名聲，先不管這名聲是好是壞，但說出來大家都認識。所有人也都在觀望蕭家最終會落得什麼結果？

看眉煙十分親暱地跟素年說著話，又有人覺得，葉夫人是不是太大膽了？葉家也真是的，這個時候還敢喊了蕭府的人來，也不怕到時候聖上發落起來牽連了。原先圍在眉煙旁邊的女眷，有些下意識地拉出了距離。

素年一早就發現了，想著要不要先出去，免得影響到眉煙。

這時，奶娘將葉歡顏抱來了，三個多月的孩子，仍然只能橫抱在懷裡。

素年聽到咿咿呀呀的奶聲，心裡癢癢的，一橫心，將頭湊過去猛看。

此時的葉歡顏已能看得出清秀的眉眼，皮膚軟軟嫩嫩的，摸上去好像上等的絲綢一般光滑，素年眯著眼睛逗了逗，小歡顏竟伸出手將她的食指抓住了。

「勁兒可真大。」素年輕輕扯了扯，小歡顏抓著不鬆手。

「那是跟妳有緣，我們可是訂了娃娃親的呢，當然要趕緊討好討好未來的婆婆啊！」眉煙笑咪咪地說，聲音絲毫沒有放輕。

周遭的女眷都聽到了，也都明顯地愣住了。

素年抬起頭，小娃娃還抓著她的手指玩，她的臉上滿是驚愕。眉煙這是在幹麼？跟她的娃娃親只是私下訂了湊趣的，可她現在這麼一說，是將葉家和蕭家綁在一起了呀！

眉煙也抬眼看著素年，輕輕柔柔地笑了笑。她跟素年認識的時間真不算長，前後也就一年多，可卻像是跟素年從小就一直在一塊兒一樣的親暱。若是沒有素年，眉煙完全不能想像自己現在是不是還活著？是不是還能像現在這樣，抱著心愛的女兒無比的滿足？也許已經到另一個世界去了吧？所以，眉煙是打從心底地感激素年。

葉少樺跟她說已經請了蕭戈夫婦的時候，眉煙十分開心，她知道夫君是和她想法一致的，他們都不怕被蕭戈牽連。只不過，葉家的其他人怕，甚至有人放了話，說如果他們二人執意如此，那乾脆就從葉家分出去吧，免得到時候連累了葉家。這些……葉少樺說，他來處理。眉煙本以為他會說動其他人，誰知道葉少樺只是去爹娘面前跪了一個晚上，分家的事，就此定下來了。等乖囡百天之後，他們這一支就要分出去單過。

眉煙沒有怨言，她知道離開了葉家他們的靠山就變小了，但葉少樺也有本事，足以撐得起一個家，而且，沒有了哥哥嫂嫂們在，她反而覺得自在了不少。只是少樺覺得有些愧對爹娘，他們還健在卻要分家，實在不孝。

所以這次的百日宴，葉家竟然沒有多少人出席，但眉煙也不覺得委屈，她認同夫君的所作所為。若是這個時候他們也疏遠了蕭戈、疏遠了素年，眉煙以後會一輩子抬不起頭的。

「要不要抱抱？挺沈的呢！」眉煙將孩子接過來，往素年手裡送。

素年有些手忙腳亂，小心翼翼地接過來。

小小的一團，軟綿綿地在自己的懷裡，素年咧著嘴看著葉歡顏嫩嫩的小嘴吐出一個小泡泡，心裡軟得不行。「好可愛啊……」素年忍不住俯下身蹭了蹭，卻不防讓小娃娃抓到了一綹頭髮，頭抬不起來了……

外院，葉少樺也湊在蕭戈身邊開心地喝著酒。他現在有女萬事足，比誰都春風得意，他挨個兒敬了一圈後，就拉著蕭戈拚酒。「我家乖囡可是預定了你家小子，到……到時候若是敢欺負她，我可是不會放……放過你的……」這是葉少樺第九遍說這話。

來恭賀的人有一些藉口家裡有事走不開，先回去了，剩下的人也沒多少往蕭戈身邊靠。只有葉少樺，口齒不清地、呱唧呱唧地繼續重複第十遍話。

蕭戈不認為皇上會對他如何，可葉少樺不知道。他在不知道的情況下，竟然一點都沒有跟自己疏遠，反而拉近了兩家的關係，蕭戈不是不感動的……如果他能不要一直重複同一句話，就更好了。

回去的時候，蕭戈是將爛醉如泥的葉少樺交給葉府管家後才上的車。蕭戈並沒有喝多少酒，神智無比清醒，靠在廂壁上不動，眸子漆黑如星。

「少樺跟我說，眉煙以後可能都無法再懷孩子了，歡顏可能是他們唯一的女兒。」蕭戈想起葉少樺吸著氣、抿著嘴、泛紅的眼眶，不禁輕輕地嘆了一口氣。所以他才會不斷不斷地強調，他的乖囡有多麼的珍貴、多麼的不凡。

「眉煙……不知道吧？」

「嗯，少樺沒告訴她。但我想，眉煙多多少少也感覺得到。」

素年點點頭。眉煙是個難得通透的姑娘，葉少樺既然不想讓她知道，她就會裝作不知道。

蕭戈抱著她的手臂，微微收攏。「我們，也趕緊生個孩子吧？軟軟的、小小的，長得既像妳，也像我的孩子。」

「雖然我比較喜歡女兒，但這次，最好還是先生個男孩子吧，不然跟小歡顏就差得大了。」

「……嗯？」

「嗯？」

蕭戈跟素年拉開距離，兩人大眼瞪小眼地對望著。「這次？」

「嗯。」素年重新躺回去，將蕭戈的大手拿在手裡玩。「你沒發現我最近吃的都跟平日不大一樣，人也懶了許多？只是我自己也不大確定，不過脈象卻是這麼顯示的。」

素年感覺自己身後靠著的人肉墊子慢慢變得僵硬了，硬邦邦的，有些不大舒服。

蕭戈饒是經歷了兵荒馬亂戰爭的大場面，這會兒也控制不住地有些慌亂，消化了半天，才憋出了一句話。「妳……平日裡也是懶懶的模樣……」

好吧，素年原諒蕭戈是第一次聽到要做爸爸，有些遲鈍。她摩挲著蕭戈的大手，寬闊、溫暖、乾燥。以後這雙手要保護的，還有他們的孩子，就好像眉煙的女兒一樣，小小的、看一眼就能讓人心化掉的，他們的孩子。

馬車停了下來，應該是到蕭府了。

刺萍和綠荷從後面一輛車上下來，在蕭戈和素年的車邊等了良久也不見有動靜。兩個小丫頭對看了一眼，難道小姐睡著了？

素年當然不會睡著，只是蕭戈的手箍著她的身子不放，她起不了身啊！

「到了。」素年提醒他，還搖了搖蕭戈的手。不至於吧？真呆住了？

蕭戈這才鬆開手。

素年轉過頭，看到蕭戈還沒恢復完全的神情，不禁有些好笑，率先掀開車簾準備下車。

一陣風從素年的身後捲過來，然後她就被抱在了懷裡。

蕭戈大步跨下車，卻沒有將素年放下，只皺了個眉。「怎麼這麼不小心呢？車子這麼高，萬一摔著可怎麼辦？」

還有我們啊……刺萍和綠荷充滿怨念地站在旁邊。她們又不是死的，怎麼可能讓小姐摔著？更何況，不過下個車，至於嗎？小姐從來都是自己從上面跳下來的啊……

蕭戈乾脆一路將素年抱到院子裡。

素年雖然覺得有些不好意思，但鑑於蕭戈第一次當爸爸，他的心情自己能理解。當初自己的月事沒有來，她嘗試著把了脈以後，也呆呆地在院子裡坐了一下午，阿蓮說她那時的笑容特別憨實。

回到了院子裡，進了屋，蕭戈才將素年放到床邊坐好。

滿院子的丫頭們都有些震驚，他們知道少爺和少奶奶感情很好，但不知道竟然這麼好！

「我……我需要做什麼？」蕭戈醞釀了一下，才略微鎮定下來，一雙好看的眼睛亮得驚人，似乎凝聚了所有光彩。

「什麼都不用做。我是大夫，雖然是第一次懷身子，但大概還是知道一些的，順其自然就好，不用刻意做什麼。」素年知道蕭戈有些緊張，她也緊張，但是孕婦最重要的是保持情緒平和，蕭戈也真的幫不上什麼忙。

蕭戈不管素年說啥，自顧自地開始安排了。

「我會讓綠荷和綠意跟妳寸步不離，白家的那些人，沒有我的允許，不准她們進院子。還有，我聽少樺說過，懷了身子的時候會有特別想吃的東西，妳想吃什麼嗎？」

素年許是月分尚小，還不到窮折騰的時候，並沒有什麼特別想吃的，也沒覺得出現了跟平日不一樣的習慣，可是蕭戈的眼神太期待了，亮晶晶，還一閃一閃的，素年沒好意思讓他失望，因此努力想了半天。「嗯……有些想吃廟東街街頭茯苓閣的酒釀清蒸鴨子。」

蕭戈點點頭，表示他知道了，眼睛卻還盯著素年平坦的腹部。他們有孩子了？真的有孩子了？就在素年的肚子裡？蕭戈無法形容自己此刻的心情，滿腔的喜悅想要爆發出來，又怕驚著了素年，只能硬忍住，眼睛裡的驚喜卻是完全收不住。

將素年擁住，蕭戈在她的頭頂印下一個吻。他以後，拚死都會保護好她，保護好他們的孩子，無論付出什麼代價。

素年絕對沒想到，第二日一早，她就看到飯桌上多出了酒釀清蒸鴨子，還不止一隻。手抓著筷子，哆哆嗦嗦了半天硬是沒法伸下去，素年抬眼看向坐在一邊的蕭戈。「你覺得大清早的吃這個合適嗎？」

「只要妳想吃，沒有不合適的。」蕭戈沈著淡定地回答。

在他身後，月松一臉苦瓜相。大人大清早的就去了茯苓閣，冷著臉要求買鴨子，人家店還沒有營業呢！整個就呆掉了！這幾隻鴨子，大人可是花了重金才逼著人家做出來的，此處回憶不堪回想，月松閉了閉眼，假裝不記得了。

咬著筷子，素年終究沒忍住不斷上翻的噁心感，乾嘔了幾下。

這下可把蕭戈嚇壞了，臉色猛地變了，動作飛快地來到素年旁邊扶住她。「怎麼了？」

「本來還覺得挺想吃的，只是這一早就瞧見這麼油膩膩的，有些難受。」素年搖了搖手，她覺得自己不會這麼衰吧？眉煙懷孕的時候可是活蹦亂跳的，見什麼吃什麼，一點都沒有反應，不會到她這裡就不一樣了吧？

蕭戈將她扶坐好。「我已使人去給莫子騫下帖子了，讓他給妳診診脈。」

「真不用，我就是大夫，這會兒好得很吶！」

蕭戈不信，堅持要讓莫子騫給她診脈，素年也就隨他去了。

莫子騫聽聞素年懷了孩子，眼睛睜得極大，誠惶誠恐、小心翼翼地伸出指尖搭在她的手腕上，一會兒才點點頭。「蕭夫人的脈象平和、沈穩，並無不妥，只要平日裡多注意著就好。」

「可她剛剛犯噁心了，還想吐。」

莫子騫看了看蕭戈。「蕭大人，女子有妊，會害喜是正常的，並不是蕭夫人有什麼不妥之處。」

素年笑了笑。「我就說吧，我的身子我能不知道嗎？」

「蕭大人若是不放心，子騫開兩副安胎藥？」

「千萬別！」素年急忙制止。「沒病沒災的，喝什麼藥？我現在的身子，就算得了傷風或是別的，也得盡量不要喝藥。」

「這倒是。」莫子騫還是很認同的，便作罷了，然後瞄了瞄蕭戈的神態，偷偷將他這陣子遇上的問題提出來。他雖然算得上精通醫術，可對針灸卻是剛熟悉不久，所以這段時間積累了不少不明白的地方。

素年很樂意為他解答，心裡對莫子騫的印象極好，他所提出來的問題都說明了他是在紮紮實實地研究針灸，而不是仗著自己在太醫院混過，將針灸當成一門速成的技術。莫子騫是從最基礎開始，一點一點向素年請教著。

蕭戈坐在一旁看了一會兒便離開了，綠荷和綠意則在他的授意下貼身伺候著。

素年懷孕的消息也沒瞞多久，主要是她沒打算瞞著，因此蕭老夫人那裡，過了些日子也知道了。

「不是說……她懷不上孩子嗎？」白家的舅母看著蕭老夫人，白采露就是她的小女兒。當初可是白語蓉說的，沈素年懷不上孩子，這都一年了也沒個動靜，如果白采露進了蕭家生下一兒半女，這蕭家以後的基業還不都歸了她們？

「我可沒這麼說，不過沈素年這孩子來得真是時候，我才以她不能生育為藉口想讓蕭戈納妾，這才多久，竟就懷上了？」蕭老夫人雖有些懷疑，但也知道大抵是真的，沈素年不像是會拿這個說笑的人。再說了，以沈素年的性子，從來都是相當直白，不在乎這些的，也不會費這個事。

「那如今怎麼辦？」白家舅母愁了，這段日子，白采露想要再進素年的院子，得到的都是拒絕，而且是蕭戈下的命令，一點商量的餘地都沒有。

「娘，四嫂嫂前陣子懷了身子後，四哥將她身邊的大丫頭紫蘇收了房。」白采露忽然提到了別的事情。

蕭老夫人和白家舅母同時一愣，然後忽然想到了什麼一樣，嘴角都鬆動了下來。

是呀，懷了身子可不是正好嗎？沈素年懷孕的日子裡，蕭戈總會有需求的吧？他房裡除了素年外並無其他人，又是剛成了親才頭一年的，怎麼可能憋得住？

尋常人家，妻子有了身子之後，都會主動抬一、兩個通房服侍相公的，雖然讓沈素年主動開口有些不可能，可現在是現實問題，她總沒有理由反對了呀！

「語蓉啊，這事兒還得妳來開口。不過不急在一時，總得讓蕭戈主動意識到這點，到時候妳再提出來便水到渠成了，如何？」

蕭老夫人點點頭，她覺得這次很有把握。素年從現在開始到生下孩子，總要一年左右，這段時間蕭戈就真的能忍得住？她才不相信！

不過……素年院子裡也有幾個長相貌美的丫頭，她會不會直接從裡面選一個呢？

——未完，待續，請看文創風345《吸金妙神醫》6（完）

2015年7月出版

相公換人做

文創風 314～318

美人尚未遲暮，夫君已然棄之，
多年來的萬千寵愛，到頭來更顯諷刺，
良人啊良人，原來亦不過是個涼薄之人……

莫問前程凶吉　但求落幕無悔／麥大悟

上一世，她嫁予三皇子李奕，隨著他登基後被封為妃，極受聖寵，
然而，數年的恩愛，最後換來的竟是抄家滅族的下場，
而她這個萬千寵愛的一品貴妃，則是加恩賜令自盡！
如今能再活一遭，她定不會聽天由命，再向著前世不得善終的結局走去，
雖然前世最後那幾年到底發生了什麼事，她一概不知，
但有一點她很明白──此生她不想再和三皇子有交集，她的相公絕不能是他！
她看得出娘親有意讓她嫁給舅家表哥，令兩家親上加親，
正好她也想趁此斷了三皇子對她的一切念想，
豈料，兩家正在議親之際，表哥竟突然被賜婚成了駙馬，
更沒料到的是，與三皇子兄弟情深的五皇子竟向聖上請旨賜婚，欲娶她為妃！
這……究竟是哪個環節出了錯？五皇子是何時喜歡上她的？
她此生最不想的便是與三皇子有交集，無奈防來防去卻沒防到五皇子，
而另一方面，三皇子對她竟是異常執著，不甘放手，
她向來知曉三皇子表面看似無害，實則城府極深，
卻不想仍是著了他的道，一腳踩入他設下的陷阱中……

吸金妙神醫 5

國家圖書館出版品預行編目資料

吸金妙神醫 / 微漫著. --
初版. -- 臺北市 : 狗屋, 2015.10
冊 ; 公分. --(文創風)
ISBN 978-986-328-513-7(第5冊:平裝). --

857.7 104016085

著作者	微漫
編輯	黃淑珍
校對	黃亭蓁　蔡佾岑
發行所	狗屋出版社有限公司
地址	台北市104中山區龍江路71巷15號1樓
電話	02-2776-5889～0
發行字號	局版台業字845號
法律顧問	蕭雄淋律師
總經銷	知遠文化事業有限公司
電話	02-2664-8800
初版	2015年10月
國際書碼	ISBN-13　978-986-328-513-7
原著書名	**《素手医娘》**，由起點女生網(www.qdmm.com)授權出版

定價250元

狗屋劃撥帳號：19001626

網址：love.doghouse.com.tw　E-mail：love@doghouse.com.tw